芝浜

村田勢津

文芸社

目次

芝浜

使い込まれて飴色に鈍く光った櫓《ろ》を肩にした老人が、朝日の射し始めた浜へとやって来た。

砂を踏みしめ立ち止まった素足の老人の前は、黄金色に輝く海。

その水面《みなも》にまぶしそうに目をやると、長い櫓を静かに下ろし、沖遥かの水平線に上がり始めた茜色の太陽に向かい、節くれた両の手を合わせる。

色褪《あ》せた半纏《はんてん》を羽織り、短く刈り込んだ胡麻塩頭を心持ち下げて一日の無事を祈る老いた漁師、その半纏の背には辛うじて読めるほど薄く、銀次と名を染め抜いた大紋《だいもん》があった。

長年、日と潮風とに焼かれた褐色の顔には幾筋もの深いしわが刻み込まれ、その後ろ姿には老いの影が漂っている。

祈りを終えた裸足の銀次は、色褪せた股引が濡れるのもかまわずザブザブと冷たい海に入り、浅瀬に打ち込まれた杭に結ばれた舫《もや》いを手繰り寄せた。

ズズッと音をさせて浅瀬に乗り上げた小舟に手にした櫓を置き、舳先《へさき》の舫いを解くと、舟を沖へ向けて一押しした。

浜に打ち寄せる小波を裂いて滑り出した舟に跳び乗ろうとしたが、舟は思ったよりも速く進んでしまい、乗り損なった銀次は慌てて船縁をつかむのがやっとだった。

「きしょう、置いてかれるところだったぜ」

と小さく呟き、さりげなく辺りを見回す。遠くの浜で何やら作業をしている漁師は、こんな些細な事などに気が付くはずもない。舟に乗り損ね、置いてきぼりを喰らいそうになった無様な様子を、他の者に見られてしまったのではと、それが気になったのである。

「よっと……」気を取り直し、舟に乗る時に思わず出た一言に、『なんてこったい、この位の事で掛け声なんぞ掛けやがって、もうろくしたもんだぜ』と自分の体力の衰えを笑い飛ばすつもりで、己が胸に独り言を一声ぶつけた。

艫《とも》に立つと船縁の棹《さお》を手に取り海に差し入れ、それに体重をかけて水面に舟を滑らせる。浅瀬に突き立てられた棹先に驚いた小魚が、ツィッと泳ぎ去って行くのが見えるほど水は澄み、銀次が棹を返す度にその滴が朝日にキラリと光り船縁へと落ちた。

深みに達したところで手にした棹を櫓に替えると、縮緬模様の凪の水面《みなも》にきれいな航跡を残して、舟を漕ぎ進める。

長さ三間弱、巾四尺五寸ほどの漁師舟の中央には高さ二間の帆柱が立っている。それに取り付ける帆は細く巻かれて船底に置いてあり、脇には魚籠《びく》や桶が整然と積まれ苫が掛けられていた。

木目が浮き出るほどに洗われた船板もあちこちに剥ぎがして有り、船底の継ぎ目に檜の皮を細く割いた物が詰め込まれ、水漏れを防いでいる。

櫓を軋ませ沖へ漕ぎ出した銀次が陸《おか》を振り返ると、蒸気機関車の鉄路の向こうに、朝日を浴びた高輪泉岳寺山門の屋根が見えてきた。そこで舳先を右へと向け、舟を品川へと進める。『ギィー・ギィー』と計ったような間合いの音を響かせ、櫓を漕ぐ銀次の横顔に水面に反射した日の光がチラチラと小花を散らし始めた頃、舟は鈴ヶ森辺りに差し掛かった。

周りを見渡せば、銀次の舟と似たり寄ったりの幾杯かの小舟が舳先を同じ方角に向け、朝の海に航跡を描いている。

やがて船尾から吹く風が銀次の右頬をなぶり始め、それに気付いた銀次は空を仰いで雲の動きを確かめた。櫓を漕ぐ手を休め、巻かれていた帆を滑車に繋ぎスルスルと上げると、風を孕んだ白い帆はパサッと小さな音をたて帆柱いっぱいに広がり、止まりかけていた舟を前方へと押し出す。

帆の向きを縄の張り具合で決めると、艫に腰を下ろし煙管《キセル》にキザミを詰める。色褪せたドンブリ（腹掛け）から燐寸《マッチ》を取り出し、雁首から覗くキザミ煙草に火を点けた。

『便利なもんが出来たもんだ……』燃えさしを見つめ呟くと、それを指先で海へと弾き飛ばし、音をたてて吸い口を吸い、旨そうに煙管をくゆらす。

明治も半ばになり、陸蒸気と呼ばれた蒸気機関車が新橋―横浜間の運行を始めて二十年、それも三年前に神戸まで鉄路が延長され、日本の動脈として鼓動を始めた。

洋風の建物が建ち、街中に馬車や洋装の人たちが増えてはきたが、庶民の暮らしはまだ江戸時代のまま。一歩路地裏に入れば着物姿の長屋の住人たちが、倹《つま》しくその日その日を懸命に生きていた頃、燐寸などは物珍しく高価な物だったのである。

人一倍体力には自信があった銀次ではあるが、六十半ばを過ぎてからは手足の衰えを感じ始め、思い通りには動かぬ己の体が情けなく思えてきた。しかし隠居をしてのんびり暮らせる身分でも無し、少しでも手前の食い扶持ぐらいは稼がなければと、今日もこうして海へ出てきたのである。

そんな銀次は順風とは言い難い気ままな風を操り、大森沖へと舟を進める。

此処ら辺りから羽田へと続く浅瀬には海苔ヒビと呼ぶ海苔養殖の粗朶《そだ》が立てられ、日当たりの良い砂浜には海苔を干す干場が並んでいる。その新海苔の収穫は年を越してから、今は杉丸太で組まれた干場に洗濯物が海風を受けたなびいていた。

舟が呑川《のみがわ》を過ぎ、多摩川河口の羽田沖に差しかかると右手遥か西、山々の向こうに白い雪を被った、富士の山が見えてきた。

潮の香が幾らか薄らいだように感じられるのは、川の水が混じったか風のせいか、はたまた気のせいかと、そんな事を思いながら銀次は帆を下ろし、海面から突き出た杭に舟を漕ぎ寄せる。

杭に結ばれた縄をゆっくりと手繰り寄せると、澄んだ海中から束ねられた柴が上がって来た。その下に箕《み》のような浅い網を差し入れて柴と一緒に海面まで静かに引き上げ、柴を一振り二振り揺り動かすと、小さな蝦《えび》や小魚が網の上に落ちピチピチと跳ねた。

小魚は海に返し、ボサ蝦と呼ぶ蝦を魚籠に入れると銀次はその中から大きな一匹を摘み出し、頭を千切ってそれを海水に浸し口に入れる。

潮の辛さとボサ蝦の甘さが口の中で溶け合い、良い塩梅になってすっと喉を通っていく。

ボサ漁或いは柴つけ漁と呼ばれるこの漁法は、水中に沈めた柴や竹枝の間に入り込んだ小魚を捕る、簡単な漁である。

何本かの杭を巡りボサ漁を終えると、銀次は海苔ヒビを巧みに除けながら舟を沖に向けて漕ぎ進む。

前方の水面にぽかりと浮かんだ樽の横に舟を着け、樽に結ばれた縄を手繰ると海中から竹筒が顔を出した。それをそっと舟に引き上げ竹で編まれた円錐形の蓋を取ると、中の物を桶にあける。

重しのために入れた小石と共に『ドドッ』と飛び出して来たのは、生きの良い穴子であった。

次々と竹筒を引き上げると中の獲物を浅い桶に放ち、穴子に交じった鯊《はぜ》や蝦蛄《しゃこ》は別の魚籠に入れ、食い残された餌を海に投げ入れる。

老いて動きはゆっくりしたものになったが、長年こなしてきた仕事は手馴れたもの、流れるような作業が済むと、空になった四、五十本の竹筒が船底にきれいに並んでいた。

高輪泉岳寺と大木戸の間、芝高輪車町・願生寺《がんしょうじ》裏の長屋に戻った銀次は、路地の奥に有る井戸端へ穴子の入った桶を置いた。

うごめきあう穴子の中から身の細い物を選り分け小さな桶に移すと、それを手に人気《ひとけ》のない路地を裸足で歩きだす。間口二間の同じ造りの小さな家が向かい合わせに並んだ路地を進むと、一軒の家の前に立ち止まりそっと戸を叩いた。

「ハイッ、どなた様でしょうか」

中から張りのある返事が返ってくる。

「銀次です」の声かけに、「ただいま……」と花びらを模った和紙で破れを繕ってある障子戸を開け、顔を出したのは三十そこそこ、丸髷の似合う色白の女だった。

「おはようございます、いつも家の子がお世話になって……」

藍地木綿縞の着物に鉄がかった鼠地の半巾帯を締めた女が、銀次に向かい丁寧に頭を下げて言った。

「いや。何《なん》にもしてねぇよ」

ぼそっと一声答えた銀次に向かい、女が言葉を続ける。

「先だっても銀次さんにお小遣いを貰ったと、あの子が私におひねりを渡すもんですから、人様にむやみにお足（お金）を頂くもんじゃありません、と叱りましたの。もうあのような事、なさらないで下さいまし」

「お前さんが気悪くしたんなら、勘弁してくれ。それによ、叱るこたぁねぇのに、ありゃ小遣いじゃなくて、駄賃だよ」

そう答えた銀次に、女が幾分声を潜め、済まなそうに言った。

「勘弁してくれだなんて、私そんなつもりで言ったんじゃないんですの」

「ああ、分かってるよ。あん時は煙草切らしちまってよ、そいで坊主に買って来てもらったんだ。その駄賃を少しばっかくれてやっただけよ」

「それにしては、二銭は多すぎます」

「何回分かまとめて渡したんだ。あまり細けぇ事言いなさんなよ、ガミガミ言ってると、坊主、お前さんの顔色見るようになるぜ」

「いぃえ、私はただあの子が、卑しい子になって欲しくないだけですの」

「別にそんな事何もしてねぇだろが。それよか偉《えれ》ぇよあいつは、手前《てめえ》の貰った駄賃を母ちゃんに渡すなんぞは、えっ、そうじゃねぇかい」

「はいっ……」

少しばかり気色ばんでいた女の表情が、銀次の『偉ぇよ』の一言で和らいだ。

「あのな、そんなに肩、力入れてっと疲れてしょうがねぇぞ。ちったぁ気楽に、物事考えた方がいいぜ」

と、潮に焼かれたダミ声の言葉が、女の心に響いた。

女には銀次の心根がよく分かっていた、自分の子供に小遣いを渡す口実を作ってくれた事を。銀次もまた女が己の言った言葉の裏を分かっていながら、建前だけでも筋を通さなければと、肩肘を張っているのがいじらしかった。

「売りもんになんねぇ奴で悪いけどよ。これ、貰ってくれるかい」

桶に入った穴子を、女の前に差し出すと、

「いいえ、いつもこんな事して頂いて……」

「今日はメソッコ（小振りのアナゴ）いらねぇんだ。天婦羅にする訳じゃねぇから店持ってってもいい顔されねぇし、と言って、うっちゃっちゃうのも、もってぇねぇしよ」

女の自尊心を傷つけぬよう、銀次は言葉を選んで言った。

そんな遣り取りをしている二人の所へ、五、六歳の丸刈りの男の子が裸足でやって来た。肩上げをした木綿絣・筒袖の四つ身の着物は身巾が狭いのか前がはだけ、可愛い男の一物が顔を出している。

「母ちゃん。腹減った」

「何ですかこの子は、そんな物出して」

「なんだ。また穴子か」

桶を覗いた男の子が銀次を見上げ、こまっしゃくれた言葉を吐いた。

「坊主。また穴子かはねぇだろ。それよか、そんなのぶらさげたまま歩いてっと、こいつに咬み付かれるぞ」

　そう言いながら、桶を子供の股間に近づけると、

「ションベン、しっかけるぞ」

　胸高に締めた兵児帯がずり上がり、着物の打ち合わせの間から覗く朝顔の蕾のような可愛い一物を指で摘みながら、その子が叫んだ。

「功《いさお》……」女は顔を赤らめ子供を睨みつけながら声を荒らげたが、功と呼ばれた童はアカンベェと舌を出し、二、三歩後ずさりした。

「しょうがねぇ野郎だな。坊主、後で湯行くか」

「やだよ、銀次さん、ゴシゴシ洗うんだもん」

「なんだ、まだ母ちゃんと入りてぇのか」

「違わい……」

　そんな男同士のやり取りを、女は困り顔で聞いている。

「ねぇ母ちゃん、腹減ったよ」

「坊主、めしまだか」

「ん……」

「じゃあ、この桶空いたら持って来な。ボサ蝦が有るから持ってって、母ちゃんに食わしてもらったらいいやな」

「母ちゃん、いい？」

屈託のない功の問いに女は一瞬銀次を見、会釈をすると微笑んで頷いた。


二人と別れた銀次は日の光がやっと差し込みだした狭い路地を進み、数軒先の家に入ろうと引き戸に手をかける。すると、向かいの破れ障子がゆっくりと開かれ、くわい（慈姑に似た髪型）頭の老女が顔を出す。着古した茶と鼠の縞の着物に焦げ茶船底袖の半纏羽織を着た老女は、開けた障子から顔を覗かせ言葉をかけた。

「銀次さん、紗江《さえ》さんには随分と優しいんだね」

「なんだ婆あ、まだ生きていたのか。世の中のためだ、早ぇとこ、くたばっちまいな」

「ああ、その時が来たらね。また穴子持ってったのかい、私の所には何一つ持って来やしないのに」

「何言ってやんでぇ。ワタリ（渡り蟹）を持ってってやっただろうが」

「あら、そうだったかい、それいつだっけ？」

「そうさな、五年も前《めえ》だったかな」

どぶ板を間に、向かい合った二人は辺りを憚らず大きな声で会話を続ける。

「そうやって年寄りをからかうもんじゃないよ、罰当たりが。世間様がお前さんの事何て言ってるか、知ってんのかい」

「ああ、親子ほど年の離れた後家の所に、通い詰めてるってんだろ」

「よく知ってるね、その通りだよ」

「何がその通りだよだ、馬鹿野郎。手前《てめえ》があっちこっちで、ある事ない事、言い振らしてんだろが」

「だってそうだろ、今だって穴子を持ってったじゃないか」

「何で穴子だって知ってんだよ、どっかで覗いてたのか」

「いや、だってそれは……」

と、老女は口ごもる。後ろ襟に手拭いをかけ、薄汚れた前掛けをした腰の曲がった老女とはそりが合わず、いがみ合っている訳ではなく、長年こうした憎まれ口を叩き合ってきた仲。根は優しく思いやりは有るが口が悪いのが玉に疵《きず》の江戸っ子、老女も銀次もポンポンと言いたい事を言って、このような会話を楽しんでいるのである。

銀次は紗江だけにお節介をやいているわけではなく、この老女も彼には何かと世話になっている。しかし二年前にこの長屋に引っ越して来た紗江親子の事を銀次が気にかけるのを見、嫉妬・寂しさ・からかいから、こんな憎まれ口が老女の口から出て来るのであった。

「それは何だよ」

「だって、穴子を……」

「穴子、穴子ってうるせえな。穴子がどうしたってんだ。いいか、あの穴子はな、今度着物を縫ってもらう仕立て賃の前渡しだ」

「着物って、何縫ってもらうんだよ」

「うるせえ婆あだな。人が何縫ってもらおうが手前《てめえ》にゃ関係ねぇだろが、え……。そんなに知りたきゃ教《おせ》えてやらぁ、黒羽二重の紋付だよ」

「紋付だって、そんなのお前さん、着て行くとこなんか、ありゃしないじゃないか」

「見損なっちゃいけねぇよ。こう見えたってこの銀次さん、芝の紅葉館《こうようかん》に遊びに来ねぇかって、声をかけてくれる奴の一人や二人はいるんだぜ」

「穴子を持って来いって、か……」

「馬鹿野郎、口の減らねぇ婆あだな。紋付が出来上がったらまず手前の弔《ともれ》ぇに着てやるから、ありがたいと思って早ぇとこあの世に行っちまいな」

こう言うと、銀次は後ろ手に戸をピシャリと閉め、家に入った。

愛宕下

唐桟《とうざん》もじり袖の着物に金茶の角帯、吹雪小紋の藍の半纏を着た銀次が、穴子の入った桶を天秤棒で振り分け、願生寺裏の長屋を出た。

路地を抜け泉岳寺からの緩やかな下り坂を左に曲がると、東海道に突き当たる、その道を更に左に折れると、高輪の大木戸。青く澄み渡った空の下、冷たい風が道行く人たちの着物の裾を砂埃と共に捲りあげる。

「きしょう、よく吹きやがら……」

銀次は大木戸の石垣脇に桶を下ろすと着物の裾を端折り、貝の口に結んだ帯に挟み込んだ。荷を担ぎ再び歩き出すと、たちまちのめり下駄をつっかけた紺足袋が、砂埃で白くなる。

札の辻を過ぎ、左手に増上寺の木立を見ながら金杉橋を渡ると芝大門、この辺りまで来ると、銀次の息が大分上がってきた。

『もうちょい行ったら、一休《しとやす》み』己に言い聞かすよう小さく呟きながら歩を進め、神明さんと呼ばれる芝・大神宮の参道までやっとの思いでたどり着く。

桶の穴子を気遣って歩いたせいか、肩で息をするほど疲れきった銀次は天秤棒を肩から下ろすと社に向かって一礼し、鳥居の脇にしゃがみ込んだ。

「とに、何てこったい……、こんなに意気地が無くなってるとは」

高輪から一里もない此処まで来るのにこのありさま、自分の体力の衰えがこれほどまでになっていたと再認識し、銀次は焦りと落胆を覚えるのであった。

帯に挟んだ煙草入れを引き抜き、煙管《キセル》に煙草を詰めて一服していると、荒くなった息がだいぶ鎮まってきた。そこで立ち上がった銀次は「此処からで、御免なさいよ」と、芝神明宮に二礼・二拍手し天秤棒を担いで再び歩き出す。

この辺りから人の通りが多くなり、天秤棒に振り分けた桶がすれ違って人に当たらぬようにと、気を配る。

右手前方に新橋駅の停車場が見えて来たところで道を左に折れると、途端に人影が少なくなる。両側には料亭らしき建物が木立の中に点在し、そんな道をしばし進むと愛宕下の一軒の料亭にたどり着いた。

背の低い黒塀の奥には手入れの行き届いた庭木が植えられ、広い敷地の左寄りに数寄屋造りの建物が建っている。建物の両側に連なる黒塀より二間ほど奥まった所に、瓦で葺かれた切妻屋根、その下に片流れの柿葺《こけらぶき》き屋根の玄関。

打ち水をし、きれいに掃き清められたその玄関先を通り過ぎ、盛り塩された脇の木戸口前に立ち止まった銀次は、肩から天秤棒を下ろし、木戸の中へ向かって声をかけた。

「えー、ご免下さい……」

その声に気付いたのであろう、小走りに近づく足音がしたかと思うと、木戸を開けて店の若い衆が顔を出す。

「銀次さん、お疲れ様。さあ中へ」

「よっ……、遅くなっちまって」

一旦下ろした桶を、銀次が再び担ごうとすると。

「それは私がやりますから、さあ、そのままお入りになって」

「そうかい、すまないね」

銀次が木戸を潜り建仁寺垣《けんにんじがき》に囲まれた裏庭から板場へと差しかかると、後ろにしたがっていた若い衆が中へ声をかける。

その声を待ちかねたように引き戸が開き、恰幅《かっぷく》の良い年配の男が顔を覗かせた。軟らか物の着物と羽織、白足袋に雪駄をつっかけた老人の髪には、きれいに櫛が通っている。

「銀次さん、年寄りに我がまま言って済まなかったね、穴子の良いのはそろいましたか」

「手前《てめえ》に年寄りと言われたかねぇよ、良い形のがあるけどその面《つら》見たらやんなっちゃった、帰《けえ》るよ」

「お前さんは直ぐそうなんだ、怒ることぁないだろ」

「怒っちゃいねぇよ、馬鹿からかってるだけさ。それにしてもいつも通りの銀流し（にやけた形《なり》）だね、お前さんは、えぇっ……」

にこにこしながら、笑顔の銀次が言った。

「なぁに、この商売はこの形が一番なんだよ。そう言うお前さんこそ尻《しり》っ端折《ぱしょ》りなんぞして、随分勇ましいじゃないか、エッ。さあ、中へ入っておくれ」

二人は漁師と料亭の主という関係ではなく、付き合いの長いごく親しい間柄と見て取れる。

銀次は板場に入る前に帯に挟んだ尻っ端折りを戻し、懐から取り出した手拭いで着物の裾と足元をパンパンと大きな音をたてて払った。

三和土《たたき》に立った銀次は板場に居る料理人たちに無言で頭を下げてから、下駄を脱いで板の間に上がる。先に上がりそれを見守っていた老人は、店の若い衆に一声かけた。

「誰か、水屋に置いてある物を茶室まで持って来ておくれ」

とよく通る声で、料理の下準備をしている板前たちに声をかけた後、

「今日はゆっくりしてってくれるんだろ、小海《こうみ》さんにも声をかけるからさ……」

そう銀次に、言葉を振った。

「別に小海に、用なんぞありゃしねぇよ」

「姐《ねえ》さんには『お父っつぁんが来たら声をかけて下さいな』って言われてるんだから」

「言いてぇ事がありゃ、手前が家に来りゃいいだろうに」

銀次の顔を覗きこむように言った男に答えるでもなく、独り言のように小声で呟いた。

「それじゃ、お邪魔しますよ」

板場の男衆に一声かけた銀次に、大根をかつらに剝く者・出汁をひく板前などは手を休めずに、無言で頭を下げ挨拶とした。皆一様に白い襷に縞の前掛けをし、板の間に正座をしての作業、鍋が並んだ竈《へっつい》前の板前だけが、膝立ち姿で頭を下げた。

きれいに整頓され張り詰めた空気の板場を通り抜け、銀次は老人に奥へと導かれる。

糠袋で丹念に磨き込まれ鈍く光った廊下を幾度か折れて進むと、中庭に突き当たる。母屋は其処までで、その先は柿《こけら》で葺いた屋根付きの渡り廊下が橋掛かりのように造られ、静かな離れ

へと続いていた。

「随分と歩かせるな、唐・天竺まで連れて行くつもりかい」

「なぁに、三途の川っぷちまでだよ」

そう言う老人に案内されたのは、微かに香の香りがする四畳半の茶室だった。

次の間に二畳の水屋が付き、躙り口もちゃんとある立派な物、四尺ほどの床の間には真塗《しんぬ》りの敷板に青磁の瓶が置かれ、白の秋明菊が活けてある。

床柱は面皮・入り節三寸角の杉、木口は皆吟味された良い物ばかりだが、さりげ無く控えめに使われている。丸い大きな下地窓から半紙張りの障子を通して、日の光が坊主畳の奥まで差し込んでいた。

「良いね、住むんだったらこんな家に住みたいね」

「銀次さん、解りなさるね」

「ああ、風呂敷包み一つ背負って、明日にでも引っ越して来るか」

銀次は茶室の中を見回しながら、言った。

「突っ立ってないで、お座りよ」

炉は切ってあるが今は畳で塞がれており、欅の二月堂卓子が向かい合わせに置かれている。

その脇の四角い桐の手あぶり二つには。炭が熾きていた。

「こんな狭い所で悪いけど、良いかい」

「なぁに、何処で呑んでも酒の味に変わりはねぇよ。広いとこよか貧乏人にゃ、こんなとこのほうが落ち着いて、良いやな」

そう言いながら銀次は、まだ室内を見回している。

「お前さんのこったから、なんか言い出すんじゃないかい」

羽織の裾を撥ね上げ、二月堂の前に正座をした老人が言った。

「いや、言わねぇよ。喉まで出かかったが、今、呑み込んだとこだ」

答えた銀次も、二月堂の前に正座をした。

「相変わらずだね」

「酔狂な物に、随分とお足（金）を使いなすったね」

「此処でゆっくりと、お茶を召し上がりたいと仰るお客様もいらっしゃるんでね。料亭と言ったって、酒や料理をお出しするだけじゃありませんよ」

男がそう言い終わった処に唐紙の向こうから、「失礼します」と若い衆の声がした。

「お入り」

老人の返事にしつけの行き届いた店の者が正座をし、静かに襖を開ける。一礼し盆に酒と酒肴を載せた者が入り、後に控えていたもう一人が角樽を持って続いた。

二月堂の上には朱塗りの浅い角盆が置かれ、其処には白磁の盃と利休箸が並んでいる。跪いた若い衆が持ってきた酒と料理を盆に置くと一礼し、静かに部屋を去って行った。

「さあ、銀次さん」

染付の銚子の柄を手にした老人が、酒を勧める。銀次は小さな白磁の盃を手にすると、もう片方の手を添えてその酒を受けた後、直ぐにそれを盆に置き、「あたしも……」と言いながら老人から銚子を受け取り、相手の盃にも同じように酒を注いだ。

二人の老人は互いの目を見つめ、「それじゃ……」「はい」と一言言い交わし、共に盃を軽く押しいただくと一気に飲み干した。

「良い酒だね、あんまり旨いんで、喉ちんこがびっくりしてら」

「大きいほうがよかったかな」

「茶碗酒でぐびりぐびりじゃ、意地汚え呑兵衛みたいじゃねぇかい」

「じゃあ、その小さいのでいいかい」

「お前さんも意地が悪いね、年寄りをいじめるもんじゃないよ。分かっているくせに」

そう言いながら銀次は自分の言葉にふきだし、老人もそれに釣られ声を出して笑った。

盆の上には、二種の刺身が盛られた呉須赤絵写しの扇面向付け。脇の黄瀬戸《きせと》の浅鉢には、焼き松茸に松葉に刺した翡翠色の銀杏《ぎんなん》、四半分に切られた青い柚子と、焼き塩が品良く添えられている。

「これを氷川の先生から銀次さんへと、言づかってね」

老人はそう一言言うと、白木の角樽とそれに添えた手紙を銀次の斜め前に置いた。

た。

「氷川の旦那が？　さて、何だろう。こんな爺に討ち入りの助っ人でもあるまいに」

呟くように言いながら折りたたまれた封から巻紙を取り出すと、それを広げ素早く目を通した。

「相変わらず、汚ぇ字だな」

読み終えた手紙を老人に手渡しながら、銀次が言った。

「良いのかい」

「なあに、人様に読まれて都合の悪い事は書いてねぇよ、吉村さんも一緒にどうだい」

吉村と呼ばれた老人は手紙をざっと読むと、それを折りたたみながら銀次に返し、答えた。

「私はよしにしときますよ、舟は苦手だし、この時期海は寒いだろ」

「年寄りが三人雁首揃え、鼻水垂らしながら釣りをするのも、間が抜けて面白いんじゃねぇかい」

「いやいや、氷川の先生は銀次さんに話があるようだし、私は遠慮させてもらいますよ」

差しつ差されつ、二人の話が三、四十分も続いた頃だった。襖の外に衣擦れの音と共に人が早足でやって来る気配がし、それがやむのと同時に語尾のはっきりした、よく通る女の声がした。

「小海です、よろしいでしょうか」

「来た来た、さあ、入っておくれ」

「失礼します」

一声かけて襖を開けたのは、つぶし島田に髪を結った目鼻立ちのはっきりした勝気そうな芸者。

濃い鼠・唐桟縞お召しの着物に金茶五献上の帯を太鼓に結び、瓶覗《かめのぞき》（淡い青）の帯締めをきりっと締めた女は、小柄なせいか何処か凛とした少年の匂いがする。

まだ日も高いので化粧も薄く、座敷に上がる前の気楽な形《なり》の小海は作法通り両手を畳に付き、膝を滑らせ中へ入ると、改めて頭を下げた。その時、抜いた衣紋《えもん》から見えた首筋の白さが、銀次にはまぶしかった。

「どうだい、銀次さん。良い女っぷりだろ」

「何言ってやんでぃ、こいつのおしめ取り替えたのは、このおいらだぜ」

「やだぁ、お父っつぁんたら」

顔を上げた小海はちょいと口を尖がらせそう言うと、銀次ににじり寄り銚子の柄を手にした。それと同時に空いた手で着物の袂を押さえ、酌をしようとすると。

「よせよ、親にそんな手付きで、酌する奴が有るかい」

「照れることぁ、ないだろ」

吉村が茶々を入れる。

「照れちゃいねぇよ、ちょい前まで鼻水垂らしてピイピイ泣いてた奴に酌されると、寒気がするんだよ」

「相変わらず、口が悪いんだから」

そう答えた小海に、銀次が言った。

「こればっかりは、死ななきゃ直んねぇよ」

「まったくだ、昔から銀次さんはその口で、損をしているんだよ」

「漁師は口で魚を捕るわけじゃ、ねぇからよ」

「はいはい、分かりましたよ。私はここいらで消えるとしますか、あとは親子で積もる話もあるでしょうから」

「この野郎、お前さんもなかなかの口を利くよ」

の一言を聞きながら、吉村は立ちあがる。

「ついでにその障子、開けてってくれ」

「立ってる者は親でも使えってね。はいはい、仰せの通りにいたしますよ」

大きな下地窓の障子を左右に開け放つと、強い風に舞う枯れ葉が、右から左へサーッと流れ去った。

「木枯らしだね……」

と、笑顔で一言言い残し、部屋を出て行く吉村はこの日、銀次が穴子を持って来ると小海に伝えていた。それを聞かされていた小海が、頃合いを見計らってやって来たというわけである。

銀次と小海はしばし無言のまま、下地窓の小舞《こまい》越しに庭に目をやると、窓脇に白く咲いた山茶花の花を見つめ続ける。

「ねえ。お父っつぁん」

長い沈黙にたまりかねた小海が、口を開いた。

「んーん……」

「こないだの話なんだけど」

「あれだったら、こんなとこで言うこたぁ無ぇだろ。人様の店でそんな話をする奴があるかい」

「だってお父っつぁん、家でするとの話も聞かず直ぐ大声出して、出て行っちまうんだもの」

「だからあれは、いいっていいってんだろ」

「年を考えておくれよ。いつまでも一人でやっていけないの、分かってるくせに」

庭を見つめて話す銀次の横顔に向かい、小海が言った。

「うるせぇな、まだ子供の世話になるほどもうろくしちゃいねぇよ。それに手前の商売考えてみろ」

「芸者が、どうかしたって言うのかい」

「いいか、芸者がションベン臭ぇ年寄り抱えて、どうすんだよ」

「何言ってんだい、自分の親と一緒に居て、どこが悪いんだい」

「分かんねぇ野郎だな、お前だっていつまでも一人《しとり》で居るわけじゃあねぇだろ、そのうち良い旦那か、これが出来るじゃねぇか」

右手の親指を突き上げ、銀次は小海の目を見て言った。

「私にゃそんな気持ち、これっぽっちもないんだから」

と、言ってはみたものの、小海の脳裏には一人の男の顔が浮かび、それを見透かすような銀次の鋭い視線に、思わず目をそらせた。

「ほうれ見ろ。その顔にちゃんと書いてあらぁ」

「そんなの、嘘」

「ああ嘘だとも、そのお前の気持ちはありがたく貰っとくけど、おいらはまだまだ大丈夫だぜ」

そう言いながら盃を前に突き出し、小海はそれに酒を注ぐと銀次を見つめて言った。

「だって、お父っつぁん、体のあっちこっちが痛くてどうのこうのと、言ってるじゃないの」

「ああ、あれは、お前に甘えてるだけさ」

そう答えた銀次は庭の山茶花に目を戻し、盃の酒をぐいっと一息に飲み干した。

お互いに相手の心の内はよく分かっている、分かっていればこそ口を開くと、ついきつい言葉が出てしまうのだ。

半年ほど前から、一緒に住まないかと小海に言われていた。しかし銀次は娘の事を思い、まだ独りで大丈夫だと強がりを言い続けてきたのである。

可愛い一人娘と一つ屋根の下に暮らし、いつかはその娘の子供を我が手で抱いてみたいと思わぬ父親はいない。孫をあやす己の姿を思い描き、独り微笑んでしまった事もあった。だが、若い頃から色々な遊びをしてきた銀次には、年老いた父親という存在が粋筋の女にとって、決して好ましい者ではない事がよく分かっていた。

背を丸め庭に見いる年老いた父親の横顔に、小海は声をかけた。

「じゃあその気になったら、いつでもそう言ってちょうだい」

「あいよ、ありがとよ」

このまま話を続けるとまた喧嘩になってしまう、小海は話題を変えた。

「お父っつぁん、勝先生とお知り合いだったの？」

「何でお前、急にそんな事を」

此方を振り返り、幾分驚いたような銀次の目を見つめながら、小海が話を続ける。

「先だって芝の紅葉館に行った時、私の事じいっと見つめている小柄なお爺さんがいらっしゃったの。何処かで会った事が有るような気がしたんだけど、思い出せなくて、目が合ってしまったからこう、会釈をしたら、手招きして私の事呼ぶじゃないの」

「で、その爺さんどうした」

「ええ、そばまで行って『何か御用でしょうか』と聞いたら。『お前、小海だろ』って」

銀次は久しぶりに小海の顔を間近でしみじみと見た。すっかり綺麗になり、年相応の艶も出てきた我が子が目の前に居る、そしてその小海が勝の話をしているのである。

こうして話をする二人の姿を、以前見たような不思議な気がする、心此処にあらずと言った感の銀次は、ぼんやりと小海の声を聞いていた。

「『はい、ご贔屓に』って答えたら、いきなり小遣いやろうって、ポチ袋を下さったの」

「はい、ご贔屓に」の声に、我に返った銀次は、

「たんと入ってたか」

と問うと、それを遮るように小海が言った。

「話の腰、折らないでよ。それから少しお話をし、別れ際にそのお方が『銀次さんは達者かい』って聞くから『家のお父っつぁんとお知り合いで』と聞くと、『ああ、若い頃、一緒に悪さをしたよ』って」

饒舌になった小海は、先を早く話したい様子。

「シーン、そうかい」

「ちょいとその方の事、気になったものだから後で姐さんに『あちらのお方は……』って尋ねたら、赤坂氷川町の勝海舟先生だって。お父っつぁん、先生とどんな仲だったの」

「どんな仲だったのって言われてもな、まあ、色々あってよ」

天井に向けた視線をわずかに泳がせ、遠い昔を懐かしむようぽつりと言った銀次の横顔には、微かに笑みが浮かんでいる。

小海がそんな銀次の顔を覗き込み、再び問うた。

「色々って……」

「若ぇ頃、つるんで遊んだって、それだけよ」

「だって向こうはお侍でしょ。そのお侍が漁師のお父っつぁんと一緒に遊んだの」

「侍ぇだって、色んな奴と付き合うわ」

「そうなの……」

銀次の懐には当の勝からの手紙が入っている、その折も折、小海が勝の事を話しだした。これは何か目に見えないものの導き、勝と己との間柄を語る良い機会だと思った銀次は、小海の目を見返し、ゆっくりと話し始めた。

「あのな……、小海」

「なぁに……」

「実はよ、お前が小せぇ時氷川の旦那、いや、その勝先生に抱っこされたんだぜ」

「えっ、本当なの。そんな話、私初めて聞く」

小首を傾げ、何かを思い出してでもいるのか、しばしの間を置くと、自分に言い聞かせるように、小海は言葉を続けた。

「それで、何処かで見た事が有ると思ったのかな」

「それはどうだか分からねぇが、お前が三つだったかな、おっ母さんが死んだ時は色々と世話になってよ」

「ねえ、お父っつぁんと勝先生とはどんな仲だったの。漁師とお侍がつるんで遊ぶなんて」

「あのな、小海、おいらも昔は腰に二本差してたのよ。氷川の旦那は貧乏旗本の倅《せがれ》、こっちはその腰ぎんちゃくみてぇな者、ここの吉村さんも同類よ」

「初めて聞いたそんな事、何で今まで隠してたの」

父親の秘密を垣間見ようとしているのではと、小海の表情が硬くなる。

「別に隠してたわけじゃやねぇよ、子供のお前に昔のこと言ってもしょうがねぇだろが」

「二人っきりの親子なんだからさ、何でも教えてくれてもいいじゃないの」

「それもそうだな、じゃあ追い追い話すとするか。それよか、いつまでも油売ってねぇで、ぼちぼち戻らなくても良いのかい。どっか座敷が、かかってんだろ」

「ええ、そうね。まだそんな時間じゃないけど、今の続きは今度ゆっくりと聞かせてもらおうかしら」

そう言いながら小海はちょいと横を向き、薄い芥子色の帯揚げと帯の間に指を差し込み、白い指でポチ袋を取り出すと銀次に向き直り、両の手でそれを差し出した。

「はい、お父っつぁん。お小遣い」

目の前のポチ袋に目をやったまま一瞬間《ま》を置き、意外といった態の銀次が言った。

「何だよ、馬鹿な真似すんじゃねぇよ」

「いいじゃないの。娘が父親にお小遣いをあげてどこが悪いの」

「だってよ、おいら。まだ稼ぎはあるんだぜ」

とは言ってはみたものの、たちまち鼻の奥がツンと痛くなる。こんな些細な事でも、今の銀次には顔が火照るほど嬉しいのだ。

「ねぇ、収めて頂戴。照れ臭かったから中々渡せなかったけど、以前からこうしたかったの」

「そうかい。そいじゃあ有り難く頂いとくよ」

押し頂くようにポチ袋を両の手で受け取ると、小海の目を見つめながらいたずらっ子のような照れ笑いを浮かべ、銀次は大事そうに懐へと仕舞い込むのであった。

羽田沖

「ねぇ、いいだろう、舟に乗っけておくれよ」

舟を出す準備に余念のない銀次の脇で、幼い功がしきりに甘えていた。

「ねぇってば……」

「今日は駄目だ、坊主、又、今度乗せてやっからな」

「投網、打ちに行くんだろ」

「お客を乗せるんだから、分かんねぇ事言うもんじゃねぇよ」

「なんだ、つまんねぇの」

「その代わり、土産持って来てやるからよ」

「いいよ、穴子はもう飽きたから」

「この野郎、じゃあ天麩羅持ってってやんねぇぞ」

「ワーイ、天麩羅大好きだ。持って来いよ、けちんぼじじい」

「駄目だ、生意気な口利きやがったから、もう手前なんぞに、何も持ってってやんねぇからな」

可愛い悪態が直ぐに返ってくると思ったが、功は急に黙りこくってしまい、銀次は普段と違うその様子に手を休め振り返る。

其処にはいつものように、はだけた着物から可愛い男の一物を出したままの功が、目から大粒の涙を流し此方を見つめていた。ちょい言葉がきつかったかなと思いながら、銀次は言葉を続けた。

「どうしたデコ助。目から何か出てるぞ、それ涙か」

「ちがわい……」

小さく答え、懸命に涙を堪える功のその姿が、銀次には抱きしめてやりたいくらいいとおしかった。

日々針仕事に忙しい母親の紗江は、我が子の事をかまってやる暇とてない。こまっしゃくれた言葉を使い、大人と接する事で親に甘えられぬ寂しさを癒そうとする功を、いつも気にかけ優しい言葉をかける銀次に、父親に似た感情を持つようになった六歳の童。

つい調子に乗り言った言葉に、銀次が怒ってしまったのではと思った幼い功は、泣く事でこの場を収めるしか術が思い浮かばなかったのだ。いや、術ではなく、心底いけない事をしてしまったのではないかとの思いから、涙があふれ出たのである。

泣かせてしまった事には自分にも幾分かの責任が有ると思った銀次は、功の前にしゃがみ込み、坊主頭を撫ぜて優しく言った。

「功、ちょい口が滑って言い過ぎたな」

大きく頷く功に、銀次が重ねて言う。

「じゃあ、そうゆう時はどうすんだ」

「ごめんなさい」

「そうだ、悪い事したと思ったら、ちゃんと謝るんだぞ」

「ン……」

「よし、良い子だ。そいじゃなあ、ちょい時間が有るから、ゴカイ捕りに行くか」

「どこまで？」

「御殿山の先に川があるだろ。其処までだが、どうする」

「品川の停車場《ていしゃば》のところ」

「ああ、そうだ」

「ン、行く」

「じゃあ、これ持ちな」

小さな餌箱を功に渡し自分は貝採り熊手を持ち、潮の引きかけた波打ち際を功の歩調に合わせて歩き出した。

右手には鉄路の敷かれた石垣の築堤が続き、左手は芝浜と呼ばれる高輪の海。しばし並んで歩いていると、いつの間にか功は銀次が羽織った半纏の袖口をつかんでいた。それに気付いた銀次が、節くれた人差し指をそっと功の前に突き出してやると、功は銀次の顔を振り仰ぐ。

視野の隅にこの動きを捉えはしたが、何事もなかったようにゆっくりと歩き続ける銀次。一瞬ためらった功は、目の前の差し出された人差し指を小さな手でそっとつかんだ。

己の指を包む軟らかい感触に銀次は微かに微笑み、しばし二人は無言のまま裸足で水辺を歩んで行く。

「坊主、大きくなったら何になりてぇ」

前を向いたままポツリと言った銀次を見上げ、功が「漁師」と大声で答える。

「そうか、漁師になりてぇか」

「うん、銀次さんみたいな漁師になるんだ」

「どんな漁師だ」

「穴子や蝦蛄《しゃこ》を捕るのが上手で、投網を打つのも、それから……」

指を摑んだ手に力を込め功が早口に答えるが、当の銀次は遠くの海を見つめながら言った。

「それから何だ」

「それから櫓を漕ぐのも早くて、ワタリもたんと捕るから」

「随分と持ち上げやがったな、そんだけ褒めてくれたんだから、何か礼をしなくちゃな」

歩みを止めた銀次が、功の顔を見下ろし言った。

「本当?……」

「ああ、本当だとも。そうだな、飴玉がいいか坊主」

「甘いもんより、おせんべがいいな」

「せんべか、他に何か無えか」

「塩豆も好きだ。母ちゃんも好きだし」

「よし、じゃあ今度塩豆買ってやるからな、茹《う》でたのか、炒ったのかどっちだ」

「茹でたの」

砂浜に続く二人の足跡を打ち寄せた冷たい波がかき消し、小さな泡となって消えていく。

高く澄み渡った晩秋の青い空、水面に点在する白い帆の漁師舟の遥か沖に、三本マストの黒い蒸気船が煙をたなびかせながら航行していた。

波打ち際を歩く二つの影は、年老いた祖父と幼い孫が仲良く手を繋ぎ歩いているかに見える。

やがて二人は品川の停車場を過ぎ、目黒川に突き当たった。

「さあ此処だ」

「何処にいるの？」

己を見上げ早口で言った功に、浜を指差し銀次が答えた。

「その辺の砂地よく見てみな、小さな穴が開いてるだろ、それがゴカイの穴だ」

「どうやって捕るの」

「穴のいっぺぇ開いてっとこの砂を、こいつでもって掘ると、幾らでも出て来るぞ」

「じゃあおいら、捕って来る」

功は銀次の手から熊手を引ったくるように取ると、潮が引き広く現れた河口の砂地へと小走りに向かった。目指す場所に着いたのか、しゃがみ込むと大きな貝採り熊手で辺りを掘り起こすが、上手く捕れないようだ。

「どうだ、いるか坊主」

「いるけど、すぐ逃げちゃうよ」

「熊手はこうやって大きく使いな」

銀次は熊手を使う仕草をして見せながら、言葉を続けた。

「ゴカイが出てきたら、砂ん中潜っちまう前《めえ》に早えとこ捕まえな」

功は大きく頷くと両膝を着き、小さな手で懸命に熊手を動かし始める。

「捕まえた」

河原の土手に腰を下ろし旨そうに煙管を燻《くゆ》らす銀次に、功がつまんだゴカイを誇らしげにかかげて見せた。

「よぅし、でかした。もっと、たんと捕りな」

「ン……」

と一言答え、砂だらけになりゴカイを捕り続ける功の小さな後ろ姿を、銀次は優しい眼差しで見つめている。そんな銀次たちの遥か上空を雁が鉤《かぎ》の字になり、南の空へと飛んで行く。

「こんだけ捕れたよ」

立ち上がった功が、元気な声をあげた。

「どれ、持って来て見せてみな」

「ほら……」

と小走りに近づいた功が得意げに差し出した餌箱には、結構な数のゴカイがうごめいている。

「こんだけありゃ充分だ、そいじゃあボチボチ、帰《けえ》るとするか」

「もういいの？」

「ああ、そろそろお客が来る頃だ、早ぇとこ帰らねぇと」

銀次は熊手と餌箱を受け取ると功の前にしゃがみ込み、着物と手に付いた砂を払い落としてやった。

「のんびりしてらんねぇ、おぶってやるからな」

背中を向けると、功は抱きつくように銀次の首に手を回してくる。

「おっと、首絞めんなよ。それからこれは手前で持ちな」

餌箱を肩越しに渡すと、熊手を色褪せた三尺に挟み込み、『よっこらしょ』と立ち上がると歩き出した。

「ちょい急ぐから、しっかりつかまってな」

「ン……」

こんな子供をおぶり早足で歩くだけで、じきに息が切れてくる。一旦立ち止まり、呼吸を整えるとずり落ちかけた功を背負い直す。

「重くない」

と問い掛ける功に、

「なんの、坊主の一人や二人」

そう言うと、背に回した手の指で、その可愛い尻を軽く一つねりした。

「イテッ」

功は一瞬腰を浮かし、改めて銀次のがっしりした広い背に、顔を埋めるのであった。

「ほれ、功、聞こえるか」

その一声に背中の功は顔を上げ、耳を澄ませる。

「陸蒸気だ」

銀次に背負われたまま後ろを振り返り、功は大声を出した。

海辺に沿って築堤された石垣の上には鉄路が敷かれ、そこを上りの蒸気機関車が、爆音を轟かせ迫り来るところであった。立ち止まり振り仰ぐ二人の前を汽車は新橋駅目指し、黒い煙を残し通り過ぎて行く。

波の引き際、砂が硬く締まり歩きやすい所を選びながら、銀次は高輪へと早足で歩を進めた。彼らの行く手には追われるが如く、先へ先へと砂浜を小走りに進む一羽のセキレイがいる。しばしその姿に気を取られたままの銀次が我に返った時は、舫った舟の脇に二つの人影がはっきり判別できる処まで来ていた。

「銀次、いつ、子供作った」

白い顎鬚《あごひげ》を生やした小柄な老人が、ニコニコと笑いながら近づく銀次に声をかけた。その後ろには、風呂敷包みを抱えた若い男が立っている。

「待たしちまったかな、申し訳ねぇ」

「いや、今しがた来たとこよ。それより、その子は」

「ああ、これね。この先で拾って来たとこでさあ」

そう言い終えた途端、背中の功が銀次の尻辺りを蹴飛ばした。

「この野郎、もう一度やりやがったら、これだからな」

と功の尻に回した指先に力を入れると。又つねられてはたまらないと足をばたつかせる。

「ほれ、降りな」

その言葉に背中から滑り降りた功は銀次に餌箱を差し出し、それを受け取りながら銀次が言った。

「この坊主がゴカイを捕ってくれたんだ、なっ」

三分ほどに伸びた小さな坊主頭に手をやり、見下ろした視線を功から老人に移して言った。

「手間取らしたな、有り難うよ。それじゃあ小遣いやらなきゃな」

細かい久留米絣の着物に綿入れの羽織を着た老人は、懐から紙入れを取り出すと中を覗く。

「勝さんの財布にゃ一銭銅貨は入っちゃいますまい」

「一銭か……」

勝と呼ばれた老人は、そう言いながら連れの若い男を振り返り声をかけた。

「溝口、お前二銭あるか」

「ハイ、あるかと思います」

「すまないが、出しといてくれ」

襟元をきっちりと合わせた木綿蚊絣《かがすり》の着物に小倉《こくら》の袴、エラの張った顔の溝口は手にした風呂敷包みを舟縁に置き、懐から引っ張り出した縞の巾着から銅貨を取り出し、功に渡そうとした。

横から不意に伸びた勝の手がひょいとそれを摘むと、紙入れに挟んだ懐紙に包み一捻りし「有り難よ」、と功に差し出す。幾ら子供相手だからと言って、一銭銅貨一枚を渡すのを勝はためらったのである。

「要らねぇよ」

銀次の後ろに身を隠すようにしながら、功が言った。

「良いから頂いときな、ゴカイはあの爺さんが使うんだから」

「いいよ、要らねぇってば」

「二銭では、少ねぇか」

「勝さん、子供にそんな事言うと、本気にしますぜ」

「そうだな、すまねぇ」

「ほれ、功。今のは冗談だから」

背中を軽く押し出し勝の前に立たせてやると、功は一瞬ためらったが両手でお捻りを受け取り、二人の顔を代わる代わる見上げた。

「礼はその爺さんに言いな、アンチャンは爺さんにお足（金）を貸しただけだから」

「有り難うございます」

「こっちこそ、手間取らせたな」

ぺこりと頭を下げた功に、勝が笑顔で答えた。

「関口さん、そんな心配そうな顔しなさんな。なんなら勝さんに証文の一枚でも書いといてもらうかい」

「いえ、私はそんな……」

銀次の冗談に関口と呼ばれた男は、むきになって答える。

「坊主そろそろ帰んな、それからこのお足の事母ちゃんに聞かれたら、ゴカイを捕った駄賃にお客さんに貰ったたっついな」

「ン、有り難う」

そう言い残しお捻りをしっかりと握った功は、元気良く浜から走り去って行った。その後ろ姿を見送る勝に、関口が声をかける。

「先生、何時頃お迎えに上がったらよろしいでしょうか」

「銀次、何時頃だ」

「そうよなあ、お天道様が御殿山の西行った頃かな」

「ハイ、分かりました」

「関口、お前、今ので分かったのか」

「だいたいは」

「銀次、若い者をからかうんじゃないよ」

「いいや、本人が分かったっついてるんだから良いんじゃねぇの。なあ、関口さん」

人懐っこい銀次の笑顔に釣り込まれ、関口の顔にも笑みが浮かぶ。

銀次は勝を乗せた舟を関口と二人で浜から海へと押し出すと、濡れた股引のままそれに飛び乗った。

「そいじゃぁ、出迎えお願いしますよ」

そう銀次に声をかけられた関口に見送られ、舟は高輪の浜を静かに離れ品川へと舳先を向けた。


「銀次、何処へ行く」

帆柱に寄りかかり、腕組みをした勝が前方を見つめたまま言った。

「そうよなー、ハゼなら羽田の沖かな」

「なら暫くかかるか、帆は揚げねぇのかい」

「もうちょぃ行ったら、帆かけてシュラシュシュシュ♪とね……」

節を付けながら、銀次は答える。

「こうして舟に乗り、海に出るのも久しぶりだな」

「昔、咸臨丸で亜米利加まで行った軍艦奉行、今はこんな漁師舟に乗っている隠居の爺さん。時代が変われば、乗る舟も随分と小さく変わりなすったもんだ」

「あん時は熱病に罹った上に船酔いがひどくて、ええぇ目にあったよ。大きい船よりこんなボロ舟でのんびり行くのが、今の俺にはお似合いだ」

染付の手あぶりに小手をかざしながら言った勝の目は、何かを見るでもなく、視線は遥か沖に向けられている。

「炭なくなったら籠の中の奴、継ぎ足しといて下さいよ」

「ああ……」

しばし銀次の漕ぐ櫓の音だけがゆったり揺れる水面に響き、行く手一間ほど先、跳ねた小魚が波紋を残し澄んだ海へと消えていく。舟が品川の停車場沖を過ぎ、微かな風が舟上の二人の頬に感じられた時だった。

「帆、揚げますから、ちょい脇寄って下さい」

「こうかい」

体をずらしながら答えた勝に、

「もうちょい、ええ、そんなもんで結構です」

櫓を漕ぐ手を止め、銀次は帆柱に近寄ると巻かれていた帆をそれに取り付け、引き上げた。風を孕んだ白い帆が舟足を加速させ、その帆布の張り具合を年老いた二人の男が見上げる。

「青い空と海に白い帆、銀次、絵になるね」

「思い出しますかい……」

「ああ、三十年なんてぇのは、あっという間に過ぎちまったよ」

勝が艦長として乗船した咸臨丸が太平洋を横断してアメリカに渡り、出帆から百四十余日後此処品川沖に戻って来たのは、万延元年（一八六〇年）の事だった。

「あの辺りでしたかね」

銀次が左手の沖を指差し、言った。

「やっと蕎麦が食えると思ったよ」


「寒かありませんか」

艫に腰を下ろし、煙管をくわえたまま舵を取る銀次が、勝に声をかけた。

「なーに、綿入れ着てきたから大丈夫だ」

「そんな格好してっとこ見ると、偉ぇ先生には見えねぇね」

「何に見える」

「そうさな……、差し詰め鋳掛け屋か荒物屋の爺さんてとこかな」

「九代目には見えねぇかい」

「もうちょい、面《つら》が長けりゃな。お前さんが九代目なら、私《あたし》ゃさしずめ、五代目ってとこですかね」

（九代目市川團十郎・五代目尾上菊五郎は明治期歌舞伎の黄金時代を築いた）昔馴染みの銀次と勝は、二人になると小気味の良い冗談がポンポンと飛び出してくる。口の悪いのは江戸っ子の常、少々の悪態に腹を立て気の利いた返答が出来ずに突っかかるようじゃ、まだまだ修行が足りぬと相手にされぬ。

そんな二人を乗せた舟は大森を過ぎ、右手に羽田穴守稲荷の木立が見える多摩川河口に着いた。

「さてと、ここいらでどうかな」

銀次は帆を降ろすと、いつもぼさ漁に使う杭に舟を漕ぎ寄せ、舳先の縄を手際良くそれに舫った。

「銀次、持って来てあるから、やりたきゃ勝手にやんな」

勝が風呂敷包みをアゴでしゃくり、指し示し言った。それが何を意味するか、長い付き合いの銀次には直ぐに察しがつく。

「いや、舟の上じゃ、やんねぇ事にしてるんで」

「ほほう……、そりゃ奇特なこった。訳を言いな」

携えてきた釣竿を袋から出しながら、からかうように勝が言うと、

「舟の上はアタシにとっちゃ戦場《いくさば》よ、そこでササ（酒）なんぞ飲んでられますかってんだ」

「ささ、そのようなお堅い事言わずとも……」

「いやいや、それはなりませぬ。たとえ安房守殿の仰せでも一旦飲まぬと言ったからはこの銀次、後ろ手に縛られ酒の海に放り込まれようとも、この口を真一文字にきりりと結び、一滴たりとも飲んだりいたすもんですかい」

歌舞伎口調になったり、伝法《でんぼう》な口調になったりと二人は会話を続けた。

「この沈みかかったボロ舟がお前さんの戦場《いくさば》なら、それに乗ってるこの俺は、一体何なんだい」

「そうよな……、さしずめ泥船に乗った義経に化けた狸てぇところですかねか」

「泥舟に乗った狸の義経か、八艘飛びは無理だから八畳敷きでも披露しようか」

「そんなもん見たら、目が腐るわぃ……」

「折角持って来たのに、呑まねぇて言うならしょうがねぇな。日頃の殺生の功徳に、海に流して魚の供養にでもするかい」

「そりゃ。殺生だわさ……」

二人の掛け合いはここいらで一旦お開きとなり、勝は水面《みなも》に浮く長い朱塗りの浮きを見つめる。糸を垂れる勝の後ろ姿はすっかり老け込んでしまい、以前に比べ一回り小さくなっていた。

そんな勝の脇で、銀次は天麩羅を揚げる用意を始めた。

「おっと、やっと来たか」

「若い頃のお前さんなら直ぐに綺麗どころを引《し》っ掛けたのによ」

銀次の冗談には乗って来ず、勝はかかった寒ハゼを針から外すと餌を付け替え、黙って糸を垂れた。

「なあ、銀次」

しばしの沈黙が続いた後、勝が口を開いた。

「ハイッ……」

「去年、小鹿《ころく》が死んでよ」

「伺ってます、遅くなっちまったけど、お悔やみ申し上げます。どうもご愁傷さまで……」

「……ン、ありがとよ。子供に先、逝かれるってぇのは辛いもんだな」

「さいでしょうね、お察し致します」

「………」

「胸ですかい」

「ああ、長ぇ事患ってたよ。体、丈夫じゃなかったからな」

「………」

「これもあいつの寿命だと手前《てめえ》に言い聞かせるが、なかなか納得出来なくてよ」

手を休めた銀次は、丸くなった勝の背中に話し掛けた。

「寂しくなりますね」

「ああ。氷川に来る奴もすっかり減っちまってよ、こっちも寂しくなったもんだ」

水面の浮きを見つめたまま答えた勝の住まいは、赤坂氷川神社の裏にあった。

「皆、歳取ったからな、だんだん足が遠のくのも、やむをぇねぇよ」

「周りの人間が一人減り、二人減りしてくると、自分の墓の心配するようになるんだから、可笑しなもんだ。静かな所へでも引っ込みたくなるよ」

「そいで洗足《せんぞく》に……」

「誰かに聞いたのかい」

「ええ、吉村さんに」

「畑でも耕して、のんびりするさ」

「のんびり出来るように、なりましたか」

「ああ、やっとな。良い所だぜ、一度遊びに来な」

洗足池池畔に六反ほどの土地を購入し、其処に隠居所として勝が建てたのが洗足軒、農家を模したその家が完成したのは二年前だった。

「有り難う存じます、その内に」

「こっちはもう墓の心配はいらねぇが、銀次、お前はどうするね」

「さてと、魚の餌にでもなってやりますかぃ」

「そんな事して腹壊さねぇか、魚がよ」

「そこまで面倒見きれませんがね、おっと……引《し》いてますよ」

水面に浮いた浮子《うき》が微かに沈むのを見た銀次が、此方を向いていた勝に声をかけた。

銀次は勝の釣ったハゼを手早くさばくと衣を付け、油でざっと揚げた。ハゼの他にもあらかじめ用意してあった穴子・芝海老などで、次々と天麩羅を作っていく。

「手際がいいな」の勝の言葉に「おかげさんで」と銀次が答えた。縁の欠けた網目模様の染付皿に盛られた天麩羅に塩を付けると、勝は旨そうにそれをほおばる。

「これはなんだい」

一口食べた掻き揚げを箸で摘み上げ、銀次に尋ねた。

「蝦蛄の爪でさぁ」

「旨いもんだな」

「口のおごった先生の、お気に召すやら召さぬやら」

「召した、召しましたよ。さあお前も食べな」

「いいえ、私《あたし》ゃ食い飽きちまったから」

「これじゃなくて、その重箱の中の物を突っつきな。一人で食ってたって、旨かないからよ」

「そうですかい、それじゃあ遠慮無くご相伴させて頂きますか」

軽く頭を下げると銀次は濃い紫縮緬の風呂敷を解き、中の真塗り二段重の蓋を開けた。上には里芋・椎茸などの煮しめの他に、出汁巻き卵・白身魚の西京焼きがきれいに並び、下の段には俵に結ばれた小振りの握り飯と、香の物が詰められている。

「本当に飲まなくても良いのかい」

「そう念を押されちゃうと困っちゃうね、何か悪い事でもやらかしたみたいで……」

節くれた大きな手の平に載せた里芋を、音をたてて口に入れながら、銀次が悪戯っ子のような笑顔を見せた。

「あんだけの啖呵切ったんだから、今さら飲みますなんて、言えねぇよな……」

「きしょう、相変わらずだね」

「お前も相変わらずの意地っ張りだね、目つぶっててやるから、その隙にぐっとやったら」

「いや、いらねぇ」

「好きにしな……」

船縁を打つ波もない静かな晩秋の海だった、老いた二人の男が小舟の上でとりとめのない会話を楽しんでいる。

「なあ、銀次」

声の調子を変えた勝が、言いにくそうに切り出した。

「なんですかい」

「小海……、小海は元気かい」

「元気かいって、ついこないだ、あいつに会ったばかりじゃないんですかい。芝の紅葉館で勝さんに声かけられ小遣いもらったたっついてましたよ」

「そうかい……、大きくなったな」

「凄取るようになった女捕まえて、大きくなったはねぇでしょう」

「えれぇ、別嬪になって。母親に似てきたな」

勝には珍しい回りくどい言い方に、銀次は嫌な予感がした。

「ハゼの小骨でも喉に引《し》っかかったんですかい。人《しと》の娘の事、あれこれ言いっこなしにしましょうよ」

「小鹿に死なれてから忘れていたはずの小海の事、気になりだしてな。今さらお前に言うのもなんだけど、どうだろう……」

「いつもの勝さんらしくねぇな。口の中でモソモソ言ったって察しの悪い私《あたし》にゃ、ちっとも通じませんぜ」

そう言いながらも銀次には、勝が何を切り出そうとしているのかが薄々感じられる。

「小海の事なんだがな……。お前さんからそのなんだ、折をみて、私との間柄をそれとなく話してはくれまいだろうか。いや、今直ぐどうこうしてくれと言うのじゃねぇが、色々と心に思う事があれこれと浮かんできてな、どんなもんだろう……」

手にした塗りの取り皿を下に置き、姿勢を正して勝が言った。

「おっと、チョイ引っ掛かりますね、今の言葉。以前にもちらっとそんな事言いなすったが、そん時も答えたと思うけど、小海は私《あたし》の娘ですぜ」

鋭い眼差しで自分を見つめながらの銀次の強い口調に、勝は次の言葉が出てこない。

「いいですかい、あれの母親が息引き取る時、お前さんにはっきりと言いましたよね。『私たち親子と、貴方様とはもう何の関わりもございません。私は銀次さんの妻として死んでいきます、この人も娘を自分の子供として育ててくれると申しております。どうか私たちの事はもうかまわないでおいて下さいまし』って」

「…………」

「実の親として、お前さんの気持ちも解らねぇでもないが、納得ずくで縁切ったんだから、きっぱりと忘れてもらわねぇと」

「銀次、これだけは言わしてもらえねぇだろうか」

「何でぇ、言ってみな」

勝の顔から遥か西に見える富士の山に視線を移した銀次が、腕を組みながら吐き捨てるように答えた。

「幾ら縁を切ったと言っても、あの子には俺の血が流れてるんだよ。小鹿が死に、自分もこれから先どれだけ生きられるかと思うと、どの子にも同じようにしていってやりたいんだ。お前さんの言う事ももっともだが、俺は小海にも他の子と同じに何かを残しといてやりたい。ただそれだけなんだよ」

「それはお前さんの思い違いだ、いいかい。今、他の子と同じにと言いなすったね、もう一度言うよ。小海はお前さんの子じゃなくて、私《あたし》の娘ですぜ。何遍言いゃ、解るんだい」

伊藤博文や黒田清隆など、明治政府・歴代の首相経験者にずけずけと物を言う勝が、一介の年老いた漁師に怒鳴られ、諭されるとは思ってもみなかった。

「…………」

「…………」

小舟の上の二人は視線をそらしたまま、無言でしばし対峙する。勝の脇に置かれた手あぶりから微かに青白い煙が上がり、鱸の銀次のほうに流れて来た。

「銀次……、すまなかった、勘弁してくれ。確かに俺の言った事は筋が通らない、申し訳ねぇ、この通りだ」

木綿の綿入れを着た老翁が、舟板に両手を着いて頭を下げた。それを見た銀次は、改めて勝が老いたなと思う。

気まずい風が舟の上を流れ、二人の老人はそれぞれ異なる方角を見つめている。遠く多摩川の対岸、葦原の向こうに見えるのは川崎大師の大屋根か、その遥か上空に一刷毛《ひとはけ》筆で描いたような雲が白く浮かんでいた。

「…………」

「…………」

勝が小海の事を思っての言葉だと、百も承知の銀次。意地っ張りでへそ曲がりな似た者同士、このままではいつまで経っても埒が明かない、なら、自分からこの場を収めようと、銀次が口を開いた。

「小海の奴が母親と同じ芸者になりてぇついた時、蛙の子は蛙だなって、そう思いましたよ」

銀次が言ったこの言葉に、勝が無言で聞き耳を立てる。

「三味線、踊りと小せえ頃から稽古事に励み、十二歳で半玉になり、その時付けた芸者名を聞いた時ゃビックリしましたぜ。『何で小海に……』と尋ねたら、『だって、お父っつぁんが漁師だから』ってよ……」

「俺もお前さんから芸者名が小海だと聞いた時は、ドキッとしたよ」

　横を向いたままの勝が言った。

「勝海舟の、海の字を取ったと思いなすった」

「ああ、誰かに俺の事聞いたのかと思って、気になっていたんだが、それを聞いてすっきりしたよ」

　そんな勝の横顔に銀次が言った。

「ねえ、勝さん……」

「ン……」

「今まで通りの勝さんと、銀次でこれからもいきましょうよ」

「そうか、機嫌直してくれたか」

　此方を向いた勝に、照れ臭そうな笑顔が浮かぶ。

「とっくに機嫌は直ってますよ、二人共、先短えんだから。せめてこの世に居る間は昔みてぇに馬鹿言って、仲良くやっていきましょうや」

「そうだな、銀次、有り難ぅよ……」

小舟の上に風が流れてきた、それを機に銀次は錫の徳利に入れられた酒を湯呑茶碗に注ぐと、ぐいっと一気に飲み干した。酒を口にしない勝は白湯を飲みながら、手あぶりを挟んでの二人の宴は小一時間ほど続いた。

晩秋の弱い日が西に傾き、水面に冷たい風が漂いだした。帰り支度を終えた銀次が舟の舳先を北の高輪に向けた時、勝が声をかけた。

「一網、打ってみてくれねぇかい」

「もうろくしちまってよ、きれいに広《しろ》がんねぇで、やんなっちゃうよ」

櫓を漕ぐ銀次が、顔をしかめて言った。

「お前の口から、そんな言葉が出るとはな……」

「体、ガタガタよ。眼はかすむは足元はふらつくは、情けねぇったらありゃしねぇや」

「銀次、お前どっか悪いんじゃねぇかい」

今の今まで自分の事ばかり考えていた勝が、改めて老いた銀次を振り返る。此方を見ながら笑っているその眼が、少し濁って居るように思われたのだ。

「おい、その眼、いつからそうなった」

「何の事だい」

「眼、おかしいいんじゃねぇかい」

「いや、そんな事ぁねぇよ。そんじゃ、ここいらで一網打ってみますかい」

眼の事を打ち消すように櫓を漕ぐ手を止め、銀次は舳先へと移動し、勝の脇をすり抜けながら一声かけた。

「棹を、お願いできますか」

「ヨシ、任しとけ」

と答えた勝は入れ替わり艫に向かい、棹を手にして銀次を見る。投網を持った銀次は舳先に後ろ向きに立ち、勝に向かって言った。

「そいつを底に突き刺し、舟が動かないようにしといて下さいよ」

棹を手にした勝に一言言うと、銀次は投網を手にし呼吸を整えて身構えた。舟より打つ投網は川や水辺で打つそれより倍近く広い。銀次は長い網を肩と肘に半分ほど掛けると、残りを両手で持つ。

船縁から垂れ下がった投網に体で大きく反動をつけ、腰を捻って肩越しに後方に向かって投げると、使い古された投網は秋空にきれいに広がり、青い海へと沈んでいった。

「まだまだいけるじゃねぇか、エエッ、大したもんだ」

浅い海に突き立てた棹を両手で持ったままの勝が、言った。

「精一杯力《りき》んで、やっとこんなもんですよ。ちょい、舟、前出してくれませんか」

「こんなもんかい」

勝が棹に体を預け、熟れた棹さばきで舟を操る。

「ハイ、そんなもんでよござんす」

銀次は閉じきった投網の手綱をゆっくりと手繰り寄せると、海水の滴る網を舟へ引き上げる。

幾匹かの魚が体をくねらせもがいている網を広げ、それらの魚を浅い桶に入れはじめると、艫にいた勝が銀次のそばに近寄り、桶を覗き込んで言った。

「スズキかい」

「いや、まだまだ。こんなのはフッコですよ」

全ての魚を一旦桶に入れた後、小魚は海に戻し網にかかったゴミや藻をきれいに外した。その時銀鱗を光らせ、海に戻っていった小魚を眼にした勝が、

「今のは、コハダじゃねぇのかい」

「サッパ、サッパ」

「食えるんじゃねぇの」

「この辺の奴は、あんなの召し上がらねぇよ」

桶の魚を選り分けている銀次の手元を見つめ、勝が言った。

「小せえ蝦蛄だな」

「大きいのは鈴ヶ森辺りの奴、餌が良いからね」

「此処にも良い餌になりそうなのが、二匹いるな」

向かい合わせにしゃがみ込んだ二人の老人は、顔を見合わせ悪戯っ子のようにニコッと笑った。

ここ羽田と高輪の間にある鈴ヶ森には江戸時代まで刑場があり、罪人の処刑が行われていた。そして品川から大森・羽田辺りの海辺に住み暮らす住民たちは、水死体が海から上がると、それに必ず蝦蛄が食いついているのを知っている。

死肉を食べるそんな蝦蛄を忌み嫌い、口にしない住民もいるくらいだ。そんな事柄を絡め、二人は冗談の種にしたのである。

木挽町

酉の市がすんで半月、神棚脇に飾られた真新しい熊手もそれぞれの家に馴染んだ師走の或る日。築地川と三十間堀の中ほど、木挽町に建つ小海の家の前に、朝まだ薄暗いうちから一人の少女がたたずんでいた。

幾度も仕立て直しを繰り返したであろう、色褪せた木綿藍縞の筒袖の着物に、色が抜け白っぽくなった兵児帯を締め、両手で大きな風呂敷包みを持った少女は、木端《こばた》立てに格子を取り付けた出窓に身を隠すようにして、入口に視線を向けている。

他の町内ならいざ知らず、料亭・待合・芸者の家などの多い此処木挽町辺りの朝は遅く、七時になっても人通りはまばらだ。

間口四間・下見板張りのこぢんまりした二階家、入り口脇にある黒塀に囲まれた猫の額ほどの庭には隠れ蓑と詫び助が植えられ、その根元にツワブキが青々とした葉を覗かせている。

前髪を切り揃えたひっつめ髪、鼻筋通り整った顔立ちの少女は年の頃十四、五。色黒で健康そうな体が、寒さのせいで小刻みに震えていた。

ちびた下駄を履いた素足は鶏のそれのようにカサカサに荒れ、風呂敷包みを持つ手も、この時季にして早くもアカギレていた。時折脇を通る人たちはこの思いつめた様子の少女を、好奇な目で見ながら通り過ぎて行く。

駒反しの格子戸が開き、中から四十を過ぎたと思われる女が顔を出したのは、八時を大分回った頃だった。

藍のシボの有る紬《つむぎ》に鼠《ねず》の帯を貝の口に結び、ちょい衣紋を抜いたその着こなしから、以前の仕事が偲ばれる。

頭に手拭いでの姉《あね》さんかぶり、一巾半の縞の前掛けに襷掛けの出で立ちで表に出ると、前の通りに箒の目を立て始めた。女が自分で掃く箒の穂先を目で追っていると、少女の足がその視野に入った。その足元から顔へとゆっくりと視線を移し見上げた女の目を、待って居ましたとでも言いたげな少女の瞳が、見つめている。

「なんだい、何か用かい」

つっけんどんな言い口ながら、女の目は優しく少女を見やった。

「あの……、小海姐さんはおいででしょうか」

首をすくめ、小さな声で少女が言うと、

「いるけど、まだ寝てるよ。用があんなら私が聞いとくから、言ってご覧」

女は少女が手にした薄茶色の風呂敷包みと思案げなその顔から、何か訳がありそうだと直ぐに察し、言葉を続けた。

「いつから此処に突っ立ってたんだい」

「今朝、早くからです」

短い言葉のやり取りから、この女の人となりが感じ取れたのだろう、少女は安堵の表情を浮かべ、ポツリと答えた。それを聞いた女は手にした箒を出窓の脇に立てかけると、早口で言った。

「なんだか知らないけど訳がありそうだね、さあ、中にお入り。何か温かい物《もん》でもこさえてあげるから」

促すよう先に立ち家に入ると、少女は手にした風呂敷包みを両手で抱え直し、その後に従った。

巾一間の玄関の三和土《たたき》には、前夜小海が脱いだ塗りの芳町下駄《よしちょうげた》が置かれている。女はその脇に、後丸の下駄を無造作に脱ぐと、

「さあ、そんなとこへいつまで突っ立ってないで」

入口でモジモジしている少女に向かい、上がり框に立ち手招きして声をかけた。

「お言葉に甘え、お邪魔させて頂きます」

一礼して中に入ると静かに格子戸を閉め、少女は言った。

「きみと申します、此方の小海姐さんにはご迷惑かと存じましたが、勝手に押しかけて来てしまい……」

「そんな挨拶はいいから、さっ、早いとこお上がりよ」

少女が終いまで言い終わらぬうちに、女が言葉を遮るように言った。

少女は深く頭を下げた後、其処に脱いであった塗り下駄と、今しがた女が脱いだ下駄を揃えて向きを変え置き直すと、その脇にちびた下駄を脱ぎ静かに家に上がる。

玄関から続く廊下の右手に幾枚かの唐紙が並び、突き当たりは二階への階段。女は入って直ぐの唐紙を開け、六畳間へ少女を招き入れた。部屋に入ると正面が掃き出しの障子、右手が出窓になっており、その前に長火鉢が置かれている。

開けた襖の右が半間の壁、其処の鴨居上には白木の神棚が設えられ、左隣の部屋との間には緋色・鹿の子絞りで縫われた覆いのかかった姿見と、桐箱に入った三味線が置かれていた。

「このお湯が沸いたらお茶漬けでも作ってあげるから、それまで此処で待っててておくれ」

女は長火鉢の前に座ると少女の足元を指し示し、座るように促した。

五徳に載せられた霰の鉄瓶からはまだ湯気は上がっておらず、部屋もそれほど暖まっていない処から、炭を埋《い》けて間がないと思える。

長火鉢の小引出しから煙管を取り出した女は、その雁首にキザミを詰めると、夜会巻き風に結った髪を傾げて、火鉢に埋けられた炭の火を点けた。少女は正座をしたまま、その様子を見つめている。

「家出でもしてきたのかい」

一服煙草を燻らすと、口から煙と言葉を一緒くたに吐いた。

「…………」

「きみちゃんとか言ったね。小海姐さんはじきに起きて来るだろうから、そうしたら何でも話すがいいや。初対面の私には言いにくいだろうからね」

きみは済まなそうに、無言で首を垂れるだけであった。


鉄瓶から白い湯気が上り始めると、女は長火鉢脇に置かれた茶櫃の蓋を開け急須と湯呑みを取り出し、猫板の上に置いた。返すその手を右袖に引き入れると長襦袢を器用に引き出し、それで鉄瓶の柄を握り急須の中に熱い湯を注ぐ。

茶葉をまだ入れていない急須に鉄瓶の湯を注いだ女の動作を、きみが不思議そうに見ている。女はきみのその視線に気付いたのか、笑顔で一言言った。

「待ってな、ね……」

そう言い終えると一旦注いだ湯を汲み出しと大振りの湯呑みに注ぎ直し、空になった急須に茶筒の茶葉を入れた。

茶筒の蓋に入れた茶葉がサラサラと乾いた音をたて、万古の急須の中に滑り落ちる様を、きみは不思議な物でも見るかのように、凝視する。女はその急須に湯呑みで冷ました湯を注ぎ、言った。

「七十、勘定してごらん」

一瞬その言葉が何を意味するか分からなかったきみが、問うた。

「七十、数えるんですか」

「んん……、六十で良いよ」

そう言う女の目を見つめながら、きみが声を出して数え始めた。

「一つ、二つ、三つ、四つ……」

数を数えるきみを見つめた女の手は、急須の柄を握ったまま。そのきみが「六十……」と言った時、手にした急須の茶を、並んで置かれた湯呑茶碗に注ぎ始めた。

まずは切立《きったち》の大振りの湯呑みに少し注ぎ、次に汲み出しに半分ほど注ぐ。その後交互に茶を注ぎ、急須の口から一垂れの茶が出終わると、その汲み出しをきみに差し出し言った。

「さあ、朝茶だよ、これを飲んで一息ついたらお茶漬け作ってあげるから。一煎目からお茶漬けじゃもったいないからね」

きみは両手で汲み出しを持つと、ゆっくりながら一息にそれを飲み干した。朝も暗い内から長い間立ち続け、喉が渇き切っていたきみにとっては、腸《はらわた》に染みとおる旨いお茶。普段飲むのは出涸らしか安い番茶、こんなに甘く旨い茶を飲んだのは生まれて初めてだった。

「おいしい……」

思わず出たきみの言葉に、女は微笑みながら答えた。

「熱いの、もう一杯飲むかい」

「はい、頂きます」

きみが二煎目を飲んでいる間に、女は障子を開けたまま部屋を出て行くと、じきに塗りの膳に何かを載せて戻って来た。

「こんな物しかないけど、自分でお茶漬け作ってお食べ」

と言いながら、膳をきみの脇に置いた。

それには女所帯らしい小丼に軽く盛られた飯に、昆布とアサリの佃煮が入った小鉢と、沢庵を載せた小皿が並んでいる。

「すいません」

両手をつくと頭を深く下げそのまま後ろにずり下がり、空いた空間に脇の膳を置く。

きみは手にした小丼に熱い茶をかけ、一口それを啜った。そんな様子を、女はキセルを燻らせながら見つめている。きみが不揃いに切られた沢庵を箸で摘み上げると、よく切れていないそれが、ズズッと繋がったままぶら下がった。

「オッホッホッホッ……、切れてなかったね」

沢庵を摘み上げたまま自分を見つめるきみに、女は大声で笑いかけ、

「手で千切っちゃいな」

そう言った後も、さも可笑しそうに、くすくすと声をたてて笑った。


お座敷でのざわめきが聞こえる、夢を見ているのではと思った小海だが、それが階下からの笑い声である事に気付き、目が覚めた。

箱屋の新ちゃんでも来ているのかしらと起き上がり、藍地白抜き・秋草模様の浴衣の上に綿入れの半纏羽織を引っ掛け、薄暗い階段を下りて行く。

「いい音たてて美味しそうに食べるね、見てたら私もお腹が空いてきたよ」

沢庵を食べるきみを見ながら女が言ったその時、人の気配に気付いたきみが箸を置き、横に向き直ったのと唐紙が開くのが同時だった。

「お邪魔しております」

唐紙を開け此方を見つめた小海に向かい、きみが頭を下げ言った。

「どっかで見た顔だけど、誰だったかね」

そう言いながら怪訝な顔で自分を見下ろす小海に、きみが答えた。

「鶴清のきみです」

「ああ、そうだったね、きみちゃんだ。で、どうしたんだい、私の所へ来るなんて、なんかあったのかい」

山城町にある待合鶴清、そこのきみが何故私の所へとの疑問も湧いたが、何か訳がありそうだと思った小海は、問いに答えず俯いたままのきみに再度尋ねた。

「言ってごらん、何があったんだい」

「小海姐さん、お願いです、私を此処に置いて下さい。私もう何処へも行く所がないんです」

「だからさ、訳を言ってごらんよ。何にも判らないであんたを置くわけにいかないじゃないか」

歩み寄った小海がきみの肩に手をかけ、優しく問うと、

「じゃあ。此処へ置いて頂けるんですね」

顔を上げたきみが、すがるような声を出した。

「まだ誰も、置いてあげるなんて言っちゃいないよ。人様に何かしてもらうんなら、聞かれた事にはちゃんと答えなくっちゃね」

「はいっ……」

と返事だけで、その後が続かない。

「姐さん、この子からなんか聞いてるの」

長火鉢の前の女に、小海が問い掛ける。

「いいや、私ゃ何にも聞いてないよ。小海姐さんに話がありますって」

「そう、じゃあ、私に訳を話してくれるね」

小海がきみの脇に跪き、その顔を覗き込むようにして再び問うた。

「はいっ」

消え入るような小さな声で答えると、此処へ来るまでのいきさつを語り始めた。

きみが居た山城町の鶴清とは、外堀近くにあるあまりきれいとは言えない小さな待合。小海もたまに行くくらいの馴染みの薄い店だったし、以前或る事があってからは敷居をまたぐ事がなくなった処。

房州は木更津生まれ、十五になったばかりの貧しい漁師の娘きみは、その待合鶴清で二年前から働いていたと言う。主人の名は富蔵、女将は富蔵の連れ合いおしげ、きみの叔母にあたると言うが、身内とは思えぬ扱いを受けてきたようである。

二年前の事だった、東京に出て十五年近く、何処で何をしてきたのか暫く音沙汰のなかった叔母のおしげが、ひょっこりと姉であるきみの母親の所へ現れた。

待合主人の富蔵と一緒になり羽振りの良くなったおしげが、初めて会う姪のきみを見て言った。

「姉さん、この子色は黒いけど中々の器量良しだね、私の所へ預ける気はないかい」

「お前の所預けて何にするだ」

「いえね、元はかかるけどちょぃと磨いて、芸者にしてあげようと思ってね」

「きみはオレの所で育てるから、余計な事言わねぇでくれ」

これ以上継ぎを当てる場所がないくらいの野良着を着、真っ黒に日焼けしたきみの母親が、似合わぬ派手な着物をだらしなく着たおしげに言った。

「姉さんのところ、食べて行くの大変なんでしょ。食い扶持が一人減り、その減った子が綺麗な着物を着て、美味しい物食べられるんだから、こんないい事ないと思うけどな。ねぇ、兄さん」

囲炉裏端で苦虫を嚙み潰したような顔をしていたきみの父親に話を振ると、漁夫として土地の網元に雇われている気の弱そうなこの男は、愛想笑いをするだけで気の利いた返答が出来ない。

きみの一家は両親に兄弟五人と年老いた祖母の八人暮らし、日々の食事もままならぬ貧乏所帯、生きていくのがやっとの状態だった。

そんな一家の生活状態を考えれば食い扶持が一人減り、その上我が子が芸者にでもなれば仕送りもあろうと、きみの気持ちなぞお構い無しに、母親・叔母との間で何となく話がまとまってしまった。

いざきみが鶴清に来てみれば、芸者になるための稽古事なぞは全くさせてもらえず、朝早くから夜遅くまで、それこそボロ雑巾のようにこき使われたという。

そもそも、田舎出の少女が簡単に芸者になれるわけがない。六歳の六月六日に芸事の稽古を始めると良いと言われるように、小さい頃から何かしらの芸事を始めるのが普通。何処その姐さんに付き十二、三歳になって半玉、さらに三味線・踊りや長唄など持ち芸に磨きをかけた上、お座敷での作法・しきたりなどを覚え、時間と金をかけなければここ新橋の芸者にはなれないのである。

外堀に面した町外れとはいえ、新橋花柳界の一画にある山城町の待合鶴清の女将であるおしげが、このような事を知らぬはずはない。端から芸者にしようなどという気は毛頭なく、器量良しのきみを品川か洲崎《すざき》辺りの遊郭にでも売り飛ばすつもりで、引き取ったのが本当のところだった。

そのきみにおしげの亭主・義理の叔父にあたる富蔵が、手を出した。どうせ女郎に叩き売る女、その前にちょいとつまんでおこうと、きみが一人の時に乱暴しようとしたと言う。

きみも漁師の子、町場育ちの少女と違い腕力も気力もなかなかのもの、大人しいが芯のしっかりしたきみは、襲い掛かる富蔵の二の腕に噛み付き難を逃れたのであった。

その後、幼い胸の内にこの事を仕舞い込み、おしげには告げずいつも通りに過ごすきみのところへ、再び富蔵が言い寄ったのが昨日の事だと言う。

二の腕についた歯型をきみに見せた富蔵は、下卑た笑いを浮かべながらきみに言った。

「ほれ、見てみな、こんなになっちまって。飼い犬に噛まれるとはこうゆう事だわさ、今日は大人しく言う事聞いてもらわねぇとな……」

後ずさりするきみの髪の毛を鷲づかみにし、畳の上に引き倒した。

「いやっ……」

小さく叫び、体をくの字に硬くした少女の上に、翁格子のどてらを着た小太りの富蔵がのしかかる。

「さあ観念して、こっちを向きな」

無理やりきみを仰向けにし、その頬に不精髭の生えた酒臭い顔をすり寄せた時、きみが夢中で突き出した指が富蔵の目に入った。

「あつぅ……」

あまりの痛さに己の目を押さえ、怯んだ富蔵の体を押し倒したきみは、店の外へと飛び出した。ちょうどその時何処ぞから帰ってきたおしげとバッタリと鉢合わせ、おしげに今起きたばかりのその事を話すと、

「そうかい……」

と薄笑いを浮かべ、冷たく言い放つと、

「今日まで無駄飯食わしてきたけど、そろそろお前にもその恩義に報いてもらわないとね。幾ら姪っ子だと言ってももう子供じゃないんだから、そのくらいの事は分かるよね」

辺りを見回し人気《ひとけ》のないのを確認したおしげが、小声ながら有無を言わせぬ強い口調できみを睨みつけたとの事。

きみはおしげ夫婦が何を考えているか薄々解り、今朝暗いうちにおしげ・富蔵の所を逃げ出し、以前聞いた木挽町の小海と言うそれだけを頼りに、この家を捜し当てたと言うのであった。

実の姪にこのような仕打ち、鶴清のおしげならさも有りなん。以前このおしげとの間に思い出しても虫唾《むしず》の走る嫌な事があった小海は、即座にきみを置いてやることにしたのである。

「話は分かったよ、いつまでも置いとくってわけにはいかないけど、身の振り方が決まるまでは、此処にいたらいいさ」

「有り難うございます」

畳に額を付けんばかりに頭を下げたきみが、大きな声で言った。

「きみちゃん、お前さん、おさんどん出来るかい」

長火鉢の前から脇に座り直した女が、キザミを煙管に詰めながら言うと、

「姐さんたら、きみちゃんに自分の仕事押し付ける気」

今まで女が座っていた場所に正座をした小海が、言った。

「何言ってんの、私はおさんどんするために此処にいるんじゃないよ、内箱《うちばこ》になっておくれってあんたが言うから、来たんじゃないか」

内箱とは芸者の着物の着付けや、身の回りの世話などをする女の事。この年増、小海と同じ

置屋に居た染福《そめふく》という元芸者。

小海が置屋から独立し自前の芸者になるにあたり『私も、こんな年になっちまったからさ、そろそろ潮時だと思うの。誰か人手が入用なら私が行ってあげてもいいけど』と、この家での雑用・見番との連絡などを、買って出てくれたのである。

「あのー、私何でもやります」

きみが二人の間に割って入り、言葉を挟んだ。

「そうかい、それじゃあ早速ご飯の支度をしてもらおうかね」

「姐さん、ご飯の支度ならお米《よね》さんが」

「お米婆さの仕事、まどろっこしくて、見ていられないんだよ。それにお飯《まんま》の度に来て貰わなきゃならないんだから、面倒ったらありゃしない」

「そんな事言ったって、お米さんはお足（お金）が頂けるって喜んでいたのに。こっちの都合で断るなんて出来やしないよ」

「じゃあ、どっちの都合がよけりゃ断れるんだい」

「こうしたらどうだろう、暫くはお米さんときみちゃんと二人でやって貰うってのは」

「小海ちゃんは言いだしたら人の言う事聞かないんだから、好きにおしよ」

「人《しと》の言う事聞かないのは、姐さんに教わったんですよ」

「あら、いつ私がそんな事教えたの」

二人の会話を聞きながら自分のためにこんな事になってしまったと思うと、きみは居たたまれない気持ちになった。

「あのー、私のために喧嘩するのはやめて下さい」

きみが必死の表情で、二人の顔を見つめて言った。

「喧嘩じゃないんだよ。此処の家じゃいつもこうなんだから、安心おしよ」

染福が優しい声で答え、小海はそれに頷きながらきみを笑顔で見つめた。

「これで話は決まったね、小海ちゃんもお茶飲むかい」

染福が急須に入った出涸らしの茶葉を染付の建水《けんすい》に空けながら、大きな声で言った。

「この大根《だいこ》は、きみちゃんが刻んだのかい」

三人の女が塗りの脚付き膳を並べ遅い朝食の最中、千六本に切られた御御御付《おみおつけ》の実を摘み上げ、染福が言った。

「ふぁい……」

「きみちゃん、お行儀悪いよ。物を食べている時はしゃべっちゃ駄目、いいね」

口一杯にほおばりながら返事をしたきみを、小海がたしなめた。

「すいません」

恥ずかしさに下を向き、口の物を急いで飲み込んだきみが、答える。

「きみちゃん料理は上手そうだから、此処で行儀作法を見習ったら直ぐにでもお嫁に行けるよ」

きまり悪げに体を硬くし縮こまっているきみに、染福が助け舟を出した。

「そう、きみちゃんは器量良しだし、働き者《はたらきもん》だからきっと良いお婿さんが見つかるよ」

きみのあまりのしょげように、小海も言葉をかける。

行儀見習いなど考えた事もなく、知らない土地で辛い思いをしながらただひたすら身を粉にして働き続けてきたきみ。小海に言われた事に頭の良いきみは自分の至らなさを瞬時に感じ、恥じ入ったのである。

今朝方までの出来事と重ね合わせて思えば、些細な事に気持ちが落ち込むのも無理はない。そんなきみの気持ちを二人の女は、敏感に察したのであった。

「小海ちゃんに何か言われる度に小さくなってたら、体がこの煮豆みたいになっちまうよ。小海姐さん、口はきついが気もきついんだから」

富貴豆《ふきまめ》を箸で摘みながらの染福の冗談に、きみにやっと笑顔が戻った。そんなきみを見つめ、小海が優しく言った。

「さあ、たんとお食べ」

「はい……」

お代わりをする食べ盛りのきみを、二人の女は微笑みながら見やった。同じ女として、きみの置かれた境遇にどうしてあげたら一番良いか、小海も染福もそれぞれが考えを思い巡らせながら。

奥の台所から。きみが食事の後片付けをする音が響いてくる。小海と染福は長火鉢を挟んで向かい合わせに座り、染福が長襦袢に半襟を付けながら言った。

「あの子、いつまで置いとくつもり」

「そうね、いずれは木更津に帰してあげなきゃならないね」

「家に帰っても、居場所がないんじゃないの」

「私もそう思うの、袖振り合うも何とかと言うじゃないの。きみちゃんが再び今度みたいな目に遭わないようにしてあげなきゃね」

染福の手元を見つめながら、小海が言うと、

「だったらずっと此処へ置いといてあげたらどうだい、あの子なら骨惜しみしないで、家の事やってくれるよ」

「やっぱりそれしかないかね……」

「よしそれで決まった、私が責任持ってあの子を鍛えてあげるから、小海ちゃんはお座敷に今以上精出しておくれ」

針を持つ手を休め此方を向く染福に、小海が言った。

「姐さんが何鍛えるのよ」

「決まってるよ、三味線のお稽古をつけてあげるのさ」

「何言ってるのよ姐さんたら。きみちゃんにはお三味線よかお針のお稽古の方が良いんじゃない、誰か教えてくれる良い人、いないかね」

「お米さんでも裏の小間物屋の鈴ちゃんでも沢山いるよ。私何だかあの子、可愛くなっちゃって……」

子供を持った事のない染福が、きみに抱いた母性を小海も理解が出来た。自分も子供の一人や二人いてもおかしくない年頃、こんな事考えるなんて、私も普通の女なんだな、と改めて思った。

「芸者の処に居る子が、つんつるてんの筒袖に、兵児帯じゃあねぇ」

半襟を付け終わった染福が、和鋏で糸の始末をしながら言うと、小海がそれに答えて、

「後できみちゃんと古着屋へ行って、何か適当な物、見繕ってきたらどうだろう」

「可愛い柄の縮緬か、そうだあの子色が黒いから赤い物よか黄八がきっと似合うよ。黒襟かけてさ」

「姐さん、きみちゃんのお披露目でもする気」

「あらいやだ、私ったら。すっかり熱くなっちまって」

二人は我子を思う母親にでもなったかのように、楽しげに話を続けた。

「私、後で鶴清に行って来るから」

「きみちゃんの事言いに行くのかい、いいよあんな所へわざわざ行かなくても。うっちゃっておきなよ」

「そうはいかないでしょう、猫の仔引き取るんじゃなくて、人様の子一人、預かるんだから」

「だって小海ちゃん、あんた、あんな目に合わされたのに。まともに話して通じる相手じゃないよ」

「通じようが通じまいが、筋を通さなくちゃ。先方がいい加減だからこっちもってわけにはいかないよ、そんな事したら、お天道様に笑われるじゃないか」

こんな遣り取りをしている二人の所へ、後片付けの済んだきみがやって来て言った。

「片付けが終わりました」

「ご苦労さん、冷たかっただろ。さっ、こっちへ来て火にあたりな」

廊下に座るきみに、小海が声をかける。

「いいえ。私は此処で結構です」

「そこ開けっ放しだと寒《さぶ》いだろ、中へ入って唐紙を閉めておくれ」

染福はきみを思いやって、言った。

「すいません」

部屋の隅に座ると、きみは笑顔を二人の女に向けて口を開いた。

「この家、白粉のいい匂いがします」

「女の子だね……、今度きみちゃんにも白粉をつけてあげようか」

染福の誘いに、

「いいえ、私なんかに勿体ないです」

「お正月になったら、姐さんに紅でもさしてもらいな」

「そうだね、もう半月もすりゃ今年も終いだね」

小海に続いて、煙管の雁首にキザミを詰めながら染福が言うと、

「きみちゃん、あんた鶴清にお足（お金）借りてるのかい」

「いいえ、私はそんな……」

「何にも借りはないんだね」

「はい」

いきなり言った小海の問いに、どぎまぎしながらきみが答えた。

「もう一つ聞くよ、鶴清からお給金ちゃんと貰っていたのかい」

「いいえ、頂いていません。て言うより、おしげさんは『お前の給金は家に送ってあるから』っていつも言ってました」

「どうだかね、怪しいもんだ」

染福が口を挟んだ。

「後で鶴清に行って来ようと思うんだけど、きみちゃん、あんたおしげさんに何か言う事ない

かい」

「私は何も……」

「心配しなくても大丈夫だよ、悪いようにはしないから、安心して姐さんと此処で待っておいで」

不安げに見つめるきみに向かって、小海が優しく声をかけた。

「三味線の話も、けりつけてきちゃいなよ」

「いいわよ、あの話はもう済んだ事。私はこれから着替えるから、きみちゃんに車屋に行って、政ちゃんの都合聞いてきてもらって頂戴」

「今、私が場所を教《おせ》えるから、ひとっ走り行って来ておくれ」

染福が車屋の場所をきみに教えている間、小海は隣部屋に入ると簞笥の前に跪き、引出しを開けた。

畳紙《たとうし》に包まれた何枚かの着物を取り出し一瞬間《ま》を置いた後、その中の一枚を選ぶ。畳紙の紙縒《こよ》りを解くと、鉄紺の地色に細かい絣の塩沢のお召しが現れた。

その着物に合わせるのはくすんだ弁柄色の更紗の帯。上に幾本かの帯締めを載せ、色を見ながら一本、二本と合わない色を選り分けていくと、最後に芥子《からし》色の帯締めが残った。

帯揚げは鉄がかった瓶覗き、其処まで揃えた後、羽織を何にしようか迷ったが、結局選んだ物は何にでも合わせやすい利休鼠の大人しい物だった。

小海が着付けを終えようとした時、きみが玄関の引き戸を開け戻って来た。

「只今帰りました」

「あら、きみちゃん早かったわね」

着付けている小海の横に座り、帯締めを手渡すところだった染福が、戻ったきみに返事をした。

「政吉さん、直ぐに来てくれました」

廊下に跪き、唐紙を開けたきみが言った。

「そうかい、そりゃよかった。それにしてもきみちゃん随分早く帰ってきたね」

帯締めを締め終わると、今一度姿見に映った自分の後ろ姿を確認し、帯を右手でポンと軽く叩き小海が言う。

「はい、あの政吉さんが、ついでだからお前さん車に乗って行きなって、此処まで乗せて来てくれました。私は結構ですって断ったんですけど、すいません……」

又しくじったとでも思ったのか、きみが済まなそうに言うと、小海がこう答えた。

「そりゃ良かったね、政ちゃん走るの速いだろ」

「はい、私人力車乗ったの初めてです」

「政ちゃん、入ってお茶飲んでおくれ」

染福が表に居る政吉に声をかけると、少しの間を置き玄関の引き戸が静かに開く音がした。

「政吉です、お迎えにあがりました」

玄関先でボソっと言ったのは三十半ば、藍のドンブリ、股引に筒袖の半纏姿、えらの張ったいかつい顔の男だった。

「ご苦労さん、今お茶入れるから其処に座って待ってて頂戴」

小海が唐紙の間から顔を出すと、政吉の仏頂面がたちまち崩れ愛嬌の有る笑顔に変わった。

「どうぞ、お構いなく」

「きみちゃんを車に乗せてくれてありがとう、この子今日からこの家で働いてもらう事になったから、よろしくね」

きみが改めて政吉に頭を下げると、政吉もそれに応え片手を上げた。

「小海姐さん、これからどちらまで」

「山城町の鶴清まで行っておくれ」

「へい」

そう一言答えた政吉は玄関の上がり框に腰を下ろし、染福の入れた熱いお茶を『ずずっー』と音をたて旨そうに啜った。

「摘む物《もん》何にもないから、自分の低い鼻でも摘んでて頂戴」

染福の冗談に、政吉は黙って笑顔を見せるだけ、彼が茶を飲み終わる頃合をみて、小海が腰を上げた。

「じゃあ、姐さんそろそろ出かけるから、後をよろしく」

「気をつけて行っといで、政ちゃん、よろしくね」

染福はいつものように神棚に載せてある火打石を手に取ると、玄関に降り立ち、小海に向け切り火をかけた。

表では玄関前に車を着けた政吉が、直ぐにでも乗り込めるよう梶棒を下げて待っている。車屋宮川の車夫である政吉の人力車はいつも手入れが行き届き、座も折りたたんだ紗の幌も塵一つなく、泥除けに土がこびり付いていた事などない。

泥道ばかりだった明治の東京は一雨来れば町中が泥だらけになり、そんな道を塗り下駄を履いて歩くと足元はたちまち汚れてしまう。それより江戸褄に帯を柳に締めた芸者の正装で、褄を取り泥道を歩くなんぞという事自体、絵にならない。小海は何かと言うと、きれい好きで真面目なこの政吉を頼りにしていたのである。

「急がなくて良いからね」

「へい、風が強うございますから、幌を起こしましょう」

木枯らしが舞い始めた辺りを見回しながら、政吉が言った。

こんな風の日に幌を立てて走るとそれが風を孕み、車を曳く者は普段以上の労力を使う事になる。それを解っている小海はなるたけ幌を立てぬようにしているが、この日は政吉の言葉に甘えさせてもらった。

紗の黒い幌に囲まれると、小海の色白で形の良い瓜実顔がくっきりと浮かび上がり、利休鼠の羽織と弁柄色の帯・芥子色の帯締めが一段と輝き出す。幾分斜めに姿勢良く座った小海は、何処ぞの品の良い新造といった姿だ。

「すまないね、それじゃあ、やっておくれ」

政吉の羽織った半纏の大紋には、□《しかく》に宮川と屋号が染め抜かれている。その背中に向かい声をかけると、『へいっ』と威勢のいい返事が一声返ってきた。

小海を乗せた人力車は三十間堀にかかる出雲橋を渡り、尾張町の通りに敷かれた鉄道馬車の鉄路を突っ切って、山城町へと向かって行く……。

泉岳寺

銀次が台所の狭い板の間で、何やらゴソゴソとやっている。敷かれた薄縁の上には、炭火で軽く炙られたハゼが山積みにされ、それらを一匹一匹、長い竹串に刺しているところだった。寒ハゼの丸干しとでも言うのだろうか、こうした串を二本の荒縄の間に渡し、軒下に吊るして冬の冷たく乾いた風で干しあげるのである。

「銀次さん居る……?」

表から功の元気な声がした。

「誰も居ねぇよ」

「居るじゃないか、嘘つき」

「誰だ、山寺の小僧か。あんまり寒《さぶ》いんで、山から飛んで来たか」

作業を続けたまま、銀次が笑顔で言った。

「入ってもいい？」

そう言いながら、そっと引き戸を開けた功が中を覗くと、入り口わきの台所で胡坐をかき、何かを作っている銀次が、手を休めずに声をかけた。

「風が入《へえ》るから、直ぐ閉めな」

「ん……」

一言答えた功は、銀次の手元を見つめたまま後ろ手に障子戸を閉め、狭い三和土《たたき》に歯のちびた下駄を脱ぐと、板の間の隅に正座をして問うた。

「何してるの、魚の串焼き？」

「ああそんな物《もん》。正月になったらこいつでもって出汁とって、旨ぇ雑煮をこさえるんだ」

「おいらお雑煮大好きだ、銀次さんは？」

「ああ、好きだとも。皆雑煮は好きだな、早く食いてぇか」

「んーっ」

「餅、幾つ食べられる」

「二つ……。銀次さんは」

「そうだな、四つか五つってとこかな」

「やっぱ、大人だね」

深く肩上げをした木綿筒袖の四つ身、藍地に大きな白の絣の着物を着た功が、こまっしゃくれた言葉を吐く。

「こいつ食ってみるか」

手にした串刺しのハゼに向かって顎をしゃくり、銀次が言った。

「食べられるの？」

「ああ食えるとも」

「じゃあ食べよう」

言い終えるのと同時に、功は積まれたハゼを素早く手にして言った。

「ちょい待った、そのまんまじゃ旨かねぇ。炭火で炙って下地（醤油）付けるといいや、さあ火鉢の前に行きな」

ハゼを手にした銀次は腰を上げ隣の六畳間に置かれた長火鉢に歩み寄り、その姿を目で追った功を手招きして言った。

「こっちへ来て、其処へ座んな」

火鉢の向かいに功を座らせると、湯気の上がった鉄瓶を五徳から下ろし、代わりに餅網をそれに載せた。功は銀次のする事なす事、何でも観察するようじっと見つめる。そんな功の顔を覗き込みながら二、三匹のハゼを網に載せ、銀次が問うた。

「ハゼ好きか」

「んーん、分かんない」

「気に入るか入らねぇか、一度食ってみな」

炭籠の炭を火箸で挟み、炭火に継ぎ足すと白い煙が上がり始め、それが次第に強くなった。銀次は流れ来る煙に目を細め、傾げた顔を炭火に近づけると口を尖らせ、火力の弱くなった炭火を吹いた。

『ふーっ、ふーっ、ふーっ』、と三度ばかり息を吹きかけると『ボッ……』と小さな音をたて煙が瞬時に消え、代わりに炭から赤い炎が上がった。

「どうして煙が消えたの？」

「さて、どうしてかな。功、お前分かるか」

「分かんないから聞いたんだ」

「そうだよな、んーん、難しいな、もっと簡単な事聞いてみな。それなら教えられっかも」

「陸蒸気はどうやって走るの」

「あれはバテレンの手妻《てづま》（奇術）だ」

「なんだ、銀次さん、分からないんだ」

「分からなぇんじゃねぇよ、知らねぇだけだ」

「しょうがぇえな、じゃあもう良いよ」

「功は難しい事ばかり聞くからいけねぇんだ、魚の事だったらこの銀次さん、何でも知ってるぜ」

「このハゼ雄、それとも雌」

「もうそろそろ焼けたかな」

「ねえどっちなの、分かんないの」

「参った参った、降参だ。功にあっちゃかなわねぇや、恐れ入谷の鬼子母神だ」

銀次をやり込めた功は、得意そうな笑顔を向けた。


「さあ焼けたぞ、骨が硬いから気をつけて食いな」

銀次はお手塩《てぇしょ》（手塩皿）に載せた焼ハゼに下地を一滴垂らし、功に勧めた。

頭と尾を両手で摘むと可愛い歯でハゼの腹にかぶりつき、二口、三口食べたところで功は口に指を入れ、上顎をしきりに触っている。

「やっちまったな、どれ、こっち来て見せてみな」

どうやら小骨が刺さったようだ、功は銀次に言われてもまだ口に入れた指を動かしている。

「ほーら、此処へ来て見せなっついてんだろが」

「とれた……」

銀次の顔を見つめながら、無言のままなおも同じ動作を続けていた功がそう言って、人差し指に付いた小骨を見せた。幼い子供には無理な食べ物だと思った銀次は、

「もうやめときな、代わりにもっと良いもんやるからよ。さあ、それは此処に載せて」

食いかけのハゼをお手塩に載せさせると、火箸で長火鉢の灰を突っ突き始めた。

「何探してるの」

「んん……何だと思う」

笑顔で言いながら、灰の中から薄茶色に焦げた和紙の塊を掘り出した。

「いいか良く見てろ、中からいいもんが出て来っからよ」

と取り出した塊の灰を、手の平で拭き落とす。

「何……、ねえ何なの」

「さてと、何が出てくるかお楽しみだ。鬼が出るか蛇《じゃ》が出るか、どんな物が出てきても驚いてションベン漏らすなよ」

銀次の手元を覗き込んでいた功がその言葉を聞くと、警戒したのか少し身を引いた。かさかさに乾いた幾枚かの紙を剥がしていくと、中から丸い白い物が現れ、最後の一枚を剥がし終えた途端、

「わーっ、出た……」

と、大声を出しながらその白い物を、功の膝元に放り投げる。

「なんだよ、馬鹿野郎」

銀次の大声と共に、いきなり転がり出た物に体全体で驚きを示した功が、半べそをかき、怒鳴りながら言った。よほどビックリしたのだろう、目には薄っすら涙を浮かべている。そんな功の膝元には、白い卵が転がっていた。

「そんなびっくりするこたねぇのによ、まだ熱いから、冷ましてから食いな」

何が出たか分からずにいた功は、笑いながら銀次が言った『食いな』の言葉に幾分落ち着いたのか、転がった卵を見つめて問うた。

「うで卵？」

「まあそんなとこだ、今、塩を持って来てやっからよ」

そろそろ功が遊びに来る時分だと思った銀次は、水で湿らせた和紙に卵を包み、火鉢の灰の中に埋けておいたのである。

炭火の下に埋めると熱くなりすぎ卵が爆発する、適当な距離をおいて埋めておくと、暖められた灰の熱で、ちょうど良い硬さの茹で卵のようになるのである。

「いいの？　食べて」

まだ熱い卵を、小さな両手で包むように持った功が言った。

「いいとも、功のためにこさえといたんだから……」

「じゃあ、おいら半分食べる」

「いいよ、みんな食っちまいな。母ちゃんの分はちゃんとこっちの隅に、隠してあるからよ」

この頃の卵は高価な物、長屋住まいの住人が気軽に買える代物ではなく、病気か何か特別の日に口にするのがやっと。それだけに母親思いの功が自分だけ食べるのは気がとがめるだろうと、母親紗江の分も銀次はちゃんと用意をしておいたのである。

「今日は何かのお祝い？」

「何でだ……」

「だって卵が食べられるから」

「そうだお祝いの日だ、今日十二月十四日は赤穂浪士の討ち入りの日だ」

「あかいろうしって？」

「昔な、四十七人の偉いお侍がいて、殿様の仇を討ったんだ。その日が今日だ、な。そのお侍の墓が、其処の泉岳寺にあるんだ」

「ふーん」

と一言言いながら、功は卵を手の平の中でこね回すようにしている。早く食べたくて、うずうずしているその様子が可愛かった。

「卵剝けるか、どうだ、剝いてやろうか」

その言葉にアカギレた小さな手の功が、卵を差し出した。

銀次は火鉢の角に卵を打ち付けると、白い殻を剝き始める。功は行儀良く正座したまま、その様子を見つめている。

「どうだ、旨ぇか」

「ん、銀次さんは食べないの?」

膝に落ちた小さな黄身の欠片も丁寧に摘んでは、口に入れる。すぐに食べてしまうのが惜しいのだろう、ほんの一口ずつ卵を味わいながら功は銀次を気遣った。

「今は卵よか、こいつのほうがいいんだ」

煙管を燻らしながら答えると、持った煙管の雁首を左手の手の平に打ち付けて吸殻を灰吹きに叩き入れ、煙管を大きく一つ空吹きした。

「もう直ぐ正月だぞ」

火鉢に炭を埋けながら、銀次が言う。

「早くお正月が来るといいな」

「そうだな、正月になったら独楽《こま》回しでもするか、ん」

「おいら上手く回せないんだ、だってまだ小さいもん」

「そいで、まだ母ちゃんのおっぱいが好きなのか」

「違わい」

「そうか、ほんとか。寝る時、母ちゃんのおっぱいまだ触ってんじゃねぇのか」

「そんな事、してねぇもん」

「じゃあ、少しはあんちゃんになったんだ」

「ん……」

功は銀次の手元を見つめたまま大きく頷く。その時銀次が顔を上げ、功を見つめ笑顔で言った。

「正月になったら、凧《たこ》こさえてやっからよ」

「ほんと？　なら奴凧がいいな」

「駄目だよ、そんな難しいの。四角い奴、いいなそれで」

「しょうがねぇな、じゃあそれでいいよ」

「とに、このでこ助め。凧出来たら何処で揚げる？」

「薩摩っ原に、決まってら」

高輪にあった旧薩摩藩の下屋敷跡が大きな原っぱになっており、其処を土地っ子は薩摩っ原と呼んでいた。

「上手に揚げられるか」

の問いに自信がないのだろう、又もや頭を傾げ功は返事をしなかった。

「後で泉岳寺、一緒に行くか、ん……」

「母ちゃんに糸買って来ておくれって、言われてるんだ。だから行けない」

着物の仕立てを生業にしている母紗江との二人だけの倹《つま》しい生活、懸命に働く母親の姿を見て育った功は、小さいながらも家の手伝いをよくこなしていた。

黒糸・白糸は使い回しが出来るため、いつも手元に有るが、色物の着物を縫う時は、生地に合った糸を使わなければならない。そのため、仕立てを始める度に買うのである。糸を買いに行く間も惜しんでお針をする紗江に代わって、功が近所の小間物屋まで使いに行くのだ。

「そうか買物の手伝いか、一人でちゃんと出来るのか」

「ん。反物の端を切ってもらい、それとお足を持って行くと、小間物屋のおばちゃんがその布に合わせて、糸を選んでくれるんだ」

「ありがてぇな」

「店ん中暗い時は表へ出て、明るい所で色を合わせるんだ」

「そうか、そこまでしてくれるのか。じゃあそろそろ行かなくていいのか、母ちゃん功の帰り待ってんだろ、えぇっ……」

そう言いながら火箸で灰の中を突っつき、和紙に包まれた卵を掘り出した銀次は、灰を手で払い落とすと、長火鉢の猫板に置いた。

「これ母ちゃんへの土産だ、持ってってやんな」

卵の最後のひとかけらを飲み込んだ功に、銀次が優しく言った。

「いつも、有り難うございます」

功はにこっと笑い、ぺこりと頭を下げた。

「おっ、偉えな、ちゃんと礼が言えるんだ」

「母ちゃんが、お礼を言う時はちゃんと言いなさいって」

『可愛い坊主だよ、お前は……』と心の中で呟くと、

「用事があるんだから、早ぇとこ帰んな」

と銀次は功を送り出した。


ハゼの串を軒下に吊るすと、銀次は黒襟のかかった綿入れの半纏を羽織り、家の外へ出た。見上げた師走の空は鉛色、『おお、寒《さぶ》……』と一言呟くと、半纏の袖に両手を縮み入れ歩き出す。

長屋の路地を抜けると右に折れ、伊皿子《いさらご》坂へ続く道に出た。東海道から分かれ西に向かう上り坂、右に大きく曲がる二股の左奥に銀次が行こうとしている泉岳寺がある。

高輪といえば鉄道唱歌にも歌われた泉岳寺、曹洞宗江戸三箇寺の一員、慶長年間に徳川家康の命で創建された禅刹。大名浅野家の菩提寺でもあるため、此処に播州赤穂・浅野家の家臣だった大石内蔵助ら四十七士の墓があるのである。

入母屋二層の山門を抜けた銀次は本堂に進み手を合わせると、左手に有る浪士の墓所へと向

かった。幹が細く背の高い木立の中に、同じ形の苔むした墓石が等間隔で並んでいる。その各々の墓石からは手向けられた線香の青白い煙が、まばらに立ち昇っていた。

辺りに人影は見えず、風に吹かれた煙と落ち葉が師走の寒空に舞い踊るだけ。銀次は墓所脇に有る二坪ほどの粗末な小屋に歩み寄り、声をかけながら建て付けの悪い引き戸を開けた。

「栄ちゃん、いるかい」

薄暗い小屋の中、大きな火鉢にしなびた両手をかざし、それに載せた焼網で何かを炙っていた老人が顔を上げた。

薄黒い地肌が見えるほど僅かに残った白髪頭、幾枚も重ねた木綿の着物の襟は擦り切れ、寒さしのぎのために襟巻き代わりに首に巻いた手拭いの白さが、銀次の目に飛び込んできた。

「銀次さん、ちょうど良い所だ、こんな物でよかったらつまみますかい」

前歯の抜けた口を開け、笑顔で話し掛ける小柄な老人の目は、白く濁っている。

「いい匂いだな、お八つかい」

「ああ、ちょっと前、やすさんがわざわざ持って来てくれてね、小腹が空いたところだったので助かりますよ」

「因業婆、手前の頭の蠅も追えねぇのに、人の世話焼いてんのか」

引き戸を閉め小屋に入った銀次は右手の縁台に腰を下ろすと、三和土に置かれた染付の大きな火鉢に、両手をかざして言った。

染付の大火鉢を取り囲むように、細長い縁台がコの字に置かれ、老人は入り口に正対した場所に腰を下ろしていた。

「なんだかんだと、ちょっとした物、持って来てくれるから有り難いこった」

「あの婆、口は悪いが良い所あるんだな」

「同じ事、やすさんも言ってましたよ」

「なんだよ、同じ事ってぇのは……」

「あの爺さん口は悪いが根は優しい、良い所あるよって」

「爺さんて、誰のことだい」

「そりゃ銀次さん、お前さんのことですよ」

「婆に、爺さんなんて言われたかねぇよ、口のへらねぇくたばりぞこないだ。こっちはまだ、若ぇつもりなんだから」

威勢のいい銀次の言葉を笑顔で聞いている老人の名は栄吉、此処泉岳寺の寺男である。

身寄りのない栄吉は、寺の裏手にある小さな家に一人住み暮らし、寺の雑用をゆっくりながらも黙々とこなしていた。そんな栄吉の事を気遣うのは、銀次一人ではないのである。

焼網の上には大きな握り飯が載せられ、塗られた味噌の焦げる香ばしい匂いが漂っている。

「そろそろいい頃だ、お前さんも一つよばれたら」

握り飯を指差し、栄吉が勧めた。

「遠慮しとくよ、今しがた茶漬け食ってきたところだからよ。それよか、こんな物だけど、良かったら食ってくれるかい」

折角やすが栄吉のためにと持ってきた握り飯、日々の栄吉の生活を知っている銀次は、やんわりと断った後、懐から紙包みを取り出して言った。

「又何か持って来てくれたのかい、いつも気にかけてもらって、すまないね」

丁寧に頭を下げ、両手で包みを受け取るとそれを開ける。銀次は腰に提げた煙管入れを取り出し、中の雁首にキザミを詰めた。

「ほおーっ、卵か、こりゃ久しぶりだ。精がつくね」

くしゃくしゃの半紙を丁寧に広げ、二つ並んだ卵を見ながら栄吉が呟いた。

「ああ、たんと精をつけてもらって、四十七士の墓守を、いつまでもしてもらわねぇとな」

「体の動く限りは、そうさせてもらいますよ」

そう言いながら栄吉は握り飯の載った網を五徳から下ろして縁台に置き、代わりに脇に置いてあった大きな鉄瓶を載せた。

銀次は小さな炭を火箸で摘み、くわえた煙管にその火を点けると、煙草を燻し『フーッ』と音をたてて煙を吐き出す。

ゆったりとした動作で、縁台に置かれた握り飯を手にした栄吉が、大きなそれにかぶりつき、旨そうに食う様を見つめながら、銀次が言った。

「体の具合はどうだい。こんな寒い日は、膝痛むんじゃねぇのかい」

「長い付き合い、もう慣れっこですよ。これだけ生かしてもらってるんだから、痛い所の一つや二つあるのが当たり前、そう言う銀次さんはどうなんだい」

「あそこが痛ぇの、此処が痒いのと、意気地がすっかりなくなっちまってよ。お互い、歳は取りたかねぇもんだね」

「その年も、もうじき終わりますよ」

「十四日が過ぎ、やれすす払いだ餅つきだとバタバタしてると、直ぐ除夜の鐘がゴーンと鳴り、新年がやって来る。年々、一年が短くなってんじゃねぇかと思うくらい、あっという間に過ぎちまうよ」

指に付いた飯粒を食べ終わった栄吉が立ち上がると、後ろの棚に載った丸盆を手にし、それを縁台に置いた。盆の上には染付の汲み出しが幾つも伏せて置かれており、その中の二つを上向きに置き直すと、湯気の微かに上がった鉄瓶の柄を握り、汲み出しに湯を注ごうとした。

鉄瓶が重いのか、両の手で柄を摑む栄吉の手は、ブルブルと震えている。

「おっと、気をつけな」

そんな姿を目にした銀次が言った、その言葉が終わらぬうちに、栄吉は汲み出しではなく見当違いの所に湯を注いでしまい、縁台を流れた湯が自分の尻を濡らす。

「熱っー」

そう一声発し、腰を浮かした。

「ほら、言わねぇこっちゃねぇ、鉄瓶こっちへよこしな」

素早く立ち上がった銀次は、鉄瓶を手にうろうろする栄吉からひったくるようにそれを取ると、五徳に置いた。

「ちきしょうっ……」

いつも穏やかな栄吉が珍しく声を荒らげながら、濡れた尻を雑巾で拭いている。不甲斐ない己に我慢が出来ず思わず発したその言葉に、銀次は栄吉の気持ちがよく理解出来た。

「手前に腹立てても仕方ねぇだろが、年取るってぇと、皆、そんなもんだよ」

一瞬きつくなった目がいつもの穏やかなそれに戻ると、照れ笑いを浮かべた栄吉が答えた。

「銀次さんは、こんな事はないでしょう」

「あるよ、若ぇ頃だったら考えられねぇような事、ちょくちょくやらかして、今の栄ちゃんみてぇに、手前《てめぇ》に腹立ててるよ」

「お前さんはまだ、若いじゃないか」

「若いよ、栄ちゃんよか若いけど、後少しで七十に手が届く年寄りだ、世間様から見りゃ立派な爺だよ。それかしてみな」

銀次が汲み出しを指差しながら言うと、栄吉は無骨な手でそれを摑み、銀次の脇に並べて置いた。それに鉄瓶の湯を注ぎ入れ、一つを栄吉に手渡すと、

「すまないね……」

そう言った栄吉は湯気の上がる湯呑みを両手で包み持ち、口を尖らせフーッフーッと吹き冷ますと、大きな音をたてて湯を啜った。

「若ぇ頃はもたもたしてる年寄り見て、たくっ、何やってんだ、さっさと出来ねぇのかと、今考えりゃ随分罰当たりな事言ってたが。手前がその年寄りになり、今度は若い者《もん》に同じ事を言われてりゃ、世話ねぇや」

「誰しも若い頃は、自分が年寄りになるなんて思ってもいやしませんよ」

「違ぇねぇ、ついこの間まで、おいらも若ぇつもりでいたからな」

銀次の言葉を聞きながら、栄吉が二個目の握り飯にかぶりつく。それを二口三口食べた後、口に飯粒を入れたまま喉を盛んに鳴らし始めた。目に涙を浮かべ、一点を見つめたまま苦しそうに呼吸を荒くする。

「どうした、喉詰まらせたか」

銀次の問いに頷きながらも、栄吉は口を動かし続ける。

「ほれ、口の中の物、出しちゃいな……」

見かねた銀次が立ち上がり、栄吉の背中を手の平で叩きながら大声を出した。

米粒が気管を詰まらせたのか、顔から血の気が引いて行く。そうなりながらも栄吉は口の物を飲み込もうと、必死になっていた。

「出せっ、ついてんだろが、馬鹿野郎。言う事聞けっ」

一段と大きな声を出しながら背中を手の平でドンと叩くと、「うっ」と一言小さく発し、よだれと共に飯粒が栄吉の口から出てきた。

「しょうがねぇ爺だな、出せっついたら出しゃいいのに、世話、焼かせやがる」

そう言いながら棚に載っていた焚き付けに使う書き損じの紙を手にし、両手で揉んで柔らかくしてから手渡す。それを受け取った栄吉は、口の物を吐き出しついでに口も拭った。

すかさず銀次が湯呑みを手渡すと、栄吉は大きく頷きながら湯を飲み干し、今度はむせた。

「すまないね……」

咳きこみながら、栄吉が小さく言う。

「もうやめときな」

「今度は大丈夫だよ」

「とに、まだ食う気かよ、だったらゆっくり食いな、誰も取ったりしねぇからよ」

いつもの笑顔に戻った栄吉が残りの握り飯を口に入れ、心配そうな銀次の目が、そんな姿を優しく見守った。

二人の老人は各々が昔を思い出してでもいるのだろうか、しばし無言のまま、薄暗い小屋の中で火鉢に小手をかざしていた。

「冷えてきたね」

銀次が呟くように言った。

「昔の十四日は、もっと寒かったね」

「一月以上早くなったから、しかたねぇさ」

明治五年に太陽暦が採用されると、それまで太陰暦に馴染んでいた日本中の人たちが、日付の事で混乱を起こした。四季に即した陰暦は人々の体に未だ染み込んでおり、二十年経っても新しい暦を嫌う人間が多くいるのである。

「これは後で、晩飯の時にご馳走になるよ」

栄吉は卵を包み直して、袂に入れた。

「よく食うわりにゃ、いつまでたっても大きくなんねぇな」

の冗談に、栄吉はニコニコと無言で笑顔を向けるだけ。

「線香に、火点けてもらえるかな」

腰を上げながら、銀次が言った。

「はいっ、今、点けますよ」

木箱に入れられた線香を一摑みすると、その束を火鉢の火にかざす。赤く燃えた炭に付けられた線香からは、たちまち青白い煙が上がると、それは直ぐに小さな炎に変わった。

手に持った線香を一振り二振りし、燃え上がった炎を消した栄吉に銀次が言った。

「線香代……」

袂から銭を入れたお捻りを取り出し。栄吉の空いた手に握らせる。

「又こんな事してもらって、受け取るわけにはいかないよ」

線香代にしては多すぎる金額だと、手の平に載せた小銭の重さを確かめた栄吉が、お捻りを銀次の手に返そうとした。

「いいから収めといてくれよ、スズメの涙で申し訳ねぇ位なんだから、年寄りに恥かかすもんじゃねぇ、なっ」

「こんな事されると私が困るんだから、銀次さん」

受け取ってくれ、いやそれは勘弁してくれの押し問答の後、

「栄ちゃんいいかい、四十七士の墓守をしてるのは、お前さんなんだ、な。そのお前さんがいなくなったら、どうすんだよ、分かるだろ。いつまでも元気に墓守してもらいたいから、これを渡すんだ、と言う事は、四十七士のためでもあるんだぜ」

四十七士のため、それを聞いた栄吉は歯の抜けた口を大きく開け、いつもの笑顔に戻り言った。

「そうですか、それじゃあ遠慮なく頂戴いたします、有り難う存じます」

「ああ、そう言ってもらうと助かるよ。さてと、ぼちぼちお参りに行くとするか」

「私も、お供させてもらいますよ」

「そうかい、すまないね」

足を引きずり右肩を下げて歩く栄吉の後から、銀次は四十七士の墓へと向かった。

墓の前で線香の束を渡された銀次は、刻まれた文字も判別出来ぬほど苔むした小さな墓石一つ一つに、線香を手向け手を合わせる。その度に後ろに控えた栄吉も同じように手を合わせながら、墓の主の名を銀次に伝えた。

身の丈五尺八寸の銀次、その肩ほどの背丈の栄吉が並んで墓に手を合わせる度に、冬枯れの木立の中に立ち上る煙の数が増えていく。

「今年も線香が余り上がってないね」

狭い墓所に居るのは二人の老人だけ、内蔵助、主税の墓に参り終わった銀次が、振り返って言った。

「年々お参りして下さる方が少なくなりました、寂しいですよ」

「江戸が東京って名に変わってから、やれ陸蒸気だの鉄道馬車だのと街全体が慌ただしくなり、そのせいで人《しと》の心も変わっちまったのかね。何か忙しなく、がさがさした世の中になっちまったみてぇだな」

「これが、文明開化ってやつですよ」

「文明開化か……」

遠くで鳴る陸蒸気の汽笛が木枯らしに吹かれ、細い木立の上に覗く鉛色の冬空に消えていった。

新橋花柳界

政吉の曳く人力車の上で、小海は鶴清での出来事を思い出していた。それは半年ほど前、袷《あわせ》から単衣《ひとえ》の着物に衣替えをして間もない或る日の晩、料亭喜楽での生糸関係者のお座敷の時だった。

この頃日本における花形産業といえば製糸業、明治政府の後押しや、外国からの新しい製糸技術の導入などにより、生産量が飛躍的に伸び、莫大な外貨を稼ぐ産業になっていたのである。

その生糸の生産地である北関東の藤岡・高崎・前橋あたりの製糸業者たちは、生糸の取引のために横浜にやって来る。横浜での生糸商との取引の後、生糸成金の多くは陸蒸気に乗って新橋に着くと、すぐさま馴染みの料亭に繰り込み、金を湯水の如く使いドンチャン騒ぎをするのが常だった。この日もそんな生糸成金たちのお座敷が引けようとしている時、ここ喜楽の女将が小海に声をかけた。

「小海ちゃん、この後どこかお約束が有るの？　空いているんだったらあちらの山崎さんが、ぜひ小海ちゃんの喉をじっくり聞かせて欲しいと、仰っているんだけど」

小海が金屏風の前に座っていた男に目をやると、三つ揃いの縞の背広に金縁眼鏡、口髭を生やした山崎が此方を見つめ、鷹揚に頷いた。

その山崎に軽く会釈を返すと、小海が女将に答えた。

「家寄ってから後口に廻るところでしたけど、先様の都合で空いてしまいましたの。そんな訳でお約束がありませんから、よござんすよ。でも急に言われても、三味線お願いできる姐さんがいるかしら」

「場所は鶴清なの、家の若い者をやって都合つけておいて下さいって言っとくから、それで何とかなるんじゃないかしら」

喉を聞かせて欲しいと山崎の所望、三味線は誰か手の良い姐さんにと思いながら、小海は着替えのため一旦家に戻った。

正式な席での芸者の正装は江戸褄に丸帯と決まっているが、その後のお座敷には、贔屓の客の席ならばその客に頂いた着物とか、各々が好みの着物を着ても良しとされている。

渋好みの小海は地色をいかした控えめなお召しか、縞や小紋などの着物が殆ど。一見地味に見える着物でも、地色や帯との取り合わせで艶やかな装いになる事をよく知っているからである。

錆納戸《さびなんど》地・白抜き波と蛇籠柄の一越の単衣に、薄い金茶博多の五献上をお太鼓に結び、柳葉色の帯締めと淡い芥子色の帯上げ。地味とも思える組み合わせでも小柄で色白、きりっとした顔立ちの小海が着ると、仲間の芸者衆も振り向くほどの艶っぽさになる。

そんな形《なり》に着替えた小海を乗せ、政吉の曳く人力車がゆっくりと進む。背筋を伸ばし心持ち体を斜にして車に座った彼女の顔を、ガス灯の淡い光が照らし、車輪がクルクル廻る蛇の目傘のような影を、乾いた道路にくっきりと映していた。

車の脇を付いて歩く箱屋の新三が、担いだ三味線箱の陰から小海の横顔を盗み見る。

「姐さん、一雨きそうですよ」

車を曳く政吉が前方を向いたまま、独り言のように言った。

「あら、やだねぇ。縮緬は雨に弱いんだよ、違うもん着てくりゃよかった」

「一雨来るようでしたら、私が後で着替えをお届けしますけど、いかがしましょう」

「そうかい、じゃあお天気と相談して、ひどくなりそうだったら悪いけどそうしておくれ」

新三の問いに、夜空を見上げた小海が答える。その時は染福姐さんに言えば適当なのを用意してもらえるからと話をしている内に、車は山城町の鶴清に着いた。

「何時頃、お迎えに上がればよろしいでしょうか」

下げた舵棒を屈んで押さえ、車から降りる小海の手を取りながら政吉が尋ねた。

「そうだね、二時間もしたら、来ておくれかい」

「へいっ」

の言葉を後に、小海は新三と共に鶴清へと入っていった。

築地・新橋の花柳界の外れ、外堀近くにある鶴清は、余りきれいとは言い難い小さな待合。彼方此方修理跡のある黒塀からは、手入れがされていない松の枝が外へとはみ出している。

門柱の間を抜け、三味線箱を担いだ新三が玄関に歩み寄り、中へ声をかけて小海の到着を告げた。しかし返事はなく、店の者が出てくる気配もない、そこで新三は薄暗い店の中へ再び声をかけた。

「えぇ……、ご免下さいまし」

巾二間の開け放たれた薄暗い玄関の三和土の上には、平たい沓脱ぎ石が置かれ、その上に革靴が一足載っている。その前で小海はしばし待つが、誰も出て来ない、後ろに従う新三が痺れを切らして、軽く舌打ちをし、

「……とにっ、何やってやんでぇ」

そう小声で言い、再び中へ向かって声をかけようとした時だった。奥から早足に女が現れ、上がり框の手前で立ち止まると、小海に向かって言った。

「小海姐さん、山崎様がジリジリしながらお待ちかねよ、早くお部屋のほうへいらして頂戴」

顔を出すなり挨拶もせずの女の言葉に、小海は嫌な顔一つせず、

「女将さん、こんばんは」

と頭を下げたが、女将のおしげはその挨拶にも答えず、

「さあ三味線はアタシが持つから、直ぐに山崎様の所へ」

箱屋の新三から三味線を受け取ると、小海を座敷へと急がせた。

「新ちゃんご苦労様、政ちゃんと一緒に後で」

おしげに促された小海は一声新三に声をかけ、奥の座敷へと入って行く。

「女将さん、お三味線はどなたが……？」

「アーその事なんだけど、誰も都合がつかなくてね。アンタもこうして三味線持って来てることだし、小唄でもちょこっとやればそれでいいんじゃない」

の言葉に、小海が立ち止まり、前を行くおしげの背中に向かって言った。

「女将さん、お言葉を返すようで申し訳ないですが、此方へ伺ったのは山崎様が私の唄をご所望なされたから。小唄をちょこっとやればとは、どうゆう事でしょうか」

小海の強い口調での問い掛けを受け、振り返ったおしげが答えた。

「どうせ唄を聴きたいなんてゆうのは、アンタに会うための口実。上州の機屋なんかに、清元なんて分かりゃしないよ」

腹の中がどうであろうと、客の悪口を言ってはならないのは客商売の常識。それをこのおしげという女は、小海がはらはらするくらいの大きな声で言う。房州の生まれ、口が汚いのは致し方ないが、余りに客を小馬鹿にしたその態度には、呆れるばかりだ。

小海が三味線を持ってきたのは、芸者としてのたしなみ。踊り・長唄・清元と何でもこなす小海にとって、三味線を爪弾いての小唄は何でもないが、唄が所望と聞いていただけに何でもいいとのおしげの言葉に、少しがっかりしたのである。

小海が通されたのは、大広間を通り過ぎた廊下の突き当たりにある小座敷。

「おまちどおさま、小海姐さんのお出ましですよ」

つい先ほどとは打って変わった、おしげの猫なで声。障子の開け放たれた廊下に跪き、三つ指を揃えて挨拶する小海に向かい、脇息に片肘をついた山崎が手招きしながら言った。

「待ち兼ねたぞ、遅いじゃないか。ええ」

まるで馴染みでもあるかのような馴れ馴れしい言葉を聞き流した小海が、膝をずらして座敷に入りかけると。

「じゃあ、ごゆっくり」

そう言い残し、おしげは小海の脇に三味線を置き、障子を閉めて去って行く。

「あら女将さんたら、折角風が入るのに。障子開けましょうね」

小海が今閉められたばかりの障子に手をかけると。

「いや、其処はそのままでいい」

「そうですか、少し蒸しはしませんか、このお部屋」

「そんな事はないだろう、さあこっちへ来て、酌をしろ」

横柄な物言いにも客あしらいに馴れた小海は「はいっ」と山崎に近寄り、膳に置かれた染付の徳利を手にし、男が手にした盃に酒を注いだ。

見るからに安物の軸がかけられた半間の床の間、其処に置かれた花器には何も活けられておらず、そんな六畳の座敷には脚つきの膳が一つに、背の高いランプが二つあるだけ。

「お前も飲め」

飲み干した盃を小海の目の前に突き出し、そう言った山崎の言葉は気の弱い男が虚勢を張る時に見せる、何処となくぎこちないもの。

「頂戴いたします」

と答えた小海が盃を受け取り、それを膳に置かれた杯洗の水ですすぐ。その時、山崎の顔に不満の色が浮かんだのを、小海は見逃さなかった。

水を切った盃を持つと空いた手で袂を押さえ、山崎の前に静かに差し出すと、ぶすっとした顔の山崎が乱暴に酒を注ぐ。軽く頭を下げ盃を飲み干す小海の喉元を、脇息に寄りかかった山崎がじっと見詰めている。

「御返杯」

そう言いながら、杯洗で再び盃をすすぎ、それを山崎に返すと、小海は細身の徳利を手にした。

「酒はもういい、それよりあれだ……」

「はいはい、それでは今ご用意しますから」

小海は三味線を手に取ると、糸の調子を合わせようとした。

「そんな事はいいから。今日はあれだ、やっとこうして二人っきりになれたんだから、なっ」

やにわに立ち上がった山崎は小海の側に近寄り、いきなりその手を摑んだ。

「山崎様、そんなご冗談、いけませんわ」

言葉はやんわりながらもきつい目で睨まれた山崎は、それに怯んだのか、小海を摑んだ大きな手を放すと、

「いや、あの、小海に早く見せたい物が有ったものだから……」

と照れ隠しの薄笑いを浮かべ、膳の前に戻って行ったが、小海は山崎の粗野な振る舞いに舌打ちしたい気分だった。

「これ、お前のために誂えたんだが、どうだ気に入ったか」

脇に置いてあった畳紙を、大様な素振りで小海の前に投げてよこしながら、山崎が言った。

「アラ、何でしょう」

小海は山崎の下心は百も承知だが、客の気持ちを傷つけぬようにと笑顔を見せながら畳紙を膝の上に置き、その紙縒りを解いた。中にあったのは、赤紫地に白く抜いた大柄な撫子が描かれた、絽の着物。

「西陣でわざわざ染めさせたんだ、どうだ物が違うだろう」

小海がまだ畳紙を開き切る前に、身を乗り出して山崎が言った。

「まあ素敵なお召し物、これを私に」

とは言ったものの、内心その柄の垢抜けなさに呆れるほどだった。着物の好みには人一倍うるさい小海は、幾ら贔屓の客からだと言われても、意に染まぬ物は決して受け取らなかった。『折角お客様が小海姐さんのために選んで下さったんだから、そんな失礼な事しなさんな』と他の姐さんや女将さんに言われても。『お気持ちだけは頂いておきますが、袖を通さないと分かっていてそれを頂くと、結局は簞笥の肥やし。それじゃあ着物を作って下さった方に悪いし、着物にも申し訳ない、どなたかこれが気に入って着て下さる方がいたら、着物もその方の元へ片付いたほうが幸せというものでしょ』と言ってのけるのが常だった。

「ほらいつまでも眺めてないで、こっちへ来て着てみろ」

立ち上がった山崎が床の間脇の唐紙を開けると、隣の部屋には薄ぼんやりとランプに照らされた夜具が一組敷かれていた。

緋色地に金の紗綾形、いかにも待合の安物然とした掛け布団に二つ並んだ坊主枕。それを見た小海は、顔には出さぬが怒りが込み上げた。

「折角のお召し物ですが、私みたいなお婆ちゃんには、派手過ぎますわ。山崎様のお気持ちだけ有り難く頂戴いたしますが、この子はどなたか似合う方の所へ嫁いだほうが幸せだと思いますの」

解いた畳紙の紙縒りを結び直しながら、小海は山崎の顔を睨みつけて言った。うろたえるでもなく、憐れみ蔑むように自分を見つめる小海の視線に、山崎は耐え切れず、うとした。

「小海、さあこっちへ来い」

そう言いいながらやにわに近寄ると、小海の白い手を鷲づかみにし、隣の部屋へ引き入れよ
うとした。

「山崎様、お戯れが過ぎますよ」

首筋にかかる山崎の熱い息に顔をしかめながら、小海がその手を振り解こうとすると、

「女将には話が通っているんだ、この場に及んで嫌などとは言わせないぞ」

「あら、話が通っているとは、どうゆう事かしら」

抱きつく山崎の太い腕から逃れようと、体を振りながら小海が落ち着き払って答えれば答え
るほど、この男の神経を逆撫でする結果となった。

「ぐずぐず言わず、世話を焼かすな……」

両腕で小海の体を抱えると隣の部屋へと引きずって行き、布団の上に押し倒した。

「お願い山崎様、やめて頂戴、ね。そんな事なさると、大声を出しますよ」

「芸者の分際でまだそんな事言うか。金はたっぷりと貰っているだろう」

女将のおしげに話が通っているから言う事を聞けとばかり、山崎は小海に襲い掛かった。

「きしょう、何をしやがるんだ」

迫り来る山崎の顔を両手で押しのけながら、小海が叫ぶ。

もがくほどに着物の裾は乱れ、下にまとった薄浅葱色の長襦袢から。白く形のいい脹脛《ふくらはぎ》が

現れた。荒い息を吐きながら山崎は無言のまま小海の両腕を押さえると、獲物をいたぶる獣のような冷たい目で、小海の顔を見下ろす。

「観念したか」

小海の腕から力が抜けた。それを感じた山崎が薄笑いを浮かべ、擦れた声で言う。

静かになった小海はじっと山崎の目を見つめている、睫長く黒目くっきりとした涼やかな目の奥にあるものは、この男への軽蔑の強い光。しばし見つめ合ったままの沈黙が続くと、それに耐え切れず山崎が目をそらした。

小海の首筋から胸、乱れた裾から覗いた膝小僧へと視線を這わしたその時、小海の足がゆっくりと動き、膝小僧とそれに続く白い太腿が裾除けから現れた。

山崎がそれに目を奪われた一瞬の隙をつき、小海は男の体を蹴飛ばし隣の部屋へと這って逃げた。不意をつかれ仰向けに倒れた山崎が素早く身を起こし、小海の足首を捕まえようとした時だった。

小海は目の前に有った三味線を手に取ると、迫り来る山崎めがけて振り回した。大きく弧を描いて胴がその顔にものの見事に命中すると、『ボキッ』と骨が砕けたかと思える鈍い音をたてて棹が折れ、山崎の金縁の眼鏡は部屋隅へと吹っ飛んで行った。

堅木の棹が折れるほどの衝撃に、山崎は頬を押さえその場に蹲ったままだ。小海は立ち上がると乱れた裾を直し、山崎を見下ろして啖呵を切った。

「憚りながら、芸は売っても身は売らないのが新橋芸者。それを何だと思っていやがるんだい、舐めんじゃないよ。金を払ってどうこうしたけりゃ吉原か品川へ行きやがれ。ふざけた真似しやがると承知しないよ」

モッソリ体を起こした山崎は、痛む頬を押さえながら言った。

「着物も買ってやったし、女将に金もたっぷり渡してあるんだ、そう簡単に諦められるか」

小海を見つめる目に、再び獣の光が蘇りだすのを見て取ると、

「サンピン野郎、まだ懲りないのかい。動くとこいつが喉を突き破るよ」

小海は折れた三味線の棹を手にし、鋭く尖ったそれを山崎のたるんだ喉もとに突きつけると、声の調子を落として言った。

芸者とは思えぬほどのその殺気に、山崎は血の気が体から引いていくのを感じずにはいられなかった。

それもそのはず、実父である勝海舟は幕末の剣聖と言われた直心影流・男谷《おだに》精一郎に若くして剣術を習い、さらにその弟子島田虎之助の元で腕を磨いた剣豪。育ての親である銀次も元侍の漁師、どちらに似ても曲がった事の大嫌いな、男勝りの小海なのである。

遠くで新内流しの三味線の音が聞こえる、小海は静かに障子を開けると振り返りもせず、部屋を出て行った。

片手に巾着、もう片方に三味線の折れた棹を手にし小海は長い廊下を通り、帳場へと向かう。

此処鶴清では女中頭を置かず、女将のおしげが数人の女中を顎で使い、全てを取り仕切っている。という事は、この度はおしげが承知の上での出来事と言える。

男女の密会に待合が使われる事はままある、それは双方納得しての事。今夜の事は山崎の企みにおしげが加担して、小海を辱めようとした、許し難い行いである。

帳場のそばまで来ると中からおしげの怒鳴る声、さらに近づくとうなだれる少女を前に煙管を燻らしたおしげが、小言を言っているところだった。無言で部屋に入って来た小海に気付いたおしげは言いかけた小言を呑み込み、口を開けたまましばし見つめた後、こう切り出した。

「あら、小海姐さんもうお済み……」

「何がお済みだい。お前さん、いつから女郎屋のやり手婆になったんだい」

その言葉に首をうなだれ小さくなって正座していた少女が、小海の顔を振り仰いだ。

「お前はもういいから、さっさとお行き」

おしげに促された少女は、小海に一礼したあと部屋を出て行き、立ったままの小海に睨みつけられたおしげは、こわばった顔のまま狼狽した。

「耳が悪くなったのかい、いつからやり手婆になったんだと聞いているんだよ」

「やり手婆なんて、何の事でしょう……」

「すっ呆けんじゃないよ、待合の女将がよくあんな真似が出来たね」

「…………」

小海の言葉に膨れっ面のおしげは、ぷいっ、と横を向いたまま黙りこくった。

「随分安っぽい芸者に見られちまったようだね、お足（金）を積めば転ぶとでも思っていやがったか」

「あら、何の事でしょうネ……」

「何の事でしょう……。いけしゃあしゃあと、よくそんな言葉言えたもんだ」

「…………」

「黙ってないで、うんとかすんとか言ってごらん」

「…………」

自分の形勢が不利になると貝のように黙りこくり、ただ時間をかせいでその場をやり過ごそうとする、おしげのずるい態度に、腸《はらわた》が煮えくり返る思いで小海が続けて言った。

「お前さんにゃ、何話しても無駄みたいだね」

この女には世間の道理は通じまい、これ以上話をしても時間の無駄だと小海は思った。

「これ、見てごらん」

糸が垂れ下がり、折れた三味線の棹を前に突き出したが、おしげはこっちを見ようともせず、横を向いたままだ。

「山崎にとっちゃ、此処へ来たのが災難だったね。今頃安物の布団の上で顔を押さえて、うなっているだろうよ。後で軟膏でも持ってってやるがいいや」

「…………」

「もし顎の骨でも折れたと、野郎が治療代を請求するかもしれないが、そん時は、ちゃんと払ってやるんだね」

「…………」

「このお三味線どうしてくれる。こんなになっちまって……」

「…………」

意地でもそっちを向くもんかと、おしげは相変わらず横を向いたままだ。

「このまま帰ったんじゃ、私の気持ちが収まらない。玉代を払えなんてそんな事言うつもりはないが、これは弁償してもらうよ」

棹をおしげにめがけて放り投げると小海は踵を返し、部屋を出て行った。

立ち去った小海の足音が小さくなると、おしげは、体に当たったあと畳に転がった棹に目を落とし、『ちっ……』と大きく舌打ちをした。

小海が玄関に出ると、先ほどの少女が小海の下駄を揃えているところであった。

「悪いけど、車屋さん呼んできて頂戴な」

下駄を履きながら、小海が言うと、

「はいっ」

と張りのある声で返事をした少女は、表へと駆け出して行く。一、二度顔を合わせた事のある子だった。

六月の湿った夜空には星一つ出てはいない、政吉が『一雨きそうですよ』と言った言葉を小海は思い出した。店の表へ出て、しばし待つ事四、五分、やがて通りの向こうから、此方へ向かって走ってくる一台の人力車と少女の姿が見えた。

「おまちどおさま」

息を切らせた少女が言った。

「ご苦労さん、これ取っておいて」

ポチ袋に入れた小銭を手渡そうとすると、少女はそれを両手で押し返すような仕草をしながら言った。

「いいえ、結構です」

「いいから取っといて、ねっ。ええーと、何ちゃんだったたっけ」

「きみです、ほんとにこれ結構ですから」

ポチ袋を差し出す小海の手を、再び両の手で遮るようにしながら、きみが答えた。

「姐さんがああ言いなさるんだから、有り難く頂いときな」

二人の遣り取りを見ていた車屋が梶棒を下げたまま横から口を挟んだ、ごま塩頭の車屋がそう言うと、小海はその車屋に無言で軽く会釈をし、きみは小海と車屋双方に頭を下げ「すいません」と一言言ってポチ袋を受け取った。

「車屋さん、木挽町までお願いしますよ」

車に乗りこんだ小海の言葉に。

「あいよっ」

梶棒を握った年配の車夫は、威勢のいい掛け声と共に車の向きを変えて走り出す。そんな二人の後ろ姿を、少女は深々と頭を下げて見送った。

小海を乗せた車が加賀町に差し掛かった頃、空からポツリポツリと冷たい物が落ちてきたのである。


木枯らし舞う銀座の街に行き来する人たちは背を丸め、着物の裾を押さえながら歩いている。時折吹く強い風に吹き上げられた砂埃が煉瓦造りの街並みを走り抜ける中を、馬車と人力車とが忙しげにすれ違う。そんな中、政吉の曳く人力車に乗り鶴清に向かう小海は、半年前の鶴清での出来事を思い出していた。

あの晩の出来事があってから、小海は鶴清には行っていない。見番を通さずのお座敷だったため、小海は声をかけてくれた喜楽の女将に一言言っただけで、後は自分の胸の内に収めてしまった。

しかし何処から立ったのか、鶴清の悪い噂が新橋花柳界に広まり、その結果、其処を利用する客がめっきり減ってしまったと、小耳に挟んだ事がある。

元はと言えば女将であるおしげが悪い、客に芸者との仲を取り持ってくれと言われる事はよくあるし、百人からいる芸者衆の中には、金で客と枕を共にする者もいるかもしれぬ。しかし小海の気持ちを無視し、騙して山崎に引き合わせたやり方は許されるものではなかった。

思い出しても虫唾が走る、そんな小海を乗せた車が、山城町・鶴清の前に着いた。

「すぐ戻るから、此処で待ってて頂戴」

「へいっ」

と答えた政吉は下げた梶棒を屈んで押さえると、車から降りる小海の手を取る。

鶴清に入る小海を見送った政吉の硬く大きな手の平に、白い軟らかな小海の指の感触が残っていた。

ひっそりと静まりかえった鶴清の玄関を開けると、小海は中へ声をかける。

「ご免下さいまし……」

耳を澄ますが、人の気配はしない。

「ご免下さいまし……」

小海は再び、幾分大きな声で呼びかけた。

「はあーい」

奥から聞き覚えのある返事が返ってきて、現れたのは女将のおしげ。小海の顔を見るとその場に立ち尽くし、一瞬驚いたようであったが、直ぐに愛想笑いを浮かべた。

「ご無沙汰しております、その節は……」

頭を下げた小海に、

「あっ、あの三味線のお金ね、そうでしょ。まだ送ってこないから、催促しようと思ってたとこなの」

あの時はついかっとなり、壊した三味線を弁償しろと言ってしまった。しかし、小海がそれで山崎を殴りつけ壊してしまったのだから、責任は自分のほうにもあると今は諦めていた。

「もうその話はいいんです」

「あら、そうー、そうなの。お金はもういいっていう事なのね」

念を押すと、よそよそしかったおしげは、急に愛想がよくなった。

とっくに山崎からは『小海に渡してくれ』と金を受け取っていたのだったが、全額渡すのは癪に障る、幾らかは猫糞《ねこばば》してやれと使い込むうち、預かった金が全部なくなってしまったのだ。

そんな折も折、わざわざ小海がやって来て、金は要らないと言ったものだから、金に汚いおしげの顔から笑みがこぼれたのである。

「今日お邪魔したのは、此方にいたきみちゃんの事なんですの」

「あの子なら此処にはもういませんよ、今朝起きたら寝床がもぬけの殻、散々人の世話になっておきながら、なんて子なんだろうね」

「そのきみちゃんが私の所にやって来て、置いてくれと、こう言うもんで、色々訳を聞いたんですよ」

訳を聞いたの一言に、おしげの顔から笑顔が消えた。

「………」

「それできみちゃんを私のところで預かろうと、そう思って此方に伺ったんですの」

「あら、そうなの。へえー、きみがね……」

どう答えていいのやら、おしげは不機嫌な顔で返事をした。

「きみちゃんの親御さんには私のほうから連絡しておきますから、どうぞご心配なく。聞いたところによるとおしげさん、あの子の叔母さんだとか」

その言葉を聞いた途端、おしげの顔はいつか見た横を向いての膨れっ面に変わった。

「きみには色々貸しがあるんでね……」

「ええその事も此処へお邪魔する前に、きみちゃんに確かめてきましたから」

小海が自分を見つめているその視線を頬に感じながら、おしげは憎々しげに答えた。

「なにを言ったか知らないけど、返してもらう金が十五円ばかりあるんでね」

「証文か何か有るんですか」

「そんなの有りませんよ、叔母・姪の間でそんないちいち……」

「おしげさん、私の顔見てお話しよ。きみちゃんからあんたたち夫婦が何をしたか、とくと聞かせてもらいましたよ。この期に及んで、まだ嘘八百を並べるつもりかい」

「…………」

「女衒《ぜげん》みたいな真似したら警察に訴えて、お前さんたち夫婦をしょっ引いてもらうからね」

「…………」

「もしお前さんに姪を思いやる気持ちがこれっぽっちでもあるんなら、未払いのお給金、何とかしたらどうだい。人の物はかっさらっても手に入れるが、出すのは舌を出すのも嫌なのかい」

「…………」

「きみちゃんは私が預かりますから、よござんすね。まだグズグズ言うようなら、この私が承知しないよ……」

横を向いたまま無言で立ち尽くすおしげを睨みつけ、一段と強い口調で一声かけると、小海は政吉の曳く人力車に乗り鶴清を後にしたのである。

六郷の渡し

羽田沖に差しかかった銀次は、穴守稲荷《あなもりいなり》の鳥居を右手に見ながらしばし舟を走らせた。多摩川河口に着いたところで白い帆を下ろし、艫の舵を船尾に引き上げる。それらを素早く済ませると。櫓を操って舳先を多摩川上流へと向けた。

上げ始めた潮が川の流れを次第に緩やかなものへと変え始めている、銀次はこの時を待っていたのである。

左岸の遙か遠くにそびえる富士の山を見ながらゆっくりと櫓を動かし、多摩川の上流を目指し漕ぎ上がる。川での帆走は難しい、よほどの順風でないかぎり棹か櫓にたよるしかないのである。

川面《かわも》を流れくる冷たい風が船上の銀次に突き刺さり、その余りの冷たさに顔をしかめながらもギィーギィー櫓を軋ませ続けた。

「おおー、寒《さぶ》……」

重ねた着物の上に綿入れの半纏羽織、膝に大きく継ぎの当たった色褪せた股引を穿き、手拭いで頬被りをした銀次が大きな声の独り言。

上潮で川の流れが弱まったとはいえ、西からの向かい風をまともに受け、川を漕ぎ上るのには体力がいる。

やがて枯れた葦原の向こうに、六郷の鉄橋が見えてきた。明治五年、新橋―横浜間に鉄道が開通した当初は、予算の都合もあり急場しのぎの木造だったこの橋も、同十年十一月に鉄の橋に架け替えられたのである。

帆柱がぶつからぬかと、橋桁を見上げながら櫓を操り鉄橋を潜り抜けると、川は右に大きく弧を描く。ここいらまで来ると銀次の額には薄っすら汗が浮かび、息もだいぶあがってきた。

そこで櫓を漕ぐ手を休め、羽織った綿入れを脱ぐと、「チィン」と勢いよく手鼻をかんだ。

「もうちょい行けば、一服だ」

自分に言い聞かす独り言を吐き、再び舟を川上へと漕ぎ進める。

右手に広がる葦原沿いを暫く行くと、川は左に蛇行し、枯れかかった葦原がこんもり茂った竹林に替わってきた。川面を被うほどせり出した竹林に沿って進むと前方に小さな桟橋が現れ、銀次は其処に舫ってある舟の横に舟を漕ぎ寄せた。

此処は矢口の渡しと呼ばれ多摩川に点在する渡船場の一つで、舫われた平底の渡し舟は、今でも近隣の住民たちの大切な交通手段。辺りに渡し守の姿は見えず、枯れた葦が冷たい川風に揺れているだけであった。

舳先の舫いを杭に結び、舟を降りた銀次は風呂敷包みを手に土手に向かって歩き出す。行く手には一本の大きな楠の木が立っており、その下の粗末な小屋から一条の煙が上がっていた。

茅葺・二間四方ほどの小屋は入口が開け放たれ、三和土の中央に石を並べただけの簡単な炉が切ってある。薄暗い小屋の中で一人の男がその炉に粗朶をくべており、モウモウと上がる白い煙に目を瞬かせていた。

「何、燻してんだい」

入口に立った銀次が、背を向けている小屋の主に声をかける。肩幅広くずんぐりした体形の五十代中頃の男が振り返るが、逆光に浮かんだ黒い影の姿に、無言で視線を向けただけである。

「元気かい」

と銀次がつかつかと男に近づき、其処にあった縁台に腰を下ろしながら再び声をかけると、

「なんだ、銀次さんか、ビックリさせるなよ」

大きな鼻に小さな目、毛深く武骨な手に火吹き竹を握ったままの男の顔に、笑顔が浮かんだ。

「お前さんでも、驚く事あんのかい」

「こう見えても、肝っ玉は小さいほうだからな」

「熊みてぇな面してよく言うよ。それよかこの煙何とかしろよ、年寄りを燻し殺すつもりかよ」

もくもくと上がる煙は、屋根裏に開けられた煙出しから出きらず、小屋全体に充満している。

頬を大きく膨らませた男は勢い良く火吹き竹を吹き、消えかかった粗朶の火に風を送った。

『ボッー』と低い音をたて白い煙が赤い炎に変わると、暗かった小屋が瞬時に明るくなる。

「今日はやけに冷えやがるな」

メラメラと燃える粗朶に節くれた手をかざし、銀次が言った。

「兄貴の所かい……」

焦げ茶の筒袖の着物に継ぎ接ぎだらけの綿入れの半纏を重ね、醤油で煮しめたような薄汚れた手拭いでほっかぶりをした男が、言った。

「ああ、又少し作ってもらおうと思ってよ、達者なんだろ奴《やっこ》さんは」

「相も変わらず、仕事ばっかりしているよ」

し火を点けた。

銀次は腰に提げた煙管入れを取り出し、雁首にキザミを詰めると、小さく燃える小枝を手に
「そりゃ何よりだ」

「漁の具合はどうなんだい」

「んーん。ぼちぼちってとこかな」

男の問いに、銀次は口から煙をはきながら答えると、

「煙草、ご馳走してもらえるかな」

炉に粗朶をくべながら、男が言った。

「オッ。いいよ」

銀次の差し出した煙草入れを受け取った男は、自分の煙管にキザミを詰め、炎を振り消した小枝で火を点けた。煙管を一服吸うと、天井を見上げ大きな音をたてて煙を吐き出す。

「今年は鮎、どうだった」

「ここいらは駄目だ。もっと上行《かみ》かなけりゃ」

「投網打つ、腕が悪いんじゃねぇかい」

「それもあるかもな」

男が答えながら、にやりと笑った。

ここ多摩川は、昭和二十年代までは鮎も生息するほどのきれいな水が流れ、六郷の上流二子《ふたご》

辺りにはその鮎などを食わせる料理屋が何軒も建っていた。

「煙草切らしちまったのかぃ」

「ああ、そんなとこだ」

「よかったら、少しとっときな」

「いいのかい、すまないね。それじゃあ遠慮なく頂戴するよ」

男は銀次の煙草入れから自分のそれへ、キザミ煙草を取り分ける。

「渡しの仕事は忙しぃかい」

「別に忙しかないよ。それより六郷の鉄橋な、あれ渡る奴がいてよ、特に餓鬼が珍しがって遊び半分で渡るもんだから、こないだもえれぇ騒ぎになって」

「どうした」

「三つか四つの餓鬼があんちゃんのケツ追いかけて、付いて行ったと思いな。先行く餓鬼は皆七、八歳だ、どんどん渡ってしまい、振り向くと小さいのが半分も渡れず、鉄橋の途中で泣いている。下見て、脚がすくんだんだな」

「あぶねぇな」

銀次の相槌に、男は続けた。

「皆して、早く来ぃと怒鳴ったってその餓鬼は立ち止まったまま、ただ泣くだけよ」

「まさか、陸蒸気が来たんじゃねぇだろうな」

「それがさ、そのまさかよ。間の悪い時は、得てしてそんなもんだ」

「大丈夫だったのか、その餓鬼は」

銀次の問いに、男は手にした粗朶を膝頭に押し当て、二つに折りながら言った。

「兄貴たちが急いでその餓鬼の所へ戻って大事にならずにすんだが、側にいた大人にどやしつけられたってよ」

「桑原桑原……。餓鬼は何しでかすか分からねぇからな」

男がくべた粗朶が、パチパチと爆ぜた。

「帰りに又寄るからよ」

立ち上がった銀次は腰に巻いた三尺に煙草入れを挟みながらそう一声残し、小屋を後にする。

土手を暫く歩くと道は二股に分かれる、それを左にとり大根畑を進むと、数本の欅の木立の下に茅葺きの家が見えてきた。その家への小道をたどり、灌木に囲まれた庭へと歩み寄った銀次に、縁側で籠を編んでいた男が気付き大きな声をかけてきた。

「よう、今年は随分遅いじゃねぇか。あんまり来ねぇんで、てっきりおっちんじまったかと思ったよ」

「ほれ、この通り、まだ足は付いてるぜ」

道端の茶の植え込み脇に立ち止まった銀次が、片足を上げ指差し答える。庭には放たれた軍鶏が餌を啄《ついば》み、建物右手土間に続く入口脇の軒下に、白い大根がズラリと干してあった。

胡坐をかいた男の左側には出来上がった竹籠が幾つか積まれ、右にはそれらを作るための裂いた青竹が束ねて置いてある。

茶色の縞筒袖の着物の上に、別布で肩当てを縫い付けた色褪せた藍色のちゃんちゃんこを羽織り、寒い縁側で黙々と籠を編む男の名は亀吉、先ほどの渡し守の兄である。顔は似ているが、体はふたまわりも小さい。

「こんなとこで、寒《さぶ》かねぇのかい」

火の気といえば小さな手あぶりだけ、開け放たれた障子手前の縁側に腰を下ろしながら、銀次が言った。

「綿入れを着ているから、どうって事ないよ、寒《かん》になりゃ、中入って囲炉裏端で仕事するが、まだまだ平気さ」

「達者なもんだ……」

「こいつがもう直ぐ仕上がるから、ちょいと待っててくれや」

あらかた編み上げた籠を足の間に置くと、巾三分ほどに割かれた竹の小口に細身の竹用の鉈をあてがい、器用に削いでいく。太い指がいとも簡単に竹を皮と身の部分に裂き分け、薄くしていく亀吉の手元をじっと見つめ、銀次が言った。

「いつ見ても、てぇしたもんだ……」

「十《とお》の時から五十年以上もやってりゃ、誰だってこれくらい出来るようになるさ」

「その五十年、一つ事をやるのが大変なんだ」
二、三本の竹を薄く割き終わると、作りかけの籠を両足で挟み器用に回しながら、縁になる部分にその竹を巻き付け、籠を仕上げた。
「さてと、次は銀さんのだが。今年はどうした、来るのが遅かったじゃないか」

「ちょい迷ってよ」

「何をだよ……」

「穴子漁に来年も行けるか、それ考えるとよ……」

「何言ってる、銀さんらしくないな、いつからそんな弱気になった」

「弱気にもなるさ、多摩川漕ぎ上がるのが大変なんだから、お前さんが竹林ごと高輪へ引っ越して来ないかい」

「運んでくれりゃ、何処へでも行くよ」

庭に放たれた目の鋭い軍鶏《シャモ》が、太く黄色い足で土を盛んに引っかいている。餌になるミミズでも探しているのだろう、青緑に光る黒い羽根にトサカと顔が真っ赤な軍鶏は、次第に銀次に近づいて来た。

「一羽イタチにやられてよ」

軍鶏を見つめる銀次に、亀吉が言った。

「夜、どうしてる」

「籠に入れ、土間に置いといても狙いやがる」

「敵もさるもの引っかく者って、か。使えるのが何個かあるから、今年は二十も作ってもらおうか」

「筒はどうするね」

「何本か頂いて行くよ」

「じゃあ竹は裏、鋸は土間のいつもの所にあるから、勝手に使ってくれ」

「あいよ、ついでに棹にする奴も貰うよ」

腰を上げた銀次は入口にまわると、破れ障子を開け薄暗い土間に入って行く。しっかりと踏み固められた三和土には、鍬や箕《み》などの農器具が置かれ、奥の台所には角が崩れかけた竈が見える。

左手は囲炉裏の切ってある板の間になっており、あまりきれいに片付いているとは言えなかった。土間右手にある無双窓下の桟に提げられた鋸を手にすると、銀次は家の裏手へと回る。

赤く熟した木守りの残る大きな柿の木に、数本の真竹が立てかけられており、その中から手ごろな太さの物を選り分ける。穴子漁に使う竹筒にと長さも径も揃えて二十本ほどの竹を切り、それを庭先へと運んだ。

竹を切るのは秋過ぎてから、いつもなら十一月には此処へ竹を貰いに来るのだが、今年の銀次は己の体力の衰えを感じ、穴子漁を来年以降も続けられるか迷っていたのである。

「あれねぇかな、ほれ、節抜くやつよ」

「土間になかったか」

「オッ……」

銀次は太い鉄の棒で竹の節を抜きはじめる。勢いよくやり過ぎると底まで突き破り使い物にならなくなる。抜いた節を借りた小刀できれいに削り終えたのは、小一時間後だった。

「その辺に荒縄があるだろ、それで縛っときな」

「あいよ、ありがとよ」

束ねた竹を荒縄で縛り終えた銀次が縁側に戻ると、亀吉はもう何個かの長い円錐状の蓋を編み上げていた。

海に沈めた竹筒に穴子が入りやすいよう細い竹で粗く編む、最後までしっかり編みこまず、先は傘の骨のように長く伸ばしたままだ。

「家の者はどうしたね」

「小作に出てる、年内に大根《だいこ》を抜かなけりゃって、暗いうちに出て行ったきりだ」

「赤ん坊がいただろうに。一緒に畑かい」

「ああ」

「寒いのに、ご苦労なこった」

「鶴吉の奴、自分の倅夫婦なんだから少しは手伝ってやりゃいいのによ」

「渡しは誰がやる」

銀次が煙管を取り出しながら言うと、

「さあ、それだ……」

「じゃあ、しょうがねぇな」

亀吉は三分巾の竹を巾・厚さ共半分に裂き、銀次の注文した筒の蓋を次々と編み上げていく。

それを見ながら銀次は煙草を燻らせた。

「さあ、出来たぞ」

円錐の蓋を重ね中に荒縄を通すと、銀次に手渡しながら亀吉が笑顔で言った。

「ありがとよ、これで来年も漁が出来るわ」

そう言いながら銀次は懐に手を入れると、巾着を取り出しながら声をかけた。

「いつもと同じでいいのかい」

「ああ結構だよ」

「そいじゃあ、これで」

と数枚の銅貨を渡すと脇に置いた風呂敷包みを手にし、中から細引きで束ねたハゼを取り出し、言った。

「今年のハゼは小さくて申し訳無えけど、雑煮の出汁に使ってくれや」

「すまねぇな、お恥ずかしいこったけど、毎年暮れになるとこれ、あてにするようになっちまってよ、人の心なんてぇのは、さもしいもんだね」

「違ぇねぇ、ついでだけどよ、割いた竹少し貰えねぇかな」

「何に使いなさる」

「近所の餓鬼に、凧こさえてやろうと思ってんだが」

「凧か、なんならちょうどいいのがあるがちょいと待っててくれや、今持って来るからよ」

立ち上がった亀吉は、体に付いた竹屑を両手で払い落とす。その右足は左に比べ極端に細くくの字に曲がったまま、五尺そこそこの小柄な体は大きく傾いていた。生まれつき足の悪かった亀吉は農作業も出来ず、居職の職人として手に技をつけて生きるしか道がなかったのだ。

耕す畑を持たぬ小作人の長男として生まれ、こんな体の亀吉は二親亡き後、弟である鶴吉の元に身を寄せ日々の糧の足しにと、こうして竹籠などを編んでいるのである。

障子を開けて部屋に入って行った亀吉は、すぐに黒い大きな物を手に戻って来た。

「なんだい、それ」

「凧だよ。鳶凧って言ってな、ここいらから六郷にかけて昔っからあるやつよ」

巾三尺ほどの大きな鳶の形をした凧を差し出すと、それを手渡された銀次が凧をひっくり返して裏を見る。細長い楕円に組んだ胴に、奴凧の手のように曲げた竹が左右に括り付けられ、それらに黒く塗られた和紙が貼ってある。

骨全体に貼るのではなく、大きく弛ませ風を孕むよう一箇所貼らずに、空いたままにしてあるのだ。

「ここ貼ってねぇけど、こんなんで揚がるのかい」

「さあ、それがいいんだよ」

「尻尾は……」

「そんな物無くてもぐんぐん空高く揚がり、本物の鳶の奴が寄って来てちょっかいを出すくらいだ」

「そりゃ、おもしれぇな」

そんな二人の所へ、鶴吉がやって来た。

「銀次さん、運ぶもんあるんだろ」

「ああ、気、利かせてもらって悪いな、今日はこれだけ頂いていくよ」

「じゃあこの竹筒は俺が持って、先行ってるよ」

「すまないね、其処の長いやつも一緒によろしく頼むよ」

鶴吉は棹にする長い竹と束ねた竹筒を肩に担ぐと、足早に桟橋へと戻って行った。

「この凧分けてもらえるかな」

「こんな物で良かったら貰ってってくれ、ついでにこれも」

亀吉は今しがた編み上げたばかりの手籠を、銀次に差し出した。

「いいよ、折角の売り物を、そんな事してもらっちゃ」

「何言ってんの、こっちこそお足をたんと頂いた上にハゼまで持って来てもらって、申し訳ないと思ってるんだからさ」

此処で又貰え、貰わぬの押し問答が続いた後、

「分かった、それじゃあ有り難く頂戴して行くよ」

と銀次が頭を下げて、一件落着。

「亀さん、ぼちぼちお暇《いとま》するよ」

「そうかい、茶も出さないで済まないね。年に一回と言わず近くへ寄ったら、顔出してくれよ」

「こんな面でよかったら、いつでもそうさしてもらうよ」

亀吉に別れを告げた銀次は貰った凧と籠を手に、舟を舫ってある多摩川河畔の渡船場へと戻って行った。

高輪願生寺裏

高輪の浜に戻った銀次は鳶凧を半纏で包み、功に出くわさないか辺りを窺いながら長屋に戻った。

正月になってから渡してやろう、その時までは何処か功の目のつかぬ所へでも隠しておくつもりなのだ。幸い誰にも会わずに家に入ると、竹筒を取りに舟へと取って返した。

両手に真新しい竹筒の束を提げ、長屋への角を曲がろうとした時だった、紗江が此方に気付かず俯いたまま路地へと入って行く、いつもと違う思案げなその後ろ姿が、銀次には気がかりだった。

紗江が家に入る前に追い付いて一声かけてやろうと早足になり、後を追った。あまり遠くから大声出すと近所に聞こえてしまう、と言ってそばまで近づく前にこの調子だと紗江は家に入ってしまいそう。

銀次は路地に入って直ぐに、手にした竹筒をわざと乱暴に放り投げた。縛った荒縄が切れ『ガラガラッ』と音をたて竹筒が長屋の路地に転がると、障子に手をかけた紗江はその物音に振り向いた。

間に合った、そう思いながら銀次は急いで散らかった竹筒を拾い集めると路地の脇に束ねて置き、いつもより幾分小さな声で、一声かけた。

「よっ、買物かい」

紗江は硬い笑顔を浮かべ、無言のまま小さく頭を下げた。幾分か青ざめたその顔にいつもと違うものを感じた銀次は、やす婆さんが出て来ぬようにと祈りながら、紗江に近づいた。

「何かあったのかい……」

「いえ何も」

「そうは見えねぇな」

「ほんとに、何もございませんの」

紗江は銀次の視線を外しながら、小さな声で答えた。

「そうかい、ならいいけど何か相談に乗れる事があったら、遠慮なく言ってくれ」

これ以上聞いても今の紗江は話してはくれまいと思った銀次は、置いたままの竹筒を取りに戻る事にした。

家に入り一服した後銀次は板の間に薄縁を敷き、それに持ち帰った竹筒を並べ、枝縄を通すための穴を開け始める。竹が割れぬよう節の直ぐ下に錐で下穴を開け、その後切り出しで穴を削り広げていく。

手を動かしながらも、銀次は紗江の硬い表情が気にかかる、あの思案げな様子から、何かあったに違いないと思うのであった。

その時カタッと表で小さな音がした、銀次がにやりと笑みを浮かべ障子越しに外を窺う。

「銀次さん居る」

功の声がした。

「入《へえ》んな」

銀次の一言に応じて障子がほんの少し開くと、其処から小さな手が現れ、それが障子をさらに広げると功が顔を覗かせた。

「いいの？」

「ああいいから、こっち来な」

紗江の様子は功に聞けば少しは分かるのではと、手招きをして呼び入れた。

「穴子の筒」

「そうだ紐通《しぼ》すんだ。どうした元気ねぇな」

「ン……」

功のこの様子から、紗江に何かあったと銀次は確信した。子供は親の気持ちを敏感に察知するもの、親一人子一人の親子なら尚さらだ。紗江の微妙な心の変化を、功は感じ取っているのである。

「母ちゃんに何《なん》かあったか、んん？」

「分かんない」

「功に何か言ってなかったか、困った事あるとか、心配事あるとか」

そんな難しい事を六歳の功に聞いても無駄だと思った銀次は、直ぐに話題を変えてみた。

「あと幾つ寝ると正月だ」

「三つ」

「よく分かるな」

「家に暦があるもん」

「そうか、ちゃんと暦がわかるんだ、そりゃえれぇな……」

「新しいの、もうあるよ」

屈託なく答える功を見つめながら、銀次は考えをめぐらせていた。

あくる日、銀次は功が何処かへ遊びに出かけた頃を見計らい、紗江の家へと向かった。長屋住人の目が気になる銀次は、路地に人影がないのを確認してから、小さく障子戸を叩く。

「はいっ……」

中から紗江の声がした。

「銀次です」

辺りを憚り小声で言ったその声に、自分自身で気付いた銀次は、

「紗江さん居るかい」

こそこそと小声を出しながら入口にたたずむ己自身に嫌悪を感じ、慌てて大きな声で続けた。

紗江が戸を開けるまでのほんの僅かな時間に、銀次は胸がときめく。今日のおいらはどうかしている、そう思いながら以前やすの言った言葉が思い出された『親子ほどの離れた……』

「お待ちどお様」

「よっ、ちょい話があるんだけどな」

「何でしょう、また功が何か……」

「立ち話も何だから」

そう言ってから、はたと困った。紗江の家に入れてくれと言う訳にもいかず、今さら家に来てくれも変なもの。

「大事なお話でしょうか」

「実はそうなんだ」

銀次の気持ちを察したのか紗江は辺りにさっと目を配り、人気《ひとけ》のないのを確かめると、素早く身を引き小さく言った。

「どうぞ……」

の声を聞き銀次は紗江の家へ飛び込むように入ると、障子戸を後ろ手に閉める。狭い土間に立った銀次は危うく紗江とぶつかりそうになり、二人はお互いにうろたえた。

「すまねぇ、直ぐ終わるからよ」

と銀次が切り出す。紗江はつっかけた下駄を脱ぐと狭い板の間に正座し、銀次に上がり框に腰を下ろすよう勧めた。

「改まって、何のお話でしょうか」

「実はな、おいらの思い過ごしならいいんだが、ちょいとお前さんの事が気になってよ」

そう言い終えた銀次は、紗江の涼やかな目を見つめる。心の内まで見通すような紗江の視線を受け、それに負けまいと自分の目がきつくなって行くのを感じた。

「私が何か…………」

「心配事あるんなら、言ってみな。昨日功が遊びに来たが、いつもと様子が違う、どうしたと聞いても答えねぇ。こりゃきっと何か良かねぇ事が有るんじゃねぇかと、そう勝手に思ったんだが、違うかい……」

「…………」

「子供は親の心配事を敏感に感じ取るもんだ、後二日もすりゃ新しい年が来るってぇのに、功の奴がああしょげてたんじゃ、気になるわさ」

「すいません、ご心配おかけして」

「何があったんだい、えっ」

銀次がこれだけ聞いても、紗江はまだ話をしようとはしてくれない。

「…………」

「おいらには、そんなに言いにくい事かい」

「いえ、そんな事は有りません。そうまで仰って下さるんでしたらお話しします、実は……」

紗江がやっと重たい口を開いてくれた、それは昨日の事だと言う。

縫い終わった着物を届けに呉服屋に出向き、届けがてら溜まった仕立て賃を払ってもらうつもりで担当の番頭にその話を持ち出すと。『仕立て賃をくれなどとはとんでもない、金はこっちが貰いたいくらいだ』と言い出したそうだ。

訳を聞くと、先月紗江が納めた着物の袖に縫い針が入っていたと言う。注文先のお嬢様が仕立て上がった着物に袖を通した途端『痛い……』と声を出し、指先を見ると血が滲んでいる。よほど深く刺したのだろう、ぽたぽた滴り落ちるその血が着物の袖についてしまったとの事であった。

その着物はわざわざ京都で染めさせた友禅、水気を吸いやすい縮緬だったため、垂れた血が大きなシミを作ってしまったと……。急いで染み抜きに出したが地色が明るい山吹色、幾らごまかそうとしても、元には戻らず店で弁償したと言う。

『本来ならお前さんに弁償した代金を払ってもらうところだが、こっちも色々無理を言ったりしてきた。そこで、今回は仕立て賃棒引きで勘弁してやる』と番頭に言われたと言う。

「それじゃあ、仕方ねぇのかな」

「いいえ、針が入ってたなんて、そんな事ありません」

「ありませんついたって、現にあちらのお嬢さんが怪我なすったんだろ」

紗江の顔を覗き込むように、銀次が言った。

「違います、私が番頭さんに本当に針があったんですかと聞いたら、『ああ、この針が袂に入っていたんだ』と、針を見せてくれました」

「其処までされちゃ、謝るしかねぇな」

「違うんです、その針は私のじゃないんです」

紗江の銀次を見つめるその目は、何で私の言った事を信じてはくれないのですか、とでも言いたげなそんな眼差しだった。

「私の針じゃ無ぃっついたって、針に印が付いている訳じゃねぇからな」

「私、着物が仕上がった時は針が入ってないか指で縫い目をなぞり、よく調べます。何より待ち針、縫い針共、使った針が針坊主にちゃんと決まった数刺してあるかも確認します。これ、見て下さい」

紗江はいきなり自分の手を銀次の目の前に突き出して見せた、白く小さなその手は、興奮のためか小刻みに震えている。

「手なんか出して、どうしたんだい」

「私、手が小さいんです。だから針もこの小さな手に合う四ノ一の針を使っています、番頭さんが私に見せたのは三ノ五か、くけ用の木綿針でした」

絹針は四ノ一から四ノ五。木綿用には三ノ一から三ノ五と、縫う生地と使い手の手の大きさにより針の太さと長さはそれぞれ違う。

「針見て分かるのかい」

「はい、手にとって見た訳ではありませんが、いつも針は手にしていますから。それで、『その針私のではありません、よく見せて下さい』と言ったんです、四ノ一の短い針使う人はそういはいませんもの。すると、『自分が粗相して置いて店先でケチつける気か』って」

「見せなかったのか」

「はい、何度もお願いしたんです。でも私の言う事、聞いて頂けませんでした」

銀次は針にもその用途によって太さ・長さの違いがあると紗江に聞かされ、番頭の見せた針がどうも臭いと睨んだ。本当に袂に入っていたのなら、『ほれ見てみろ』と紗江に手渡してもいいはず。腕組みをし、天井を見上げた銀次は暫く思いをめぐらしたあと、こう切り出した。

「よし、分かった、良い事思いついたぞ。紗江さん、お前さん、その着物の仕立てを頼まれた時の事、覚えて居るかい」

「はい、まだ先月の事ですからよく覚えています」

「それじゃあそん時の覚えている事、何でもいいから話してくれ」

「はい、月の初めでした。あの時はお寺さんの白羽二重が三枚に、結城《ゆうき》のお対と京友禅のお仕立てでした」

高輪から三田にかけては泉岳寺・東禅寺をはじめ数多くの寺院があり、住職ら寺関係者の着物の仕立ても紗江の仕事の一つだった。

「坊主の羽二重はどうでもいいや、その友禅の事、番頭の野郎何か言ってなかったか」

「ええ仰ってました、友禅は骨董屋さんのお嬢様の物、袖は長袖で元禄だけども余り丸みを強くしないで下さいと、細かい注文でした」

「骨董屋の場所、何処って言ってたか、覚えているかい」

「いつもは反物と胴裏・裾回しなどに寸法書きを渡されるだけでお客様の事、何にも仰いませんが、あの時は魚籃坂の骨董屋さんとか……。物を見る目のある方だから仕事はそのつもりでと、念を押されました」

「魚籃坂下じゃねぇのか、国雅堂だろ……。えぇ、違うか」

「名前までは伺っていませんが、魚籃坂と仰った事は、はっきり覚えています」

「あの辺で骨董屋と言えば国雅堂一軒だけだ。こいつぁ面白くなってきたぞ」

銀次は又しても天井を仰ぎ、今度はニンマリと楽しそうな笑みを浮かべた。

「あの、私はどうしたらよろしいんでしょうか。ただ待っていても何も解決しないと思うんですが」

「明日はおおつごもり、正月の準備どうせまだだろ。これから功に手伝わせて掃除でも始めるんだな」

「そんな事していて、いいんでしょうか」

「いいともよ。それから、呉服屋とその番頭の野郎の名前は何て言うんだい」

「札の辻の武蔵屋さんで、番頭さんは誠之助さんておっしゃいます」

藍木綿の縞の着物に、濃紺の船底袖の半纏を着た紗江は、正座した膝の上に両手を重ねたまま言った。

「おいおい、武蔵屋だって。ちょい、待ってくれよ。あんまり話がうますぎて気持ちが悪いくらいだぜ」

「武蔵屋さんが、どうかなさいましたか」

「どうも、こうもねぇよ。国雅堂の親父も武蔵屋の親父もおいらよく知ってるぜ。二人にちょいちょいと話しすりゃ、この件は直ぐにでも、あっ、一件落着……」

と銀次が見得を切る仕草をし、それを見た紗江がやっと笑顔を見せた。

「お飾り買うくらいのお足（金）は有るのかい、今日飾らねぇと明日は一夜飾りになっちまうぜ」

「…………」

紗江はその問いに、無言で答えた。

「じゃあ、此処に一円有るから、こいつでもって繋いどいてくれや、後は遅くとも明日中には何とかするからよ」

「すいません、助かります。ほんとにどうしようかと思っていたところでした」

「お前さんがそんな悩む事ねぇんだよ、悪いのはその誠之助だ。野郎どうしてくれよう」

そう言った銀次は巾着から摘み出した五十銭銀貨二枚を紗江に渡すと、車町の長屋を後にした。

泉岳寺への坂道を右に折れ、しばし進んで伊皿子へ出た銀次は、其処から真っ直ぐな長い魚鑑坂を下り、坂下角にある国雅堂に向かった。

下見板張り数寄屋風の木造二階建て、間口二間半の入り口上には分厚く黒ずんだ軒看板がかけられている。欅の一枚板に骨太の篆刻で、国雅堂と緑青で書かれた扁額の下は明け放れたままの引き戸。

店内の壁側には掛け軸・黒柿・唐木などで作られた違い棚が飾られ、その上や手前には刀剣・茶道具・仏像に混じって、陶磁器・漆器などの道具類がゆったりと並べられていた。

薄暗い店内でそれらの骨董品に羽箒をかけていた番頭に向かい、銀次が「居るかい……」と親指を突き立てて声をかけ、その声に番頭が振り向き頭を下げて言った。

「これは銀次さん、おめずらしい事で。旦那様は奥にいらっしゃいます、只今ご案内いたしますが」

「いいよ、うっちゃっといてくれて。勝手に行くからよ、いいんだろ」

「はい、いつものお部屋にいらっしゃいます」

そう答えた番頭は、焦げ茶の筒袖の着物の上に真新しい半纏を羽織っている。新年を迎えるために誂えた藍の半纏の背には、国雅堂と白く染め抜かれた大紋が暗い店内に浮かんで見えた。

店が暗いのは書画や漆器などの道具類を日の光から守るため、骨董・呉服に仏壇屋は、日の当たらぬ北向きの店が良しとされているのである。

「じゃあ、ちょい上がらせてもらうよ」

そう答えた銀次は、店奥の母屋へと続く入り口で下駄を脱ぎ、勝手に中へと入って行く。暗い廊下を進むと右に細長い中庭が現れ、其処にはお決まりの庭石・春日灯籠に、梅・紅葉・サツキなどが植えられている。その先の障子の向こうから、パチリパチリと碁盤に石を置く音が聞こえてきた。

「ちったあ、上手になりましたかい」

障子越しにいきなりかけた銀次の言葉に、部屋内から直ぐに返事が返ってくる。

「相も変わらずへぼですよ、どうしました今時分に来るなんて」

「いやね。正月前でやる事なくて、暇つぶしにね……。御免なさいよ」

声をかけながら障子を開けると、銀次は部屋へと入って行く。

一間の床の間に違い棚、書院の付いた八畳間には結城のお対を着た五十半ばの男が、独り碁盤に向かっていた。染付の大きな火鉢にはカンカンに炭が熾き、五徳に載せた鉄瓶からは白い湯気が盛んに上がっている。

銀次は本を片手に碁盤を睨む男の脇にしゃがむと、その手元を覗き込んだが、男はそんな銀次を振り向きもせず、碁石を見つめたまま言った。

「銀次さん、解りますか」

「いや、全然……」

「碁はおやりになりませんか」

「ああ、陣取り合戦なんかまどろっこしくて、性に合わねぇな」

此処で男は顔を上げ、銀次を見ると笑顔を浮かべた。

「今日は何の御用で、氷川の勝先生が又何かを……」

「否、そんなんじゃねぇんで、ちょっとね」

其処へ店の小僧がお茶を持って来た、筒袖の着物に前掛けをかけた十七、八のにきび面、真面目そうな小僧だった。

一声かけて部屋に入ると、銀次と主人の間に正座をし、手にした盆を畳に置いた。上の汲み出しを茶托ごと手にすると、一つを銀次の前に、もう一つを主人の脇に行き、「どうぞ」と一言言った。

「済まないね、手間かけちまって」

「いいえ、とんでもございません。どうぞごゆっくり」

そう言い終えると、銀次に向かい丁寧に手をついて頭を下げ、小僧は部屋を出て行った。

「勝先生は、お変わりありませんか」

「つい先だって会ったばかりだが、元気なもんでしたよ」

「さいですか。近頃とんとお目にかかっておりませんから、どうなすってらっしゃるかと」

「もう売る物がなくなっちまったんじゃや、ねぇのかな」

銀次はそう答えながら茶托の汲み出しを手にし、茶を一気に飲み干した。

勝は維新以後没落した幕臣の面倒を看るため、金銭の援助や仕事の斡旋など各々の生活が成り立つように心を砕いた。没落士族の自尊心を傷つけぬよう、家にある手持ちの品を出させ、それを骨董商に引き取ってもらうような事まで行った。

道具類を売った代金に自分の懐からの金を加え、過分の金銭を生活苦の幕臣に与えたのである。そのため何人もの骨董商と面識があり、この国雅堂もその中の一人であった。

「あのよ、突然こんな事聞いて変に思わないで下さいよ。先だって札の辻の武蔵屋に、着物の仕立てを頼みなすったよね」

「何で又、そんな事を銀次さんがお尋ねに」

「実はね……」

と、紗江の事を掻い摘んで話した。

国雅堂は今着ている黒地の結城も、その時一緒に仕立ててもらった物。娘も何も言っておらず、家内などは仕立てのきれいさを誉めていたと言う。

それを聞いた銀次は、やはり番頭の誠之助が紗江に嘘をつき、仕立て賃を懐に入れやがったなと思った。暫く話でもして行けと引き止める国雅堂に暇乞いをし、店を後にした。

店を出て右に行くと、三田の慶應義塾に出る。その向かいの細い道を右に曲がり、小さな寺やその間に建つ仕舞《しも》た屋の前を抜けると、札の辻の武蔵屋は直ぐだった。

呉服屋が一番忙しいのが暮れだが、正月二日前のこの日はさすがに客はまばらだ。暖簾《のれん》がは

ため く間口の広い店には寄らず、横手の路地を入った銀次は棟続きの主人宅に向かった。

脇に八つ手が植えられた玄関の格子戸前に立った銀次は、「ご免下さい」と大きな声をかけた。

「は……ぃ、ただいま」

と間延びした返事をして出て来た女中に、主に会いたい旨を伝えると、銀次とは何度か顔を合わせた事のある女中に、居間へと案内をされた。

社交的で話し好きの銀次は、高輪界隈の同年代の年寄りとは皆顔見知り。船遊びをしたいからと、客を伴ってやって来た武蔵屋の主人たちを、何度も舟に乗せたりした間柄である。

此処も国雅堂の八畳間と似た造りだが、違うところは部屋に置かれた火鉢に、火が熾きていない事。そこで待つ事しばし、武蔵屋の主人が店からやって来た。

小柄で白髪、品の良い主人はいかにも呉服屋と言った感じの年配の男。細かい格子の茶の着物に紅下黒《べにしたくろ》の羽織、房無し・平打ちの金茶の紐を窮屈に締めていた。

白足袋を履き早足でやって来た主人が障子を開けると、其処に座っていた銀次が此方を向いて頭を下げた。そんな銀次に向かい、主人が声をかける。

「銀次さんが私の所へ、これは又どうした風の吹き回し。何か良い話でも持って来ましたか」

「そんなんじゃねぇんで。お忙しいとこお邪魔して申し訳ねぇが、話は直ぐに済みますから少々お時間を……」

と、銀次は紗江の事を主人に掻い摘んで話すと、それを聞いた主人は顔を曇らせ言った。

「困った奴だ、暫く大人しくしてたと思ったら……」

　そう呟くと大声を出して女中を呼び、直ぐに誠之助に来るようにと言いつけた。暫くすると出て行った女中と入れ替わりに、誠之助がやって来た。

「旦那様、何か……」

　障子を開け現れたのは、明るい地色の縞の着物に紺の前掛けをした男。撫でつけた髪を真ん中から分けた三十代の男は、細い目でちらりと銀次を見ただけで挨拶もせずに、主人にあいそ笑いを向け言った。

「誠之助、お前さんに聞きたい事があるんだが、ちょいと其処へお座り」

「はい、何で御座いましょう」

「お前、国雅堂さんに納めた着物の仕立て賃、縫って下さった方にちゃんとお渡ししたんだろうね」

　この一言で主人の前に座った誠之助の顔色がさっと変わり、浮かべた笑いは何処へやら険しい目付きになると、小さな声で答えた。

「いえ、あれは……」

「あれはどうしたね」

「はい、あれは……」

　そう口ごもるだけで、後が続かない。

「誠之助、お前、性懲りもなく又やったね。『もう金輪際あのような真似はいたしません』とこの私に言ったのはありゃなんだったたんだい。今度と言う今度は許しませんよ、暇をやるから今直ぐ荷物をまとめて何処へでも出て行きなさい。いいね、解ったね」

俯いていた誠之助が『暇をやる』の一言を聞いた途端、顔を上げ、主人の目を睨みつけると捨て台詞を吐いた。

「ああ、上等じゃねぇか、こんなケチな呉服屋こっちから辞めてやらあ。なんかと言いや誠之助、誠之助と安い給金でこき使いやがって、やってらんねぇよ」

「誠之助、よくもお前は……」

主人が言い終わらぬ内に、

「出て行きゃいいんだろ、出て行きゃ。ああ出て行ってやるよ、覚えてやがれ」

立ち上がった誠之助は銀次に鋭い視線を向けると、ピシャリと大きな音を立てて障子を閉め、足音高く去って行った。

「ああゆう奴だ、銀さん勘弁して下さいよ。お足は直ぐに届けますから」

「前にもやったんですかい、あの野郎」

「私が甘やかしたのがいけなかったんですよ、今度で三度目です。お恥ずかしい事で」

どの呉服屋も同じだと思うが仕立てを頼む人間は何人もおり、この仕立屋には誰某と担当の番頭が決まっている。それを悪用し、誠之助は仕立屋に払う縫い賃のピンはねなどを、以前から繰り返していたという。

紗江も夏祭りの浴衣二十枚の仕立てを、やっとの思いで期日に間に合わせたにもかかわらず、難癖をつけられて十五枚分の仕立て賃しか貰えなかった事があったとも言っていた。

手の早い紗江でさえ家事をこなしながら一日に二枚仕立てるのが精一杯、その大変さを解っていながらの仕打ちだった。

「よかったらそのお足、アタシに預けては頂けないでしょうか、紗江さんは同じ長屋の住人、間違いなく手渡しますから。一刻も早く届けてやりてぇんでね」

「気持ちは分かりますが、主人の私が出向いてお詫びを言わなきゃ申し訳が立ちませんよ。家の番頭がしでかした不始末ですからね」

「それもそうですね、じゃあなるたけ早く届けてやって下さいよ。きっと首長くして、待ってるんじゃねぇかな」

「銀次さん、お前さんにも誠之助のためにえらい手間取らしちまって、すいませんでしたね」

「いや、なんの。どうって事ありませんが、あの野郎、此方に仇しやしませんかい」

「そんな意気地のある奴じゃありませんよ、ここそ人の目盗んで悪さするくらいが関の山ですよ」

「ならいいですけど。さてと、アタシはこの辺でお暇《いとま》いたしますか……」

そう言い残し、銀次は武蔵屋を後にした。

街中《まちなか》には何となく慌ただしい師走の冷たい風が吹き渡り、家々の入口に立てられた真新しい門松の輪飾りが、その風に揺れていた。

長屋の正月

雲一つなく冷たく澄み渡った正月の青空に、角や奴の凧が幾つも揚がっていた。掃き清められた長屋の狭い路地裏にも、元旦の華やいだ挨拶が行き来し、遠くから獅子舞の笛の音が流れ来る。

張り替えたばかりの白い障子を通して差し込む朝日の下、焦げ茶のお召しの重ねに、金茶無地の角帯を貝の口に結んで改まった形《なり》の銀次は、それらを耳にしながら長火鉢に向かっていた。独り屠蘇代わりの酒を飲みつつ餅を焼く六畳間の神棚には、真新しい注連縄、柱には輪飾りが飾られている。今年もこうして新年がやって来た、銀次はそれが何回目なのか直ぐには思い出せない。

餅網の中央に載せた餅から煙が上がった、少し焦げたそれをゆっくりと裏返し、他の餅も同じようにする、毎年繰り返す元旦の朝の光景。焼き上がった餅を小松菜の澄まし汁に入れ、それに三つ葉を散らして独り食べる。

箸は袋に入った祝い箸、お節は昨日小海の所のきみが届けてくれた。真塗りの重箱には蒲鉾・

煮〆に金団《きんとん》とお決まりの料理が詰めてある。

当たり前で何でもないこれらの事が、この日の銀次にはとても大切な物に思えた。元旦だからそうした改まった気持ちになったのではなく、老いを感じ始めたからこそ、ありふれた些細な事に、いとおしさを思い、それと背中合わせのはかなさを感じるのである。

馴染みの人々と何気なく交わす会話や、幾度となく見慣れた日々の景色の中に、今まで気付かなかった大事な物が見えてきたのだ。

若い頃は己の進む遥か前方を背伸びして見、四十で足元、五十で周りを見る余裕が生まれ、六十歳を過ぎた今、やっと歩んで来た道を振り返る事が出来るようになった。

己は何に向かって進んで来たのか、進みながら探し続けた大切な物は何だったのかが、解るようになったのである。それは何処にでもあるようなごくありふれた心の幸せ、日々繰り返す何でもない日常の中に、それが有る事を、しみじみ感じられるようになったのである。

地位や名誉に金と物、それらと無縁のところで生きる市井の人々は、幸せとは何たるかをよくわきまえている。それはいつも自分の身の回りにあり、そのことに気付くも気付かぬも、己次第という事も。

幸せとは、高望みしている限りは手にする事が出来ぬだけでなく、その姿も見えぬものなのである。

「ちょい、飲みすぎたかな……」

そんな事を思っていた銀次が、小さく呟いた。

「銀次さん、明けましておめでとうございます」

表で功の声がした。

「よおっ、入《へえ》んな」

返事をしながら立ち上がった銀次が六畳から出るのと同時に、絣のお対を着た功が元気良く開けた障子戸から顔を出し、その後ろには紗江の姿があった。

「明けまして、おめでとうございます」

功が改めて、年賀を言う。

「おめでとう」

「明けましておめでとう存じます。旧年中、特に暮れには何かとお世話になり、重ねて御礼申し上げます」

紫がかった鼠無地のお召しに、ひとつ縫い紋の黒の羽織を着た紗江が、丸髷に結った頭を深々と下げた。其処には普段見られぬ赤い珊瑚玉の簪《かんざし》が挿してあり、真新しい鬢付《びんつ》け油の香と共に紗江の色気が漂ってくる。

銀次の目はそんな紗江の白い襟足に吸い寄せられたが、功のいる事を思い出し、その目を慌ててそらせて言った。

「はい、おめでとう。今年もよろしく、さあ年賀は済んだから上がった、上がった。ゆっくりして行けるんだろ」

「いえ、ここで挨拶だけさせて頂きます」

「堅い事言わねぇでよ、えっ」

そんな二人の遣り取りを、功が見つめている。

「そうだ、功、お年玉だ」

銀次はそう言いながら紗江の隣に立つ功を手招きし、袂に手を入れ用意してあったポチ袋を取り出し、功に差し出した。それを目にした功が紗江の顔を振り仰ぐと、紗江は無言の笑顔で頷いた。

これだけの一瞬の動作の中に、この親子の心の繋がりが銀次には好ましいものに感じられるのである。

「どうもありがとうございます」

ポチ袋を両手で受け取る功の肩上げが少し突っ張って見えるのは、洗い張りをした生地の布《ふ》海苔《のり》が利きすぎたせいか。仕立て直しであろう着物の白い付紐だけが、真新しい。

「ちゃんと礼、言えたな。偉ぇぞ」

「お餅三つ食べた、銀次さんは」

刈り上げたばかりの坊主頭の功が、銀次を見上げて笑顔で言った。

「そんなに食ったのか、おいらは四つだ」

「かあちゃんと同じだね」

「これ、功。そんな事言うもんじゃありません」

紗江が恥ずかしそうにほほ笑み、功から銀次に視線を移しながら言った。

「功、もう一つ良いもんあるぞ」

「何……」

「今持って来っからよ、ちょい待ってな」

そう言った銀次は、部屋の奥から黒い大きな物を持って来た。

「何それ、凧なの……」

「おお凧よ、鳶凧っついてな、六郷の名物凧よ」

「変なの」

「いいから揚げてみな、尻尾も要らねぇし、あんまり高く揚がるもんだから鳶の奴、縄張り荒らされたと慌てて飛んでくるぞ」

「文字の書いてあるやつか、奴凧がいいな」

「わがまま言わねぇで、浜でも薩摩っ原でも何処でも行って揚げてみな。この辺の奴ら見た事ねぇから、びっくりするぞ」

「んん、じゃあ行って来るよ」

余り気に入らぬのか功は渋々と鳶凧を持ち、銀次の家から出て行った。

「すいません、わがままで。折角下さったのにお礼も言わず、あの子ったら……」

「皆と同じがいいんだよ。真っ黒な凧なんて見た事ねぇんだからしかたねぇよ。それよか正月だ、折角来たんだから、ちっとばかり上がっていきなよ」

「そうですね。此処でお暇するのも何ですから、お言葉に甘えてお邪魔させて頂きます」

そう言い終えると紗江は障子戸を静かに閉め、衣擦れの音をさせながら家に上がる。その時微かに香の混じった紗江の匂いが、銀次の鼻先まで漂ってきた。

「ちょうど雑煮食い終わったところで散らかってるけど、勘弁してくれ。さあ、此処へお座りになって」

薄い座布団を長火鉢の前に敷くが、紗江はそれを脇に置き直すと畳に正座をした。

「どうぞ、お当てなすって」

「いいえ、これで結構です」

いつもより幾分多めに衣紋を抜き、結った丸髷に手をやりながらの紗江の仕草が、銀次には眩しかった。

「さぁ、遠慮せずに座布団を……」

と言いかけた銀次に向かい、居ずまいを正した紗江が畳に両手をつきながら頭を下げて、切り出した。

「先だっては武蔵屋さんにお口添え頂き、誠に有り難うございました。あのままお足（お金）

が頂けないようでしたら、こうして無事お正月を迎えられる事が出来ずにいたと思います。武蔵屋さんの御主人直々にいらして頂き、お仕立て代の他にお詫びの品まで頂戴いたしまして、これもひとえに銀次さんのおかげです……」

「なぁに、礼には及びませんよ。あの番頭の野郎のおかげで武蔵屋にもお前さんにも嫌な思いさせちまって。今度野郎の面《つら》見たら、思いっきり張り倒してやりてぇよ」

「銀次さん、くれぐれもそのような事なさらないで下さいまし。私のために若しもの事が有ったら、それこそ。どうお詫びしていいやら」

「野郎、この辺りにゃもう、面《つら》出しゃしねぇよ。どっか他所行って、又同じような悪さを繰り返すんじゃゃねぇのかな」

「だと、良いんですが」

笑顔になった紗江の言葉を聞いたところで、腰を上げた銀次は今まで使っていた膳を手早く片付けると、台所から祝い箸や手塩皿などを載せて戻って来た。それを紗江の前に置き、もう一度声をかけた。

「さぁ、座布団をお当てなすって……」

その言葉に頷いた紗江が腰を浮かし、脇に置かれた座布団を敷くと、改めて座り直した。

鉄瓶に入れられた徳利を手にした銀次が、長火鉢を挟んで向かいに座る紗江に差し出しながら言った。

「屠蘇代わりですが、おひとつ」

それを聞いた紗江は膳に伏せ置かれていた赤絵の盃を手にし、持った右手の袖を左手で押さえながら差し出す。染付の山水画が描かれた細長い徳利から、羽を広げた鶴の描かれた赤絵の盃に酒を注ぐと、紗江は軽く会釈し注がれた酒を飲み干した。

「良いね、良い飲みっ振りだ、さあもう一つ」

「いえ、もうこれで……」

「紗江さん、いける口でしょ。遠慮しねぇで」

そう言いながら、手にしたままの徳利で自分の盃に酒を満たすと、その徳利を紗江の前に差し出す。紗江はその動作につられたようにためらいもなく、手にした盃で銀次の酌を受けた。

「すいません、頂きます」

「そう来なくっちゃ、いいね、その飲みっぷり、惚れ惚れするよ」

心底思った銀次の口から、本音がついて出た。

今日の紗江が色っぽく見えるのは着物のせいばかりではない、銀次の中に紗江に対する気持ちの変化が起き始めていたのだ。いける口の紗江は銀次の勧めるままに盃を重ね、白かった頬が薄っすら桜色に染まった頃、鴨居にかけられた銀次の羽織に目がいった。

「あら、羽織の紐が……」

そう言いながら立ち上がると、衣紋竹《えもんだけ》にかけられた羽織のそばに歩み寄った。

「乳《ち》が取れそうですよ、針と糸があれば直ぐにでも直しますけど」

「そうかい、そうしてくれるとありがてぇな。糸、何処かにあったと思うが、さて何処だったかな」

「何だったら家まで行って、持って来ましょう」

「いや、それにゃあおよばねぇよ」

と銀次が長火鉢の小引出しを覗きながら言った、しかし肝心の糸と針は中々出て来ない。

「私、とって来ます」

立ち上がった紗江が下駄をつっかけ、表へと出て行く。紗江が出て行った後の障子を見つめながら銀次が盃に酒を注ぎ飲み干した頃、もう紗江は糸と針を手に戻って来た。

「元旦早々、えらい手間取らせちまったな」

「いいえ、目と鼻の先ですもの。今、直ぐ直しますから」

そう答えながら正座をした紗江は羽織を膝に置き、糸先をひと舐めし針に通すとそれを糸切り歯で切り、細い指で素早く玉を作った。その針を鬢に撫で付けると取れかかった乳《ち》を左指で押さえ、羽織の襟に繕い始める。

向かいに座り自分の着物を繕う紗江の姿に、今まで感じた事のない安らいだ気持ちが銀次に沸き起こる。

「はい、出来ましたよ」

紐を付けたままの乳《ち》を、針で四、五回掬うと出来上がり。いつまでも紗江の繕う仕草を見ていたかった銀次には、物足りなかった。

「元旦から仕事すると、一年中それをするようになると言うじゃねぇか。今年一年お針仕事が忙しいようだったら、おいらのせいだな」

「そうなってくれると大助かりですわ、繕い物がある時は銀次さんがなさってたんですか」

「いやぁ……、針なんて持てやしませんよ、娘の奴が此処へ来た時にね」

「娘さん、綺麗な方ですね。よく似てらっしゃいますこと」

「そんなこたぁ、ねぇよ……」

このような会話は他人様と幾度となく交わし、その度に世辞半分と思いながらもまんざらではなかった以前とは違い、この日の銀次は、何故か勝の顔が浮かんでくるのであった。

今まで小海の器量良しは母親譲りだろうぐらいに考えていたが、紗江に言われたその時、小柄なところと目元が実父である勝に似ていると気付き、愕然としたのだ。

何で今まで気付かなかったのか、改めて小海の顔を思い浮かべれば浮かべるほど、勝の顔と小海のそれとが重なって見えてくるのである。

長屋の連中に助けられながら、男手一つで育てた小海。小海はおいらの可愛い娘、いつもそう思い続けて今日まで来たが、その小海が今急に遠い所へ行ってしまったような気持ちになった。

勝が以前言った、『あの子には私の血が流れているんだよ』の言葉が耳奥に蘇ると共に、その存在が銀次と小海の間に大きく割り込んでくるのであった。

一時我を忘れ物思いにふける銀次に、紗江が言葉をかけた。

「おひとりで、娘さんをお育てになったんですってね」

「えっ……。ああ。いやひとりだなんて、とんでもねぇ。長屋の連中になにかと世話になりましたよ、それでなきゃ男手一つ、漁師やりながら娘を育てるなんて、出来ない相談で」

「やすさんも感心してらっしゃいました、まめに細かい所まで世話焼いて。中々真似できないと」

「そんな事ありませんよ。何よりそのやす婆さんに一番世話になってよ、何てったって家がお向かいだからね」

「娘さん背負われて、舟を漕いでいたとか」

「あの婆、そんな事までくっちゃべりやがったのか、たく……」

「良いじゃないですか、銀次さんがどれほど娘さんの事思って一生懸命だったか、皆さんよく見てらっしゃったようで」

「当たり前の事しただけ、現にお前さんだって功抱えて同じ事してるじゃねぇか。親だったら皆そうするよ」

すっかり冷めてしまった徳利の酒を紗江に勧めながら、銀次が言った。

「頂いて良いんでしょうか、何だか銀次さんの所でこうしていると、すっかり落ち着いた気分になってしまって。私、恥ずかしいわ」

「良いってことよ、元旦だぜ。嫌いじゃなさそうだし、今日は腰落ち着けてゆっくりやったらいいやな」

空になった染付の徳利に片口で酒を注ぎ、長火鉢の鉄瓶で燗をしながら銀次が答える。

「銀次さんて面白い人ですね、私、銀次さんみたいな方、他に存じませんわ」

「どう面白ぃんだい、えっ。どうせ馬鹿ばっかり言っている、偏屈な爺とでも思ってんじゃ、ねぇのかい」

「とんでもありません、偏屈だなんて。いつも周りの人たちに気を使う、思いやりの有る方ですわ」

「こりゃ結構な年始のお言葉、有り難く頂戴しといたほうがいいのかな」

笑顔を見せたつもりの銀次だったがその目は笑ってはおらず、紗江の目をしっかり見つめながら、所帯を持つとはこういう事なのかもしれないと思っていた。

乳飲み子を抱えた小海の母親と所帯を持った時、その母親は病がち。小海の世話に母親の看病とてんてこ舞いする銀次を残し、当の母親は呆気なく逝ってしまった。あれから二十有余年、胡麻塩頭の老いぼれになった今も、自分ひとりが住み慣れたこの家に暮らしている。

過ぎ去ってしまった時を悔いはしないが、手にし損なった大事な物の一つが、今、この場で起こっているこんな光景だったのかもしれないと思う。

銀次は目の前に座っている紗江を見つめては居るが、その心は亡くなった小海の母親から小海、そして目の前に座っている紗江へと巡っているのだ。

自分を見つめる銀次の視線に耐え切れず、それをそらした紗江が言った。

「このお煮〆は、娘さんが？」

「嫌、今度あいつのとこへ来た若いのが良くやってくれるみたいで、これも作ったその子が晦日に届けてくれたんで」

「頂いてよろしいかしら」

「ええ、よばれてやって下さいよ。口に合うかどうか」

紗江は用意された祝い箸を手にすると、重箱に詰められた里芋の煮〆を染付の小皿に取り分け、箸で半分に切り口に入れた。

「おいしいわ、それに軟らかくて味もよく染みて」

「旨いかい、そりゃよかった。そう言うお前さんも料理の腕は中々なんだろ」

「お恥ずかしいんですが、そっちのほうは自信がないんですの。いつもお針仕事に追われて、じっくりお料理作る暇がなくて、これって、言い訳ですよね……」

自分に言い聞かすよう、紗江は俯いて言った。

「暇がねぇんだからしょうがねぇだろ、連れ合いのいる女将さん連中とは一緒になんねぇ、仕事抱えて子育てしてるんだからよ。お前さんも、よくやってると思うぜ」

「いいえ、まだまだです、その気になりさえすればもっとお料理も上手になると思います。努力が足りないんです、私……」

「そんなに自分に厳しくすると体壊しちまうぜ、気楽にやんなよ、気楽に。料理なんてぇもんは、数やりゃ誰でも上手くならぁな」

「そうでしょうか」

「ああ、そんなもんだよ」

二人の会話が途切れ静かになると、長火鉢に載せた鉄瓶から上がる湯気の微かな音だけが狭い部屋に漂い、遠くに再び獅子舞の笛の音が響いてきた。

「繕い物が有る時は遠慮なくそう仰って下さい、そのくらいお手伝いさせて頂かないと」

「いいんですかい、そうしてもらうと大助かり」

紗江の言葉に、銀次の顔が一瞬にして笑顔に変わった。嬉しさを隠し切れない少年のような銀次の眼差しは、紗江に注がれたまま。

七十に後少しで手の届くこの歳になり、三十そこそこの紗江に寄せるほのかな想い。今の銀次には歳の差などはどうでも良い事、そんな銀次の思いは隠しようがなく、紗江は自分を見つめる銀次の眼差しが意味するものを、否応無しに感じたのである。

又紗江は紗江で銀次の中に男の優しさを見出し、心惹かれるのであった。男の優しさとは強さの裏返し、その強さとは、強靱な心に裏打ちされた何ものをも受け入れる深い包容力。弱さ故の優しさや、虚勢を張った見せかけの強さなどは、逞しく生きる女には紙のように薄っぺらに思えるもの。

肉体の強さより精神的な強さのほうが女にとってどれほど頼りになるものか、紗江は目の前にいる年老いた銀次に、本当の男を見たのであった。

「母ちゃん、腹減った」

障子戸を開けながらの功の声がした。銀次は功の早すぎる帰宅に、舌打ちをしたい気持ちで言った。

「もう帰《けえ》って来たのか」

「だって、腹減ったんだもん」

鳶凧を片手に障子を開けた功は、紗江の顔を覗き込みながら言った。

「何ですか、お行儀の悪い。さっきお雑煮頂いたばかりでしょ」

この時銀次は小さな功に腹を立てていた、こんなに早く帰って来やがって、と。

「功、凧揚がったか」

「んん、すごいや。走らなくても直ぐに揚がったよ」

「じゃあ、又凧揚げに行くか」

「爪はもういい、腹減ったよ、ねえ、母ちゃんたら……」

「しょうがない子ね、銀次さんごめんなさい、私これでお暇いたします。どうもご馳走様でした」

「功、腹減ったんだったら、此処で餅でも焼いて食うか」

「そんな、ほんとに結構ですから」

と、紗江は自分の使った膳を片付け始めた。

「それ、そのままでいいからよ」

「いいえ、とんでもない」

同じ間取りの長屋の事、自分の家に居るように台所にそれらを運び、紗江はてきぱきと使った小皿などを洗った。

功は入口に立ったまままそんな母親の姿を見つめ、銀次は洗い物の音に耳を澄ませて、見えぬ紗江の姿を思い浮かべている。

その音もやがてやみ、布巾のこすれる音に変わっても、銀次の意識は障子一枚隔てた台所の紗江に向けられたままだ。

「それじゃあ銀次さん、私はこれでお暇いたします」

障子越しに顔を出した紗江に銀次は渋々立ち上がると、見送りに出る。

「又、いつでもおいで」

紗江にもっと居て欲しいと思う銀次だったが、顔には出さず二人を送り出した。

氷川の勝邸

門松が飾られた街中で交わされる年賀の挨拶も、幾分か静まった正月三日。木挽町の家ではお座敷に出る前の小海が着付けの最中、姿見を見ながら江戸褄の襟元を合わせる小海に、染福が伊達締めを手渡す。

正月は芸人・芸者などにとっては年一番の稼ぎ時、のんびり家で火鉢にあたっているようでは人気《にんき》が知れる。そんな二人を、部屋隅に座ったきみが見つめていた。

黒襟のかかった黄八丈に、煉瓦色の帯をお太鼓に締めたその形《なり》は、どう見ても半玉見習い中の芸者屋の娘。以前のひっつめ頭も桃割れに結いなおしたその横顔は、一月前とは別人のよう。口元には薄く紅が差され、髪に挿した薄紅色の珊瑚玉の簪に、女の色気さえ覗いて見える。

「きみちゃん、その畳紙《たとうし》開けて、帯出しとくれ」

染福が帯揚げに枕を包みながら言った。きみは置かれた畳紙の前まで膝を滑らすと紙縒《こよ》りを解き、それを広げた。

「わあー、素敵。小海姐さんとってもも綺麗な帯ですね」

「あら、ほんと。いいねぇー、お正月らしくて」

振り返って帯を目にした染福は、そう言いながら帯までにじり寄り、右手で帯を撫でつつ小海を見上げて言った。

「小海ちゃん、やっといい旦那が出来たね」

「姐さん、そんなんじゃないんですよ、ただのご贔屓なんだから」

「ただのご贔屓がこんな高価な西陣をくれるもんですか、私に何処の何方か、ちゃんと言っといてもらわないと、なんか粗相があったら大変。七草までの空約束（座敷がなくてもあったと同じ玉代が頂ける）と一緒に見番を通しての頂き物、よっぽどのお大尽だよ」

染福が取り出した帯は黒地に金糸・銀糸で描かれた宝尽くし、渋い糸で縁取られた模様の中に、鮮やかな赤や緑の糸が刺してある。

「新しい帯は硬くて締めにくいから、きみちゃん手伝っておくれ」

芸者の帯は男の箱屋が普段は締めるもの、下ろし立ての硬い西陣帯を普段力仕事などした事のない染福一人で締めるなんぞは、出来ない相談だ。

「緩んだら新ちゃんに締め直してもらうから、それからこの帯ね、勝先生からの頂き物なの」

「勝先生って、そんなにお大尽なのかい」

「やあねぇ……、姐さんたら。前にも言ったじゃないの、氷川の勝先生って、勝海舟先生の事。去年からご贔屓になってるって」

「あらやだ、私ったら。氷川の勝先生って小海ちゃんにぞっこんの、ご隠居さんとばっかり思ってた」

「勝海舟先生って私聞いた事あります、とっても偉いお侍だった方でしょ」

「そうよ、伊藤博文先生や板垣退助先生よりずっと偉いって、以前お座敷でどなたかが仰ってたわ」

染福が帯を締める度に小海が髪に挿した簪と、その声が一緒に揺れる。染福はきみに手伝わせ、それを何とか柳に結び終えた。

「小海ちゃんに、そんな偉いご贔屓がいたなんて……」

「小柄で、とても品の良いお爺様よ」

「爺さんが選んだにしちゃ、随分と良い帯だこと」

「どなたかが、先生の代わりにお選びになったんじゃないかしら」

小海は結び終えた後ろ姿を姿見に映し、緋色・鹿の子絞りの帯揚げを帯に挟み込みながら言った。

この日の江戸棲は青海波に宝舟、髪は島田に結い鼈甲《べっこう》の笄《こうがい》に稲穂の簪、芸者の正月の正装だが帯だけは博多五献上ではなく、勝からの頂き物である。その時家の外から、誰かの声がした。

「政吉さんだ」

そう言いながらきみが素早く立ち上がると、玄関へ向かう。其処には車屋の政吉が、開けた格子戸から顔を覗かせていた。

「お迎えに上がりました」

いつもどおりの挨拶だが、この日の半纏はいつもの宮川のそれではなく、小海が政吉に誂えた真新しい物。背の大紋は小海と白く染め抜かれ、その上に締めた三尺は薄い藍地に白抜きのウロコ小紋。

小海が正月の年始やお座敷に出かける時政吉に着るようにと、暮れに渡しておいた半纏を着ていたのである。

「新三さんがじき来ますから、それまで待ってて下さい」

きみが廊下に手をつき、言った。

「きみちゃん、すっかり別嬪さんになっちまって」

政吉が珍しく言った冗談を奥で聞いていた染福が、大きな声を出した。

「政ちゃん、家の大事なきみちゃんに、ちょっかいだしなさんな。小海ちゃんと私の二人で磨きに磨いて、盛大にお披露目するんだから」

それを聞いた政吉は首をすくめて苦笑いしながら、いつものように上がり框に腰を下ろした。

きみが着ている黄八丈は染福が古着屋で買って来てくれた物、帯は小海のお下がりだが朱色の帯揚げだけは新しい。仕立て直しのお古とはいえ、今まで赤い物など身に着けた事の無いきみは、正月になりそれらに袖を通す事を、それは楽しみにしていたのであった。

髪文字《かもじ》を多めに入れ、桃割れに結った髪に挿した小さな珊瑚玉の簪は、小海に貰った物。顔に薄っすら白粉を引き口には紅まで差してもらい、生まれて初めて乙女らしい装いをしたきみは、嬉しくてしかたなかった。

そのきみがいれてくれたお茶を、政吉が『ずずーっ』と音をたてて飲んでいると、箱屋の新三がやって来た。

薄い鼠地に濃い藍と黒の鰹縞の着物、その上に羽織っているのは政吉と同じく小海と染め抜かれた大紋の半纏。正月と言う事で、おろしたての鉄紺《てっこん》本天の鼻緒を挿《す》げた、のめり（下駄）を履いている。二人がそろったところで小海は、染福・きみに見送られ家を後にした。

初春の青空に日は高く輝き、そのお蔭で霜柱が溶け始めた午後の道を、小海たち三人は赤坂氷川町目指して進む。

「姐さん、氷川町の勝先生のお邸ですって」

三味線箱を担いだ新三が、人力車に乗った小海に声をかけた。

「ええ、お邸行きなの。伯爵様のお邸だからなんか肩がこりそう、だって私一人で来て下さいって」

「一人で行って、又変な事になりゃしませんかい」

以前鶴清で小海の身に起きた忌まわしい出来事を思っての、新三の言葉に、

「馬鹿な事、お言いでないよ、海軍奉行までなすった勝先生がそんな真似する訳ないでしょ。

昔から女子衆に人気がお有りになった方、そこいらの薩長出の芋大臣とは、ちょいと違うよ」

小海を乗せた人力車は新橋を抜けると、虎ノ門から溜池に出、赤坂・氷川神社そばの勝の屋敷に向かう。

雑木林の間にお屋敷・仕舞た屋が点在する氷川神社の周りは坂道ばかり。霜が溶けてぬかるんだ道には、馬の蹄の跡と馬車の轍がくっきりと残っている。そんな歩きにくい道を政吉の曳く車が勝邸の入口までやって来ると、其処を塞ぐように一頭立ての馬車が停まっていた。

四尺角ほどの箱形の座席とその前の馭者用の座席が板バネの上に乗り、その下に四輪が付いた黒塗りの馬車。馬の轡《くつわ》に取り付けられた革の手綱はその馭者用の椅子に結ばれ、馬は大人しくその場に立ち尽くしている。

「人の迷惑考えねぇでこんな所に馬車停めやがって、何処の馬鹿野郎だ」

箱屋の新三が、思わず大きな声をだした。

「馬鹿野郎とは誰の事だ」

馬車の陰から黒の詰め襟服に帽子を被った馭者が現れ、新三の前に立ちはだかり横柄に言った。

「気に障ったら御免なさいよ。こんな馬車の止め方されちゃうと、往き来の邪魔、少しは人様の迷惑考えてもらわねぇと」

三味線箱を担いだままの新三が声を抑えながらも、強い口調で答えると、

「何だと、この野郎」

どんぐり眼に獅子っ鼻、濃い眉の馭者男がいきなり新三の襟元を摑み、すごんで見せた。

「ちょいとお前さん、およしなさいな。お正月早々人様の玄関先でいきなり胸倉摑んでのその振る舞い、あんまりみっとも良いもんじゃありませんよ」

小海が人力車の上から角が立たぬよう、軟らかく声をかける。

風除けのための緋色の膝かけが黒の江戸褄に映え、少しばかり斜に座ったその姿が、見上げた馭者には青空を背景にくっきりと浮かび上がって見えた。

「おい、貴様。芸者の分際で……」

そう言いながら小海の顔を睨みつけたが、涼やかだが何処か力のこもったその眼差しに見つめられると、後の言葉が続かない。

車を曳いた政吉と、それに乗った小海に軽蔑の眼差しを浴びた馭者は、引くに引けぬ状態になってしまった。

「この姐さんを此方様へお連れしたんですが、お前さんが其処へ馬車止めてらっしゃると、お屋敷へ入《へえ》る事が出来ないんですよ。どうか馬車を、よっこしちゃ、くれませんかね」

梶棒を握ったままの政吉が、静かに言った。

悪いのはこの馭者のほうだが、当の本人にはそんな気持ちはこれっぽっちもない。自分勝手な人間とは、得てしてこうゆう考えをしがちなもの、馭者は三人にいいがかりをつけられたと思っている。

「面白い、三人がかりで喧嘩を売る気なら買ってやろうじゃないか、芸者や車夫なんぞに馬鹿にされて、黙っていられるか」

精一杯の強がりを言う馭者の剣幕に、三人はただ呆れるばかり。そんな馭者に胸倉を摑まれたままの新三が、業を煮やしたのか、

「ごめんなさいよ」

と、一声掛け、その手を三味線箱の角で振り払った。

「おお、手を上げたな手を、この俺様に向かって手を上げるとはいい度胸だ……」

額がくっ付かんばかりに新三の前に顔を突き出して、馭者が言った。

「姐さん、裏へ回りましょう、どっかに裏口があるはずだから」

これ以上此処に居ても埒があかないと思ったか、新三は小海を見上げて言った。

「そうだね、政ちゃん車を回して頂戴な」

「へいっ」

威勢良く答えた政吉は握った梶棒を持ち直すと、ゆっくりと人力車を動かす。

「こら、貴様ら逃げる気か……」

馭者は政吉の前に両手を広げ、立ちはだかった。

「困ったお人だね。其処を通して下さいな」

「成らん、このまま黙って通す訳にはいかぬ」

「ちょい、御免なさい、通してもらいますよ」

駆者が最後まで言い終わらぬうちに新三が一声かけると、政吉との間に割って入り、今度は肩に担いだ三味線箱の角でその体をどんと突いた。若くて血の気の多い新三が、駆者の振る舞いに気持ちを抑えきれなくなったのだが、それを見た小海は事が大きくならなければと思った。

「箱屋の分際でこの俺に殴りかかったな、もう勘弁ならん」

大げさによろけ、尻餅までついた男が大声を張り上げる。

「申し訳ねぇ、角が当たってしまって、勘弁して下さいよ」

これ以上幾ら話しても通じる相手ではない、かといってここで喧嘩をする訳にはいかぬ。

酒癖の悪い客のあしらいには慣れている新三は、少しのからかいと胸倉を摑まれたお返しから、こんな振る舞いに出たのである。

小海たちを見上げながら怒鳴り散らす駆者に新三が頭を下げ、すたすたと歩き出す。それに続いた政吉も車に乗った小海までもが軽く会釈を男におくり、その場を去った。

一人残された駆者は路上に尻餅をついたままの姿勢で、小海たちの後ろ姿に向かい悪態を言い続ける。

「こら貴様ら、逃げる気か……」

馬車に繋がれた青毛の馬は、その大声に耳を僅かに動かしただけ。路上に大人しく立っている馬の涼やかな目が、小海たちの後ろ姿を見送っている。

「渋沢、往来に座り込んで大声を出し、貴様は何をやっとるか」

その時、勝邸から出て来たフロックコートの男が、馭者に向かって言った。

「はっ、閣下。今無礼な輩がこの私めを突き飛ばし、あちらに向けて逃亡せしめたところであります」

慌てて立ち上がった馭者が、小海たちの立ち去った方角を指差し答えた。

「貴様はそれを、黙って見逃したというのか。んん……」

ピンとはねた口髭を指先で撫ぜながら鷹揚に言った小柄な男は、体に不釣合いな山高帽を被っている。この様子から、勝邸を尋ねた明治政府の高官のようだった。

その頃小海たちは勝邸の裏門に着き、中を覗いた新三がよく通る声で、邸内に呼びかけたところであった。

「御免下さいまし、ええー、御免下さいまし」

しばしの間を置き邸の中から男が現れた。木綿だが大きな五つ紋の着物に、縞の袴を穿いた溝口だった。

「どちら様でしょうか」

箱屋の新三に対して、礼儀正しく問うた。

「高い所から失礼します、私、新橋の小海と……」

車上の小海が全て言い終わらぬうちに、

「ああ、小海さんですか、こんな裏からじゃなくて、表門からいらして下されば良かったのに。勝先生が首を長くしてお待ちかねですよ、ご面倒でもどうか表へ回って頂けないでしょうか」

「いいえ、此処からで結構ですから」

そう答えた小海の言葉に、政吉が気を利かせて人力車の梶棒を下げると、

「とんでもありません。お客様を裏口からお招きする訳には参りませんので、どうぞお手数でも表門へ御回りになって下さい。お願いいたします」

芸者の小海を客人として迎い入れる溝口に、重ねて此処からでいいとは言えず、

「さいですか、そんなに仰って下さるのなら、そうさせて頂きます」

小海のその言葉に政吉が溝口に軽く頭を下げ、梶棒を握った手に力を込め車の向きを変えたその時だった。先ほどの馬車が前方に現れ邸沿いの狭い道を塞いで停まると、手綱を握った馭者と馬車の中から髭の男が此方を凝視した。

これを見た政吉は小海を振り仰ぎ、どうしましょうかとでも言いたげな視線を向ける。二人と三人が十間ほどの間を置いて対峙する形になり、しばしの間路地に張り詰めた空気が漂う。

「多田野《ただの》様、どうなされました。何かまだご用件がおありでしょうか」

小海たちの後ろに立つ溝口が、髭面の男に声をかける。

「いや、何、その者たちにちょいと用があってな」

多田野と呼ばれた男が、馬車の窓越しに小海を睨みつけながら言った。小海はその無礼な視線をしかと受け止めながら、軽く頭を下げる。

「小海さんに何か」

溝口は小海たちの脇をすり抜けると、馬車に向かって歩みながら言った。

「その者たちは、溝口君の知り合いか……」

「いいえ、勝先生がお招きになられた新橋の小海さんです」

窓から顔を突き出し、大声で問い掛ける多田野に歩み寄りながら溝口が答えた。

「新橋の芸者か」

多田野は吐き捨てるように言うと、

「おい、貴様ら。ワシの従者を可愛がってくれたそうだな。いい度胸だ……、芸者の分際で白昼往来での乱暴狼藉《ろうぜき》、このまま見捨てて置く訳にはいかぬ、今巡査を呼ぶから貴様ら、ここで控えておれ」

「多田野様、小海さんがそのような事なされるとは思われません、何かのお間違いではないでしょうか」

「いや、今、しかとこの渋沢から聞いたところだ、そうだろ……」

多田野は馭者をちらりと見やると、直ぐに視線を溝口を戻して言った。

「困りましたな、勝先生が朝から小海さんの到着をそれは楽しみにしておられたのに、巡査を呼ぶのと仰られても……」

「勝先生が、こやつどもと会う事を楽しみにしていると……」

「はい」

「芸者を呼ぶくらいなら、このワシと会ってくれても良さそうなもの、そうではござらぬか関口さん」

今しがた体の不調を理由に、勝との面会を断られたばかりの多田野が、関口に不服そうに言った。

体調不良につき年始の挨拶を辞退する旨を各方面に伝えてあったにもかかわらず、自分のほうから勝手に押しかけて来ての、この言葉に、

「はい、何でも奥様が先生の気分が幾らかでも晴れればと……」

関口は多田野が気分を害さないようにと、機転を利かせた返事をした。

「そうか、少しはお体の具合が良くなられたのかも知れぬな。なら、先生をお待たせしては申し訳ない、今日のところは勝先生に免じて赦してやろう」

勝が小海の来るのを待っていると聞いた多田野は、いまいましげに小海に向かって捨て台詞を吐き、『ヤレッ』と馭者の渋沢に馬車を進めるよう促した。

『ハイッ』と一声かけられ手綱で尻を一打ちされた馬はガラガラと車輪の音を残し、馬車を小海たちの視野から曳き消した。その音が次第に遠ざかるのを聞きながら、政吉はゆっくりと人

力車を動かす。

「何かあったんですか」

進み来る小海たちに向かって、溝口が問うた。

「いえ、ちょいと些細な事で」

の小海の答えに溝口は強いてそれ以上何も聞かず、表玄関へと三人を導いた。

背の低い石垣の上に四つ目垣が連なり、それらの内側にサツキなどの低木が植えられた屋敷。その石垣が途切れた所に七寸角ほどの柱が二間ほどの間隔で並んで立ち、その奥が切り妻破風の玄関になっていた。

その門柱の前で人力車から降りた小海を、関口が玄関へと案内をする。

間口二間の玄関は両側が半間の小壁、その間がこの頃日本では珍しいガラスがはめられた引き違い戸になっていた。

その前に立ち止まった関口は自分の後ろに棲をとった小海と箱屋の新三が居るのを確認し、ガラス戸を引き開け邸内へ向かって声をかけた。

「小海さんがお見えになられました」

広い玄関の三和土には、平たい大きな沓脱ぎ石が埋め込まれ、その先二段になった上がり框に続く薄暗い廊下の奥から、衣擦れの音と共に一人の老女が現れた。

白髪交じりの髪をきれいに結い、内掛けをまとって現れたのには小海も少々驚いた。

鼠地に金糸銀糸で縁取られた御所解《ごしょど》き模様に刺繍された色は、どれも渋い色。その渋さと黄みがかった草色のふき綿が、磨き込まれた廊下の上で華やいで見える事に小海は感心した。

「小海さんでらっしゃいます」

溝口の紹介に頭を下げた小海、結った島田の上で小さな鳩の飾りが付いた稲穂の簪が、サラリと揺れた。

「こちら、勝先生の奥様でらっしゃいます」

溝口の言葉に小海は少し慌てた。屋敷の女主人が直々に出迎えとは、思いもよらぬ事だったからである。

「明けましておめでとう存じます、木挽町の小海と申します。本日はお屋敷にお招き頂き有り難う存じました。直々のお出迎え、恐縮いたします……」

小海が挨拶するその姿を、老女は目を細めて眺めている。

「奥のたみです。ようこそお越しになりました。綺麗な芸者さんだこと、お殿様が贔屓になさるだけの事はありますね」

ニコニコと優しい眼差しで小海を見やりながら、たみは小さいがよく通る声で言った。

幾ら正月だとはいえ、明治のこの時代になっても内掛を羽織るとは。しかし不自然さは微塵も感じられず、薄暗い玄関に立つその姿には、老いの中にも気品が感じられた。

「姐さん、あたしたちはこれで……」

小海の後ろに控えた新三が、三味線箱を下ろしながら小声で言うと、

「箱屋さん、ご苦労さまでした。少ないけど取っといて下さいな。溝口さんこれを」

と胸元に手を入れると用意していたのであろうポチ袋を二つ取り出し、溝口に手渡す。それを受け取った溝口が両手にそれぞれ袋を持ち、たみの顔を見上げた。

「表に、車屋さんがおいでじゃないのかい」

「ハイ、まだ居ると思いますが」

そう言い終えたところで、溝口は二つのポチ袋の意味を理解した。

「車屋さんが帰らない内に、早いとこ行っておあげなさい」

の言葉に、溝口は表へと飛び出して行く。

武家の奥方とは思えぬ気配りに、小海はたみに親しみを覚えたのと同時に、その口のききようの端々に、自分の中にもある何か同じ物を感じ取っていたのである。

「奥様、この者たちにまでのお気遣い、有り難う存じます」

「若い衆の真新しい半纏姿、お正月らしくていいものですね。何よりあなたの褄を取るその姿、こんな私が見ても惚れ惚れしますよ」

「そのようなお言葉、勿体のうございます」

そんな二人の遣り取りを、新三は珍しい芝居でも見るかのように眺めている。

「さあいつまでもそんな所に立っていないで、お上がりなさい。箱屋さん、それは溝口に

「……」

「へいっ」

三味線を溝口に渡すようにとのたみの言葉に、一声答えたその声の調子から新三が緊張しているのが分かる。

小海はたみの言葉に従い真新しい塗りの芳町下駄を脱ぎ、上がり框に立つと、すかさず新三が跪きその下駄をそろえた。その様子を見定めたたみは小海を促すよう目を合わせると、無言で廊下を歩き出す。小海はそんなたみの後ろ姿を見つめながら、邸内へと導かれていった。

長い廊下をしばし歩き、庭に面した部屋の前で立ち止まったたみが、後に続く小海に目をやると、それに軽く頷いた小海が裾を直し、たみの横に跪く。たみは小海に並び内掛けの裾を撥ね上げて廊下に正座し、中へ向かって声をかける。

「小海さんがいらっしゃいました」

「待ってたぞ、ほら、お入り」

たみの言葉が終わらぬうちに、張りのない勝の声が返ってきた。

たみが静かに唐紙を開けると、脇息にもたれた勝が小海に笑いかけるが、小海は廊下に三つ指をつき、頭をさげたままだ。

「さぁ、お入りになって」

たみに催促され顔を上げたその目に映ったものは、やつれた勝の顔であった。小柄な勝の体がより小さく見え、笑顔にも生気がなく余りの変わりように小海は驚いた。作法通り膝をずらして部屋内に入ると、改めて頭を下げて言った。

「新年明けましておめでとうございます、この度は……」

「そんな挨拶はいいから、こっちへ来て、その顔を見せておくれ」

一刻も早く側に来てくれとでも言いたげな勝の言葉に、小海は静かに歩み寄る。後ろに控えたたみは部屋へは入らず、そっと唐紙を閉め、微かな足音をさせながら去って行った。

床の間を背に黒羽二重の紋付に平《ひら》の袴姿の勝が背を丸め、火鉢に手をかざしている。

一間の床の間には三福対の掛け軸、床柱にかけられた青竹の掛花には赤白の水引で束ねられた柳の長い枝と赤い藪椿が生けられ、正月らしい飾りつけになっていた。

「久《しさ》しぶりだな、元気でやっていたか」

「ハイ、おかげさまで。先生もお変わりなく……」

と言いかけてまじまじと勝を見れば見るほど、そのやつれように言葉がない。

「お変わりなく、見えるかい」

「いいえ……」

「小海らしくねぇ取って付けたような挨拶だな、見ての通りだ」

この年明治二十七年、勝海舟七十二歳は丹毒に罹り体調を崩し、そのため年始の客ともあまり会わぬようしていたのである。

勝はしばし無言のまま小海の目を見つめ続け、それに耐え切れず小海が視線を外す。

「暮れに頂戴いたしました帯、有り難く使わせて頂いております」

「おお、これか、ちょい立って見せてくれるかい」

一瞬ためらった後『ハイッ』と答えた小海がその場で立ち上がったが、勝の目は帯でなくまたもや小海の目を見つめたままだ。

いたたまれぬ思いになったその時襖が開きたみが現れ、後ろには真塗りの膳を持った下働きの女二人が従っている。

「お前さんが選んでくれた帯、中々いいじゃないか。小海にぴったりだよ」

「ほんとにそうですね、青海波に宝船の江戸褄と七宝の帯、お正月らしい取り合わせですこと」

たみはそう言い終えると勝の横に正座をし、しばし小海の立ち姿を見上げた。

「もう、よろしいでしょうか」

居ずまいを正して座り直した小海が、たみに向かって言葉を続けた。

「さあ、貴女たち、いつまでもそんな処に座ってないで、殿様の前にお膳を」

そうたみに促された下女は、勝とたみの前に膳を置き、残りの一つを小海の前に置くと無言で頭を下げ、部屋から去って行った。

「此の帯は、奥様が選んで下さったのでしょうか」

「ああ、気に入ってくれたかい。実は奥も昔深川で褄を取っていたんだ、それでどんな物送ったらお前さんが喜ぶか聞いたら、『私にお任せください』と、その帯を選んでくれたと言う訳だ」

小海がたみに問い掛けた言葉が終わらぬうちに、勝が横から口を挟んだ。

「まあそうでらっしゃいますか、道理で若い者へのお心遣いがお有りになられたんですね。早速使わせて頂いたこの帯も良く考えて下すって、とても素敵なお品ですこと」

小海がたみに感じた親しみは、これだったのかと納得した。

勝と辰巳芸者だったたみとが一緒になったのは、勝が二十三歳たみ二十五歳の弘化二年の事だった。父小吉や兄弟を抱えた勝は、極貧を絵に描いたような生活。そんな中、蘭学を学び父小吉の甥、男谷精一郎の愛弟子・島田虎之助の下で剣の道にも励んだ勝海舟。

寝る間を惜しんでの精進だったが其処は父親譲り、遊び心旺盛の勝は。しっかりと息抜きをする事を忘れなかった。

本所に住んでいた勝が深川の花柳界に出入りするうち辰巳芸者のたみと出会い、その気風のよさと人柄に心を引かれたのであった。

なかなかの男前、その上剣は師島田虎之助に代わって出稽古に行くくらいの腕もあり、何より心の大きな勝に幾度か会ううち、たみのほうもほの字になってしまった。幾ら貧乏旗本とはいえ武士が気楽に芸者と所帯を持つ訳にはいかぬ、間に人が立ち、たみを幕臣岡野孫一郎の養女にした後、目出度く夫婦となったのである。

「小海さん、今日はじっくりと殿様のお相手をして下さいな、私も一緒にその喉を聞かせて頂きますよ」

勝と小海が向かい合わせに座り、勝の横にたみがいる。膳は各々の前に置かれ、今まで経験した事のない座敷の設えに小海は戸惑いを覚えた。

「小海、銀次は達者かい」

「はい、お蔭様で元気にやっております」

「そうかい、それは良かった。近いうちに遊《あす》びに来いと勝が言ってた、そう伝えておいてくれ」

「私ももう何年、いや、十年以上も銀次さんとお会いしていません、ぜひお目にかかりたいですわ。そうそう、すっかり話に夢中になってしまって。さあ、盃を」

真塗りの膳に伏せられた白磁の盃を取るよう、たみが勧めた。

「いえそれは……」

と口ごもる小海に、

「お屠蘇を殿様と一緒に祝って欲しいんですのよ、どうぞお手になすって下さいな」

そう言われても芸者はお座敷で酒は勿論、茶の一杯も口にしてはならないというのがたしなみ。たみに勧められても、小海は中々盃を手にしようとしなかった。

「私も元芸者、貴女の考えている事は承知の上で言ったんですよ。お正月ですもの、どうか殿様のためと思って盃をお取り下さいな」

あまり固辞しすぎるのも、角が立つ。

「そうですか、それほど仰られるのなら、お言葉に甘えて」

の言葉と共に、小海が盃を手にする。たみは普段酒を口にしない勝の盃に南天が描かれた蒔絵の銚子で屠蘇を注ぎ、小海のそれにも同じくそうした。

「小海さん、私にお酌して下さいな」

女主人に酌をして貰うという思わぬ展開に、小海は戸惑いながらも手にした盃を置き、受け取った銚子でたみの盃に屠蘇を注ぐ。

老夫婦の自分を見つめる眼差しは酒宴の席での客のそれではなく、贔屓の客以上の慈愛にも似た優しいものであった。各々が盃を手にしたところで、勝が言った。

「小海、おめでとう、今日は来てくれて有り難うよ」

「おめでとう、ございます」

そう言いながら盃を押し頂き、勝が盃を口にするのを見て小海も同じくそうした。

飲み終わった白磁の盃に微かに付いた紅、小海はそれを親指と人差し指で摘むよう拭うと、胸元に手挟んだ懐紙でその指先を拭き清めた。

「ほんとに、よく来てくれたな」

勝が又同じ事を言った。そんな勝の気持ちを代弁するかのように、たみが言葉を続ける。

「殿様は小海さんにお会いしたいと、暮れのうちからずっと仰っていたんですのよ」

「そんなにまでご贔屓にして頂き、有り難う存じます。その上七草までの空約束やら結構な帯まで頂戴いたしまして、重ねてお礼申し上げます」

「小海。お前幾つになったね……」

「貴方。そのような事、芸者さんに聞くものではありませんよ」

勝は小海が芸者である前に我が子だという思いが強く、ついこんな言葉が口をついて出てしまったのである。

一昨年、たみとの間に生まれた長男小鹿を亡くし、その上自分も体調を崩し寝込んでからは、今まで以上に老いを考えられずにはいられぬようになった。小海の顔を見ず、このまま死ぬような事にならぬとも限らぬ。そうなる前に、小海の事をたみに話しておかなければと、勝は思ったのであった。

勝には小海の他に四男五女の子供がいたが、たみとの間にもうけた子供は二男二女。他の五人の子供はそれぞれ違う四人の女との間に授かった子供たちだ。

たみはその子供たちとも我が子と分け隔てなく接し、面倒を見てきた。そんなたみだからこそ、勝は小海の事を打ち明ける気になったのである。

『今さら言うのもなんだが、実はお前さんに言ってなかった子供が一人いるのだが』と語った勝に『何で早くその事を仰って下さらなかったのですか、その子一人が不憫な生活をしていたら、悔やんでも悔やみきれません』と諭される始末。

何処で何をしているのかと問われ、勝は銀次と小海の母親との事を洗いざらい話した。隠していた訳ではない、銀次も小海の母親も、この子を勝とはなんの関わりもない自分たちの子供として育てていく。そのつもりで私が父親などとは決して名乗らないでくれと、言われてきた事を話して聞かせたのであった。

たみは今、目の前にいる小海が、勝の何人もの子供たちの中で一番父親似だと思った。何より新橋で気風のいい芸者として名を売っている事に、元芸者であるたみは小海に親しみと愛しさに加え強さを感じ、自分の若い頃を重ね合わせて見ていたのである。

そんな目で老夫婦に見られているとは露とも思わぬ小海が、いつものお座敷とは違う雰囲気を味わうのも無理はない。二人が小海を見つめる眼差しは、我が子を見る親のそれだったのである。

やつれた勝の顔にも、生気が戻ってきたように感じられる。そんな勝の隣に座っているたみにいくら勧められても、小海は膳の上の物には箸を付けなかった。

「小海、良い人はいるのかい」

「いいえ、そんな……」

「なんならこの勝が、いい男世話してもいいんだぜ」

「そのような事仰っても、小海さんが迷惑するだけですよ。こんなに素敵な芸者さんですもの、きっとお似合いの殿方がいらっしゃいますよ」

「ならいいが、余りえり好みしていると、行き遅れるぜ」

勝は小海の行末が心配なだけ、年老いた父親とは兎に角そんなものなのかもしれない。

「私、今のままが一番いいんです。芸事が嫌いじゃないし、何より芸者が好きなんです。もっと長唄・清元や踊りのお稽古もしなければいけないし、お茶やお花も覚えたいと思っています。私って欲張りなんですね」

「小海さんは、心底芸事がお好きなんですね。分かりますよ、私が深川に居た頃にもそういった考えの姐さんがいらしたけど、年を取るにしたがって独り身の寂しさが身にしみると聞かされ、どう答えて良いものやら困った事がありました。小海さん、あなたはどうなのかしら、五年、十年先ではなくもっと先の先まで考えた事、おありになりますか……。あらいやだ、私ったら。初対面の小海さんにこんな余計な事までお話しして、御免なさいね。お婆ちゃんの戯れ言と、聞き流して下さいな」

小海のためを思ってとの言葉ではあったが、初対面の芸者にそこまで言っていいものかと思ったたみは、頬を赤らめ話を終えた。

「…………」

酒宴の席でいつまで独り身でいるんだとか、いい男を世話してやるとの話になることもあるが、勝夫婦の話しっぷりはいつものそれとは明らかに違う。心から小海の行末を思っての言葉に、話をはぐらかす訳にもいかず、答えに詰まってしまった。

「小海、気に障ったら勘弁してくれ、この通りだ……。新橋の売れっ子芸者に言う事ではなかったな。体悪くしてからつまらねぇ事ばかり考えちまってよ、年寄りなんてぇ者は、こんなつまらねぇお節介を焼きたがるもんだ」

勝が畳に手をつき、白髪交じりの頭を下げた。

「勿体のうございます、どうぞお手をお上げ下さいまし」

「勘弁してくれるかい」

「勘弁だなんて滅相も御座いません、勝先生も奥さまも、私の事を思ってのお言葉と、有り難く拝聴させていただきました」

そんな小海の横顔をじっと見つめているたみの心には勝と同じく、この子も他の子供たちと同様、何か出来ることがあれば援助してあげたいと言う気持ちが、沸き起こってくるのである。当の小海は今のままで充分幸せ、好きな芸者をこのまま続けたいと思う気持ちが強いのであった。

勝は銀次にはすまないと思いつつも、孫ほど年の離れた小海に対する思いが、強まるばかり。己の年を考えれば考えるほど、そうなるのは仕方の無い事なのか……。その時、部屋の外から溝口の声がした。

「三味線をお持ちいたしました」

「ご苦労様、お入りなさい」

たみの言葉に静かに唐紙が引き開けられると、三味線箱を抱えた溝口が廊下に正座したまま顔をだした。

「お手数、おかけ致しました」

そう言った小海が溝口に近づき、三味線を受け取った。

「車屋さんは、約束の時間より少し早めにお迎えに上がるとの事でした」

「重ね重ね、恐れ入ります」

の小海の返事に溝口は頰を赤らめ、大きく頷くと無言で唐紙を締めた。

「小海、何か一つ聞かせてくれるかい」

「何がよろしゅうございますか」

「そうだな短いのでいいから、正月らしいのを……」

「さて、なにがよろしいでしょう」

元の場所に座り直した小海が、糸を音締めながら自分に言い聞かすよう小さく言った後、一瞬間をおくと、姿勢を正して三味線を爪弾き唄い出す。

『梅と松とや　若竹の　手に手ひかれて　七五三飾りならば　嘘じゃないぞえ……』

と小海が唄いだしたのは、小唄「梅と松」。そのよく通る声が八畳間の障子を通し、庭の柴垣下に植えられた万両の赤い実にまで流れていった。

勝は腕を組み、たみは両の手を揃えて右の太腿辺りに置き、共に目を閉じ小海の唄に聞き入っている。

『……明けましては　目出度い　春じゃえ……』

小海の唄が止み、静けさが部屋に満ち溢れても二人は暫く目を閉じたまま、唄の余韻を味わっている。

その脇をシュンシュンと鉄瓶から上がる湯気の微かな音だけが、通り過ぎていく。

「………」

「………」

「お粗末様でした……」

無言の二人に憚るよう、小海が小さく言った。

「病が体から溶け出して行くような心持《こころもち》だ、今の私にゃ医者の薬より、お前さんの唄の方が何よりの妙薬だ」

「小海さん、殿様もああ仰ってます。どうぞ続けて何かを」

「はい、それではいま少し春らしいのを、お一つ……」

と少し糸の調子をみながら、よく通る声で唄いだした。

『梅は咲いたか……、桜はまだかいな、柳ゃなよなよ……』

梅は咲いたかと小海が唄いだすと、たみも黙ってはおれずに小さく口ずさむ。勝までもがそれに和して唄いだすと、先ほどとは打って変わって部屋には三人三様の声が響き渡る。

此処氷川の勝邸から小海たちの唄う声が、冷たい風の吹き始めた正月の青空に、ゆったりと立ち昇って行った。

泉岳寺裏の寺男

家々の門に立つ松飾も取れ、泉岳寺の大屋根越しに見えていた凧の数がめっきり減った或る日の事。昼まで差していた日の光は北の空から押し寄せた厚い雲に遮られ、高輪車町の長屋に白い物がちらちらと舞い始めた。

銀次は長火鉢の前に座り、日がな一日燃える炭をただ見つめている。朝、付け焼きにした餅に海苔を巻いて食べただけ、四時近くになっても食欲はわいてこない。

この日銀次は誰とも会ってはおらず、したがって一言も言葉を発してはいなかった。無言のまま煙管にキザミを詰めると、炭で火を点けゆっくりと煙を燻らす。

「どれ、久《しさ》しぶりに栄ちゃんのとこでも面《つら》出して、蕎麦屋にでも誘ってやろうか」

この日初めて銀次の口から出た言葉が、この独り言だった。

綿入れの半纏を羽織り、下駄をつっかけ入口の障子戸を引き開けると、前の路地に雪が積もっていた。朝から降っていた小雪が湿った牡丹雪に替わり、長屋の路地を真っ白な雪景色に替えていたのである。

「きしょ……、降ってやがったか」

この雪の中出かけるのはよしにしようと一旦は思ったが、その思いを打ち消し三和土の隅にころがった高足駄に爪皮《つまかわ》を着けた。のめりの下駄をそれに履き替え番傘を差すと、白く積もった踏み板に二の字の下駄の跡を残して、雪の中を歩き出す。

ボトボトと湿った雪の塊が、番傘の油紙に打ち当たる。その音を聞きながら長屋の路地を抜けた銀次は、伊皿子《いさらご》への坂道を左に逸れ泉岳寺へと向かった。

山門の前まで来るとその門越しに見える本堂に向かい、両の手を合わせただけで中へは入らず、右手に続く細い道を進む。

泉岳寺の塀沿いの路地を進むと、高輪台地の崖下に幾棟かの粗末な長屋が建ち並び、その奥に見える急な坂道を上がれば、伊皿子に続く二本榎の道に出る。ここ高輪は多くの寺とお邸の間の狭い所に、このような小さな長屋が点在し、そんな長屋の一角に泉岳寺の寺男、栄吉の住まいがあった。

「よぅ、居るかい……」

建て付けの悪い破れ障子を引き開け一声かけるが、中からはなんの応答も無い。

「どっかに、出かけちまったか」

そう呟きながら散らかった三和土に足を踏み入れたが、何かいつもと感じが違う。ちらつく雪のためばかりではなく、空気がいやに寒々としたものに感じられるのだ。

銀次は暗く静まりかえった狭い土間に立ち尽くし、中の様子に五感を集中させる。入口脇のへっつい周りがいつもと違うように思われるのは、気のせいか。

「栄ちゃん、いるんだろ……」

もう一度声をかけると目の前の障子に手を掛け、静かに開けた。いつも敷《し》きっぱなしだった万年床が片隅にきれいに畳まれ、その上に反古紙で補修された柳行李が乗せられている。

「どうした、何かあったのか」

銀次がそれを見ながら呟いた。

「どなたですか」

いつ来たのか中年の男が入口に立ち、陰気な声で銀次に話し掛けてきた。
二、三度見かけたことのある栄吉の隣に住む男だが、ここではなく町中で会ったのなら、何処の誰かも分からず見過ごしてしまいそうな、そんな男だった。
「栄吉さんは、どうしなすった……」

「お知り合いの方で」

『なに間抜けな事ぬかしやがる、おいらを見たのは今回が初めてじゃねぇだろに』と思いながら、薄汚れた焦げ茶の着物の上に男が羽織った綿入れに目がいった。それは、両肩に絣の端布で継ぎのあたった栄吉が着ていた物、銀次はそれを見た瞬間、嫌な気持ちになった。

「栄吉さんは、どちらに……」

「どなたですか」

銀次の再度の問いに答えず、同じ言葉を繰り返した。冗談ではなく本当にこの男は自分を見た記憶がなく、誰だか分からないのだと銀次は呆れた。

「栄吉さんの古い知り合いで銀次と言う者ですが、栄吉さんはどちらかに行かれたのでしょうか」

「はい、三日に死にました」

死にましたと言う男の言葉に、銀次はその意味が一瞬分からなかった。

「死んだと仰ると、あの……亡くなられた、と……」

「三日に死にました」

男が抑揚の無い声で、再び言った。

「またどうしてそんな急に……。義士祭の日に会ったばかりですぜ」

「細かな事は、泉岳寺で聞いて下さい」

そう言い終えると男はクルリと踵を返し、隣の自分の家に戻って行った。銀次は男の後を追うように家を出ると、開けた障子を閉めもせず男とは反対に泉岳寺へと歩き出した。

栄吉になにがあったのか。先月の十四日・義士祭の日、まだまだこの墓所をお守りしますと、銀次に笑顔を見せていた栄吉が亡くなったとは信じられなかった。

番傘も差さずそれを手にしたまま降りしきる雪の中、早足で山門脇を通り抜けた銀次は、右手奥の庫裏《くり》へと入っていった。

「御免ください、どなたかいらっしゃいますか」

薄暗い中へ、大きな声で呼びかける。

「ハイ、ただいま」

奥で声がすると、黒い法衣をまとい素足の若い僧が、足早にやって来た。玄関に立つ銀次はその僧と目が合うと、そばまで来るのを待ちきれずに言った。

「栄吉さんが亡くなったと聞きましたが、ほんとでしょうか」

僧は急く銀次の心を落ち着かせるつもりか、その問いに直ぐには答えず、銀次に向かい無言で合掌し、銀次もそれに応え深く頭を下げてから再び聞いた。

「あの、栄吉さんは……」

名は知らぬが会えば会釈を交わす若い僧は、銀次と栄吉との間柄はよく知っている。

「はい、正月三日の日にお亡くなりになられました」

「三日に……、なんでまた急に」

「餅が喉につかえまして」

思いもよらぬ僧の答えに銀次は絶句し、絶句しながら以前囲炉裏端で握り飯を喉に詰まらせた栄吉の姿を思い浮かべた。

「餅が喉に……、何で又、そんな事ぐらいで死ぬなんて……」

「朝方一人で正月の餅を焼いて食べていたんだと思います。その日栄吉さんがいつまでたっても庫裏に顔を出さないもので、心配した小坊主が家を覗くと、その時はもう……」

「何てこったい、口すっぱくして誰も盗らねぇから慌てず、ゆっくり食いなっつったのに。つまらねぇ事で、命、落としちまってよ……」

吐き捨てるよう言い放つ銀次を、僧は静かに見守っている。

「それで、栄吉さんは今何処に……」

「ハイ、当山と縁《ゆかり》の有る寺が白金に御座いまして、そちらに埋葬させていただきました」

「そうですか、それはお手数かけまして、有り難う御座いました」

「失礼ですが、栄吉さんの御身内の方でらっしゃいましたか。生前栄吉さんは、身内は誰もいらっしゃらないと仰ってましたが」

「ハイ、その通りで。あたしゃ栄吉さんとは、ただ懇意にしてただけで」

そう言いながら『確かに血の繋がりはないが、死んだ事を知らせてくれてもいいんじゃねぇか』と、思わないでもなかった。

銀次は若い僧に寺の名と場所を聞くと、「ちょいとお待ちを」と小さく言い、僧に背を向け懐の財布から五十銭銀貨を取り出した。

「急な事で包む物がなく裸で失礼しますが、ほんの線香代で……」

そう言いながら、銀貨を両手で差し出すと、

「これは、これは。御香料、有り難く頂戴します」

僧はそれを両手で受け、押し頂いてくれた。

「私《あたし》はこれで失礼しますが、後日改めてご挨拶に伺います」

銀次は踵を返すと、傘を差し長屋に向けて歩きだした。降りしきる雪は激しさを増し、積もる雪で差した番傘がみるみる重くなる。

灰色に降る牡丹雪の向こうに。生前の栄吉の笑顔が浮かんで見える、それは銀次が長屋の入口に差し掛かるまで、彼の心に微笑み続けるのであった。


「婆さん、いるかい、開けるよ」

寺から戻った銀次はやすの家の前で大声を出すと、引き戸を乱暴に開けた。

「よおっ、いるんだろ」

返事の無い中へ向かって、さらに大声を出した。

「何だよ大きな声出して、私がいくら耳が遠いと言ったって、そんな大声出さなくってもいいじゃないか」

横にでもなっていたのか、障子が開くと磨り減った畳に這いつくばったやすが、顔を出した。

「どうした、具合でも悪いのか」

今しがた栄吉の死を聞いたばかりの銀次は、やすのその様を見て言った。

「ちょいと横になってただけ、銀次さんこそそんなに慌てて、どうしたんだい」

「あのな、栄ちゃんが死んじまったよ……」

「また、そんな事言って、変な冗談お言いじゃないよ」

「馬鹿野郎、こんな事、冗談で言えるか……」

「なに、栄吉さんが、そりゃ本当かい」

姿勢を正し座り直したやすが、大きな声で問い返した。

「ああ、今、泉岳寺へ行って聞いてきた所だ。餅、喉に詰まらせやがって」

「なんで又……」

と言ったきり、やすは黙り込んでしまった。

「三日だってよ、栄ちゃん。独りっきりで誰にも看取られずに、逝っちまったよ」

「……」

「寂しいじゃねぇかよ、えー、餅、詰まらせたってよ。苦しかったんじゃや、ねぇのかい」

最後の言葉は自分自身に言い聞かすよう、消え入るような小さなものだった。

「……」

「喉に餅詰まらせるなんてよ……」

「……」

「ああっ、なんてこったい……。間抜けな死に方しやがってよ」

「…………」

二人の老人は無言のまま、それぞれに栄吉の面影を心に浮かべている。

「寺は白金だってよ」

ぽつりと言う銀次に、やすがやっと口を開いた。

「銀次さんこれから行くのかい、そのお寺に」

「さて、どうしたもんだろう。この雪じゃな……」

後ろを振り返り、盛んに降りしきる雪をながめて銀次が言った。

「行くんなら、私も連れてっておくれよ」

「この大雪だ、伊皿子坂上がって清正公までの急な下り、又その脇の白金への長い登り坂行くのは、難儀だぜ」

「今日じゃなくても良いからさ、行く時は一緒させておくれよ」

「ああ、そのつもりだから、心配すんな」

開け放たれた入口から大粒な雪が、やすの家に舞い込んで来る。再び栄吉の事を思い浮かべた二人の目には、熱い物が溢れ出してくるのであった。

遠慮するやす婆さんを人力車に乗せ、栄吉が葬られている白金の寺に参ったのは、十日も前のことだった。真新しい土饅頭に線香を手向け、栄吉が好きだった酒を粗末な墓碑に注ぐと、銀次の脇で両手を合わせていたやすは、声を出して涙した。

身近にいた年寄りが死んでいくのを間近にすると、次にお迎えが来るのは自分の処かと思うのは、しかたのない事か。

銀次もやすも、そうなった時の覚悟は出来ているつもり。その時は人様にはなるたけ迷惑をかけずに逝きたいものと思ってはいるが、こればかりはどうなるものやら。

銀次はそんな事を漠然と考えつつ、家に籠り日がな一日火鉢の炭を突っ突いて過ごしていた。気が向けば刺し網の手入れぐらいはしないでもなかったが、海へ出る気持ちにはなかなかなれない。そんな銀次の唯一の慰めは、幼い功との他愛もない会話と、功の母親である紗江と顔を合わす事。

表で紗江が誰かと話をしている声でもしようものなら、その声に耳を澄ませる銀次なのである。

井戸で水を汲む時も紗江が出てくればと思いつつ、彼女の家の戸をちらちらと見ながら、ぐずぐずと釣瓶《つるべ》を手繰る有様。そんな己自身を冷静に見つめられる銀次は、これはこれで良いではないかと苦笑いが出るのであった。

今日も朝から長火鉢の前にどっかと胡座をかき、煙草を燻らし続けている。

「銀次さん、いる?」

表で功の声がした。

「功か、入ぇんな……」

いつものようにそろそろと引き戸を開ける音が、座った銀次につたわって来る。

「入ってもいい？……」

「ああ、良いとも」

紗江にあまり行くなとでも言われて居るのだろう、おずおずと遠慮しながら障子を開け、顔を覗かせるその仕草も銀次には可愛く思える。

「よっ、ちょうど良いとこへ来たな、今、羊羹を食おうと思ってたんだ、どうだ一緒によばれるか。ん……」

「おいらは、いいよ」

「遠慮すんな、そうだ、二人じゃ食いきれねぇから母ちゃんにも食べてもらうか」

「銀次さん、甘いもん嫌いじゃなかったの」

「ああ、あのな……、その何だ。たまにゃ食ってみてぇと思う事があるんだよ」

「ふ……ん」

功がいつやって来ても言いようにと、買って置いた羊羹だったが、当の功はなかなか顔を出さない。しびれを切らしているところに、功がやって来たという訳である……。

伊皿子を左に曲がり、その先清正公への下り坂角の和菓子屋虎屋で買った物。先日やすと、栄吉が葬られている白金の寺へ参った時、前を通ったばかりの店まで出向き、羊羹を買っておいたのである。果たして紗江がこれを食ってくれるかどうか、どのようにしてそう仕向けたら良いもんかと、考えを巡らしていたのである。

「功、羊羹食うだろ、なぁ……」

「ん……食べる」

「良し、そうでなくちゃ。そいじゃ母ちゃん呼んで来な、その間に茶を入れとくからよ」

そう功を送り出したが、わざわざ羊羹を食べに来いと紗江だけに言うのも気が引けると、言葉を重ねた。

「ああ、功。ついでに前のやす婆さんにも羊羹どうですかと、言ってくれるかい」

気は進まぬが近所の目を意識し、功の後ろ姿に一声かけたのである。

「はーぃ……」

元気の良い返事を残し、功は表へと出て行った。銀次が茶を入れる用意をしているところに、やすが早速やって来る。

「銀次さん、羊羹ご馳走してくれるんだって」

「早ぇな、もう来たのかよ」

「家はお向かいだよ、一里も二里も離れた所からやって来るんじゃないんだから、あっという間だよ」

「少しは遠慮って言うもんがねぇのかよ、えぇー。羊羹食わしてくれるんだってと、でっかい声出しやがって」

「あれ違うのかい、今、功が来てそう言ったけど、私の聞き違いかい」

「そうじゃねぇが、もう少し……。ああ、もういいや、さっさと上がんな」

「なに、カリカリしてるんだよ」

言いながらやすは銀次の家に上がり込み、銀次は黙って茶を入れる用意をする。

「早くお茶入れておくれよ」

「うるせえ婆だな、手前の事ばっかり言ってねえで、功が戻って来るまでちっと待ってろ」

「あら、そうだったね。あの子が呼びに来てくれたんだっけね」

そう話して居る所へ、功が戻って来た。

「母ちゃん、手が放せないから行けないって」

火鉢のそばに座り込みながらの功の言葉に、銀次はがっかりした。

「向かいのやす婆さんも来るっついたのかい」

「んん、あのね、今、一番難しい所縫ってんだって」

「そうか、それじゃあしょうがねぇな」

「襟付けの所でも、やってんじゃないのかい」

「そうかお前さんも以前は仕立て、やってたんだっけな」

「そう以前はね、もう何年も前の事。今じゃ糸一本、針に通せないよ」

「その腹いせに、近頃は無理を通そうとするのかい」

銀次が混ぜっ返すが、やすはそれに寂しく笑って応えるだけであった。

「後で母ちゃんに、これ持ってってやんな」

黒文字に刺した一切れの羊羹を功に手渡しながら、銀次が言うと、

「母ちゃんね、羊羹の端が好きなんだ」

「この子は、母親思いだね……」

手の平で汲み出しを包み持ち、旨そうに茶を啜ったやすが、功の横顔を見つめながら言った。

「そうだとも、功は母ちゃん思いだな。後でちゃんと、端の固い所持たせてやっからよ」

銀次の言葉に笑顔を見せた功は、手にした羊羹をやすに差し出した。

「あれ、私にくれるのかい、ありがたいのたいの、鯛の目玉だね」

そう節をつけながら言うと、功の差し出した羊羹を受けとる。

「おっ、功は良い子だな」

と言いながら、銀次が再び功に黒文字に刺した羊羹を手渡した。

「このくらいが一番可愛くていいね、大きくなると自分の子供でも憎らしくなる事があるよ」

「親が親だから仕方ねぇよ」

「何言ってんだい……」

やすが言いかけた言葉を、呑み込んだ時だった。

「ご免下さい」

表から女の声がした。

「あいよ、誰だい」

「きみです、あのー、小海姐さん所の、きみです」

「おー、きみちゃんかい。入《へぇ》んな」

銀次は立ち上がると障子を開けて入口を見たが、きみが入って来る様子が無い。

「どうしたきみちゃん。いいから入ぇんなよ」

「お邪魔します」

そう言いながらきみがそろそろと引き戸を開け、顔を覗かせた。

「今皆で茶を飲もうとしてたとこだ。さあ上がって一緒に飲みな」

「はい」

と答えたきみは、三和土に脱がれたやすたちの下駄に目をやりながら、言葉を続けた。

「あの、お客さんじゃないんですか」

「客なんてそんなんじゃねぇよ、向かいの婆さんと近所の小せぇのが来てるだけ、遠慮しねぇで上がんな」

そう言う銀次の脇から、功が顔を覗かせた。

「こんにちは……」

きみの挨拶に、功は黙ったまま銀次の陰に引っ込んだ。

「功、姐ちゃんがこんにちはっ、ついてんだろ」

「こんにちは……」

銀次に促され功は、小さな声で答えた。

「小っちぇえ声だな、金玉付けてんだろ。もっとでっけえ声出ねぇのかよ」

「こ、ん、に、ち、は」

と大声を張り上げる功に、きみが微笑みながら言った。

「功ちゃんて言うの、元気がいいね」

大勢の兄弟の中で育ったきみは、小さい子の扱いには慣れているとみえ、功に近づき腰をかがめて頭を撫ぜながら言った。

「功、こんな姐ちゃんがいたらいいだろ」

の銀次の問いに、

「ん……」

と、功は大きく頭《かぶり》をふった。

「寒《さぶ》かなかったかい、えっ。さあ、上がった上がった」

「小海ちゃん所のきみちゃんてぇのは、あんたかい」

娘らしく大柄の絣の着物にくすんだ煉瓦色の半巾帯を締め、細かい絣の綿入れを重ねたきみが部屋に入ると、やすが声をかける。言葉はきついがきみを見る目は優しい。

「はい、きみです。初めまして」

「木挽町からじゃ、大変だったね」

「歩くの好きですから、平気です」

「若いってぇのはいいね、婆さんも昔に戻りてぇだろ」

「あたしゃ今のままが良いよ。昔みたいな苦労はもう沢山」

「そんなもんかね、さあきみちゃんそこへ座って。いいからもっとこっち来て、火鉢にあたんなよ」

部屋の隅に正座したきみに銀次が声をかけ、やすはそんなきみのために茶を入れてやりながら言った。

「渋いけど、このほうが羊羹よばれるにはいいんだよ」

「手前ん家《ち》のつもりでいやがんの、とに」

そう言った銀次の目は、笑っている。一時にこんな大勢がこの家に集うのは、久しぶりだからである。

「今日はどうした、ん。こないだ顔を出したばっかりだってぇのに、又こんな遠くまで来てくれて。小海に何かあったのか」

「あの、これ小海姐さんが銀次さんへって……」

きみが小さな包みを差し出すと、

「おっ、玉木屋の富貴豆だな、有り難よ。確かに頂戴しましたと小海にそう言ってくれ。でもこれだけのために、わざわざ来た訳じゃやねぇんだろ」

二人のやりとりを、功とやすは黙って聞いている。そんな二人の目を意識したのか、きみの言葉が一瞬詰まった。

「人がいちゃ、言えねぇ事か」

「いぃえ……」

「都合が悪けりゃ、後でゆっくり聞いてやるが」

「小海姐さんが銀次さんに早く伝えたい事がありますって。あの氷川の勝先生の具合がよろしくないそうで、一度見舞って下さいと、そう仰ってました」

「勝さんが、どうしたって？」

「詳しい事は私には分かりませんが、お体の具合が、よろしくないようで」

「小海は勝さんとこへ、いつ行ったんだい」

「私が先日此方にお邪魔した前の日です」

「何でぇ、あん時きみちゃんが来てくれたのはその事を言うためだったのかい。そうと分かってたら、直ぐに行ったのによ」

「はい、わたしはただ姐さんに銀次さんを呼んで来てと言われただけで、詳しい事何も知らなかったものですから」

半月ほど前に小海が銀次に会いたがっていると、きみがやって来た。体調の思わしくなかった銀次は『そのうち行くから、そう言っといてくれ』と答えただけで、栄吉の事などがあり、きみに言われた事をすっかり忘れてしまったのである。

小海は、銀次がいつまで経っても顔を出さないものだからしびれをきらし、こうして再びきみを寄こしたのであった。

「分かった、今日これから直ぐにって訳にゃいかねぇが、近いうち、そうさな、二、三日うちには必ず氷川に行くと、そう小海に言っといてくれ」

「はい、確かに承りました」

「誰か具合が悪いのかい」

やすが話の頃合いを見計らって、聞いた。

「ああ、昔からの馴染みが……」

「そうかい、そりゃ大変だね」

二人は期せずして栄吉の顔を思い浮かべ、この度も又同じような事になるのではと、不吉な思いが頭を過《よぎ》ったのである。

「私はこれでお暇いたします」

お茶を飲み干したきみが銀次に声をかけるが、当の銀次は心此処にあらずといった感。

「銀さん、きみちゃんが帰るってさ」

長火鉢の灰を火箸で突っ突き物思いにふける銀次に、やすが言った。

「ん、なんだって」

「あの、私これでお暇いたします」

「帰《けえ》るって、ええ、もう少しいなよ、そんな急いで帰るこたぁねぇだろが。それに、ほれ、まだ羊羹食ってねぇじゃねぇか」

「そうだよ、寒いなか遠い所から来たんだから、もう少しゆっくりしておいきよ」

「婆さんもああ言ってんだから、今、茶入れ替えるからよ」

銀次の只ならぬ様子を見たきみは、気を利かせて帰ると言ったのだった。

銀次は手早く茶を入れ替えると、きみの汲み出しと他の三つにも同じく茶を注いだ。この間功は、大人の遣り取りをおとなしく聞いている。

勝海舟と女房のたみ

水平線から揚がる朝日が緋色から黄金色に変わり始めた頃、冷たい二月の風が吹く浜に銀次がやって来た。長年してきたように、この日も太陽に向かい節くれた両の手を合わせる。

「さてと、行くとするかい……」

祈りを終えた銀次は己を鼓舞する大きな声を出すと杭に結ばれた舫いを手繰り、舟を目いっぱい浅場に引き寄せた。冬の冷たい海に長く浸かるのは年老いた体には辛い事、なるたけ水に濡れないようそうしたのである。

着物の裾を捲ると帯に挟みこみ、色褪せ継ぎの当たった股引の紐を解くと、素早くとはいかずそれを脱いだ。ふんどし一つになったその太腿は肉が落ち、萎びた肌には張りが無い。そんな足で冷たい冬の海に入ると舟に近づき、手にした物を中に放り込む。船縁を摑み、やっとの思いで舟に上がった銀次は、懐から取り出した手拭いで濡れた足を拭き、股引を穿いた。

「とに、因果なもんだぜ、こんな冷てぇ海に入らなきゃならねぇなんてよ」

そう言いながら棹を手にし艫に立つと、浅瀬に一棹入れ舟を沖に向けて進めた。

冬の海が一年で一番澄んでいる、そんな海中におろし立ての青々とした竹棹を突き立て、銀次の舟がゆっくりと動き始める。波は穏やかだが、肌を刺す寒さは陸より一段と厳しい。

一昨日きみが帰った後、勝の事を案じた銀次は直ぐにでも見舞おうと思った。しかし小海が勝に会ったという事は、勝の様態がそれほど悪い事でも無いのではと考え直したのだ。

見舞いに行く時は、勝が喜びそうな物を何か持っていってやりたいもんだ。貰い物の多い勝の所へ最中・羊羹でもあるまいと考えた末、今年初めて漁へ出る事にしたのである。

昨日の夕方、銀次が手入れしたばかりの刺し網を仕掛けに向かったのは、高輪から目と鼻の先の品川沖。その場所を目指し、棹を櫓に持ち替え漕ぎ進む銀次がぼやいた。

「なんてこったい、ちょい休んでいただけなのに、体の野郎怠け癖つきやがって、悲鳴をあげてら……」

無理はしないようにと近場に網を仕掛けたが、去年の暮れから海に出ず、すっかりなまっていた銀次の体は正直に答えを出してくれた。肩と肘が、櫓を漕ぐ度にギシギシと痛みだしたのである。

目印の浮きを見つけると舟を漕ぎ寄せ、手鉤《てかぎ》でそれを舟上に引き上げると、

「さてと、目当ての物がかかってるかな」

の独り言……。

長年漁に出てきた銀次ではあるが、今でも網を引き上げるこの瞬間が胸躍る。此処が冷たいあそこが痛いのと言ってはいたが、手繰った縄の向こう澄んだ海面から網の端が覗くと、自然と顔がほころぶのである。

「なんでぇ、坊主かよ……」

大声で呟きながら幾ら網を手繰っても、網目にかかり上がってくるのは海藻やゴミと雑魚ばかり。

「なんか、さまんなるもんかからねぇのかよ、これじゃ氷川に行けねぇじゃねぇかよ、とに……。ワタリはどうした、ワタリは」

ブツブツ言いながら尚も網を引き上げていると、暗緑色の生き物が刺し網に引っ掛かり海面に現れた。

「おっ、やっとお出ましになりやがったな、やきもきさせるぜ……」

それはガザミと呼ばれる蟹、この辺りの漁師や住民たちがワタリガニと呼んでいるものである。潮の具合もあまり良くはないが、勝のためになんとかこの蟹を捕りたかったのである。

指を挟まれぬよう尻あたりを摑み、網から外すと口の広い魚籠に放り込む。この日の収穫はワタリが三枚にフッコが一匹だけ。それでも銀次は今年の初漁に満足した、獲物の数にではなく海に出られた事に満足したのである。

「三枚ありゃ、なんとか恰好《かっこ》がつくってもんだ」

刺し網を引き上げ終わった銀次は、舳先を高輪へと向けた。


「おおー、寒《さぶ》……」

大声を上げながら家に戻った銀次は魚籠を三和土に放り投げると、汚れた足を拭きもせずに部屋に上がり込んだ。

浜から此処までは裸足で歩いてきた、その足のまま火鉢に駆けより埋けておいた炭を灰均《なら》しで掘り出し、息を吹きかける。余りの勢いに灰が舞い上がり、銀次の顔にかかった。

「きしょう、言う事聞きやがれ」

火鉢に悪態をつきながら微かに残る火種に口を尖らせ、懸命に息を送る。フーフーと何度も繰り返す内にやっと小さな炎が上がり、それが次第に大きくなると炭を継ぎ足し、両手をかざした。

「おおー寒《さぶ》小寒《こさぶ》♪山から小僧が飛んで来た♪、と……。やけに冷えやがら」

火鉢の脇にしゃがみ込み、節くれた手を擦りながら銀次は童歌を口ずさむ。暫くすると継ぎ足した炭に赤々と火が回り、冷え切った銀次の体を温めだしたのだが、

「まだゾクゾクしやがんな、中から暖めるとするか」

なかなか背中の寒気が引かぬ銀次は竈脇に歩み寄り、其処に置かれた通い徳利を手にすると大振りの湯呑茶碗になみなみと酒を注いだ。

溢さぬようそれに片手を添えて火鉢に戻ると、静かに胡座をかく。そして手にした湯呑みの酒を一気に半分ほど飲み干した所で『ハックション……』とおおきなくしゃみをし、その勢いで火鉢の灰が再び舞い上がる。

「きしょう、風邪でも引きやがったか」

鼻水を手の甲で拭いながら、ぶるっと身を捩らせて呟いた。

酒を飲み終え一息ついた銀次は細い麻紐を手に、三和土に置かれた魚籠に近づく。中でゴソゴソと動き廻るワタリを取り出すと、その長い鋏を折りたたみ菱形の体に押し付け、脚と共に手早く麻紐で括りあげ、生きた蟹を持ち運びしやすくした。

お召しの重ねに黒の羽織を着、こざっぱりした形《なり》になった銀次は手籠にワタリを入れ、それに細紐をかけ手にぶら下げた。青々とした竹で編まれた手籠は籠職人亀吉がくれた物、それをさっそく使う事にしたのである。

長屋を出た銀次は伊皿子から魚籃坂を下り、坂下に有る古美術商国雅堂の前に立った。開け放たれたままの店内を覗くと、番頭が手持ち無沙汰に火鉢の前に座り往来を眺めている。店先に現れた銀次に気付いた番頭は、笑顔を浮かべ丁寧に頭を下げた。

「これは銀次さん、お寒い中ようこそいらっしゃいました。今日は又羽織なんぞお召しになって、どのような御用向きでらっしゃいますか」

「いつも如才ない挨拶するね、お前さんは。商いする奴はそうじゃなくちゃいけねぇや。いずれ店を持つんだろうが、そん時は繁盛する事、間違いなしだ」

「さいですか、有り難う存じます。そのように仰っていただけると嬉しいもんですよ」

「ところで、大将は居るかい」

銀次は親指を突き立て、番頭に問うた。

「はい、主人は生憎と、その、出かけております」

「良い儲け話でもあったのかい」

「ええ、まあそんな所です……」

「なんか奥歯に物の挟まった言い方だな、でかい声じゃ言えねぇことかい」

「いえそのような事は御座いませんが、まあ、ちょっとその、なんでして……」

濃紺無地の着物に鼠の縞の前掛けをした番頭は、家の奥に一瞬目をやると声を幾分低め、言いにくそうに答えた。

「ははん……、分かったぞ。何処ぞの黒塀の家にでも時化込んでんじゃねぇのかい。えぇ、そうだろ」

「とんでも御座いません、本当に商売の用向きで出かけております」

「と、言う事にして置いてと。そうだな、奴《やっこ》さんが帰《けぇ》って来たら伝えておいて貰いてぇ事があるんだが、いいかな」

「はい、何なりとお申し付け下さいまし」

「氷川の旦那の様態が思わしくねぇと、それだけ伝えといてくれ」

「氷川のと仰いますと、あの、勝先生が如何かなされましたか」

番頭が身を乗り出すようにして、そう尋ねた。

「おいらも詳しい事は良く分からねぇんだが、何でも体の具合がかんばしくねぇようだって、聞いてよ」

「それは、いけませんな。主人が戻りましたら、その旨を伝えますから……」

「そう言っといてくれ、見舞いに行く時は白粉の匂いをちゃんと落としてからにって。散々儲けさせてもらったんだから、面《つら》ぐらい出さねぇと罰が当たるってぇもんだ」

「はい、ごもっともで……」

幾分腰を屈め頭を軽く下げる番頭に、銀次が言った。

「そいじゃあ、お暇するよ」

「わざわざお越しいただいたのに、何もお構い出来ず、申し訳有りません」

の言葉を背に聞きながら、銀次が二、三歩歩み出した時だった。何かを思い出したのか立ち止まり、番頭を振り返って言った。

「あのよ、お前さんとこの庭に、確か葉蘭があったよな」

いきなり葉蘭と言われても、番頭にはそれが何なのか見当がつかない。

「ハランと申しますと、どのような物でしょうか。お恥ずかしいんですが、私、その不勉強なもので、ちょっと分かりかねます」

「道具じゃねぇよ、ほら長くてでっかい葉っぱで、灯籠の脇なんぞに生えてるやつがあるだろ」

「灯籠の脇ですか、さて何でしょう……」

「解んねぇ野郎だな、葉っぱだよ葉っぱ。こなっくらいの長さでよ、巾がこんなもん」

銀次が手で大きさを示すと、それを見て番頭はやっと葉蘭の意味を理解したようだ。

「ああ葉っぱですか、はい、葉蘭ですね。分かりました、ところで葉蘭を如何なさるおつもりで」

「ちょいと、使おうと思ってよ」

「さいですか、なら、只今採って参ります」

「たんとはいらねぇよ。二、三枚でいいから、すまないけど頼んだよ」

本当に分かったのかと幾分心配しながら、銀次は番頭に声をかけた。

ワタリの下に笹の葉か檜の小枝でも敷いて、体裁良くしたいと思っていた銀次が、国雅堂から立ち去ろうとした時、此処の庭に葉蘭が生えていたことを思い出したのだ。それを手籠に敷いて蟹を乗せれば、たった三杯でも見栄えが良くなるだろうと、こんな事を番頭に頼んだのである。

暫くすると幾枚かの青々とした葉を手にした番頭が、店の奥から戻って来た。母屋の庭に植えられていた葉蘭を摘んで、きたのである。

「こんなんで、よろしいんでしょうか」

「ああ、上等だよ。すまないね、手煩わしちまって。見栄え良くしたくってよ」

採って来てもらった幾枚かの中から、若くて小振りな葉を選ぶと、手籠にそれを敷き、その上にワタリを置き直した。

「どうだい、え。こうすると二割方こいつが良くみえるだろ」

「はい、さいですな。こんな事で随分と見違えるものです、勉強させていただきました」

「お前さんもなかなかの苦労人だね、おいらみたいな年寄りのわがままに嫌《や》な顔一《ひと》つせず、有り難いこった。何れいい道具屋になりなさるよ」

「そんなに仰っていただいて、勿体のうございます」

「お前さんがいるからこそ、この国雅堂が持ってるようなもんだ。それじゃあ今度こそ本当にお暇するよ」

そう言いながら番頭に頭をさげ、銀次は麻布に向かって歩きだした。


鉛色に覆われた冬空の下、三の橋から二の橋、一の橋と進んだ頃から顔が赤味を帯び、呼吸が荒くなってきた。

「ううっー、背中がゾクゾクしやがるな」

片手を袂に入れ、背を丸めて独り言を言いながら歩く銀次のもとへ、何処からか旨そうな香りが漂ってきた。

「きしょう、いい匂いだぜ。抜きで熱いのを一杯やりてぇところだが、我慢、我慢」

路上に漂ってくる蕎麦汁のいい香りに、一瞬立ち止まりかけた銀次だったが、己に小さく呟き、氷川の勝邸目指して歩を進める。

麻布を抜け飯倉から長い下り坂に差しかかったあたりから人家は減り、雑木林と畑の間の細い道をしばし進む。やがて赤坂氷川神社そばの勝の家に着いた銀次は、門をくぐると玄関先に立ち、中へ向かって声をかけた。

「御免ください、えー、御免ください」

家の中からは何の応答もなく、銀次の掛け声が止むと辺りは直ぐに元の静けさに戻る。

玄関脇に植えられたカクレミノ、その根元に咲いた白い水仙からの微かな香りが、冷たい風に乗り銀次の元へと運ばれてきた。

高輪から赤坂氷川町まで早足で歩いて小一時間、これだけの距離を歩けばどんなに寒い冬場でも背中が汗ばむものだが、この日の銀次は違っていた。幾ら歩いても顔は火照るが体が温まらず、寒気は増すばかり。こうして誰か出てくるのを待つ間も長く感じられるほど、暖かい火のそばが恋しかった。

しばしの間があり、しびれを切らした銀次が再び声をかけようとした時だった。入り口のガラス戸を引き開け、丈の短い小倉の袴を穿いた溝口が顔を出して言った。

「はい。おまたせし……、ああ銀次さん。これはこれは、遠い所をわざわざお越し頂きご苦労さまです」

「大将、いけねぇんだって」

頭を下げただけの銀次が、尋ねた。

「はい、こんなところではなんですから、どうぞ中へ……」

銀次を家に招き入れると、奥に向かって一声かける。

「高輪の銀次さんが、お見えになられました」

「どうなんだよ、旦那の様態は、大分悪いのかい」

幾分声を潜め、関口の耳元で再び尋ねた。

「おかげさまで、一時《いっとき》よりは大分良くなられました。銀次さんがいらして、きっと先生はお喜びになられると思いますよ」

「ならいいんだが……」

廊下を進み、庭に面した座敷の前まで来ると、後に続く銀次を振り返り、溝口が言った。

「此方で暫くお待ち下さい」

「これっぱかりでお恥ずかしいが、旦那につまらねぇ物《もん》ですけどって、渡して貰いたいんで」

「はい、かしこまりました」

銀次を書院の間に案内した関口は、渡されたワタリの入った手籠を手にすると静かに唐紙を閉め、何処かへと消えた。通された部屋の火鉢には炭が赤々と熾きており、敷かれた座布団に座った銀次は直ぐそれに小手をかざす。

一息つく間もなく、廊下を早足でやって来る足音が聞こえた。銀次が敷いた座布団を膝下から外し脇に置くのと同時に唐紙が開き、勝が顔を覗かせた。

「銀次、よく来てくれたな」

銀次と目が合うとそのやつれた顔に、いつもの笑顔が浮かんだ。

「ご無沙汰しております、お体の具合思わしくないと伺い、心配いたして駆けつけました」

「ありがとよ、わざわざこの寒い中、見舞いに来てくれて」

両手を畳に付き自分を見上げる銀次に向かい、勝が張りのない声で言った。

「で、どうなんです体の方は」

「ああ、丹毒てやつよ。見ての通りまだ良いって訳じゃねぇが、おとなしく養生してりゃそのうち治るだろうって、医者が言ってた」

焦げ茶のお召しの重ねに、似たような色のお召しの袴を穿いた勝は銀次の脇を通り抜け、床の間を背に腰を下ろして、そう答えた。

「若ぇ頃は寒中でも素足に単衣一枚でやっとう（剣術）の稽古をし、体を鍛えたお前さんも、寄る年波にはかなわなくなっちまったか」

「銀次、そう言うお前はどうなんだい。すっかり意気地が無くなって、投網が上手く開かねぇとぼやいていたのは、何処のどいつだっけ」

「さて、誰でしたっけね。一服させてもらっても、いいですかい」

天井でも見上げるような仕草をし、とぼけて答えた銀次に。「ああ、好きにしな」と勝が答えた。

銀次は帯に鋏んだ煙草入れから煙管を取り出し、雁首にキザミを詰める。その様子を見つめる勝の目には生気が余り感じられず、顔色も良くなかった。そんな勝が、済まなそうに言った。

「正月、小海に来て貰ったよ」

「ええ、伺ってます」

客の邸に呼ばれる事をお邸行きと言い、芸者にとっては料亭でのお座敷と同じくらい重要な仕事である。

金の使い方がきれいで遊び慣れした勝のような客は、芸者にとっては願ってもない上客。近頃羽振りがいい生糸成金や、成り上がりの役人とは違い、さっぱりした気性の勝は、置屋や料亭の女将連中にも受けがよかった。

そんな勝の性格をよく知っている銀次ではあったが、家族の居るこの家に小海が呼ばれた事に、いささか心に引っ掛かるものを感じていた。

「暮れから体の塩梅が良くなくって、それで気晴らしに来てもらったんだ」

言い訳じみた勝の言葉に、銀次が答えた。

「少しはお役に立てましたか」

「ああ、唄、唄ってもらってよ、小海の唄聞いてやっと正月が来た気分になった」

「そりゃ、よござんしたね」

燻らした煙管の雁首を灰吹きに叩きつけ、銀次が言った。吸殻を叩き入れる大きな音に勝が銀次の目を覗き込む、機嫌を損ねたのではと思ったのであった。

「銀次……」

「分かってますよ、気にゃしちゃいませんて。芸者が贔屓のお邸に呼ばれた、そうでしょ

「……」

「まあ、そんな所だ」

「あいつにもいいご贔屓が付き、それがどんな旦那だかこっちもよく知ってるだけに、安心ですよ」

芸者はあくまでも人気商売、容姿だけではおのずと限界が有る。酸《す》いも甘いも噛み分けたそれ相応の客に贔屓にされるには、芸事は勿論だが、何よりその人となりが気に入られなければならない。勝のような遊び馴れした客が贔屓になっている事に、銀次は芸者を娘に持つ父親として、ある種の安堵を感じるのである。

勝の心の中には、自分の娘として小海を見る気持ちがあるのも承知の銀次、それはそれで致し方のない事と、自分自身をとうに納得させていた。

「あの、もし……。たみでございます」

唐紙の向こうで、たみの声がした。

「珍しい人がお見えだよ、さあ、入りなさい」

勝のこの言葉に銀次は居ずまいを正し、声のした方に体を向ける。

静かに唐紙が開かれると、白髪頭の老女が笑みを浮かべ正座をして此方を見詰めていた。勝の連れ合いのたみである。

「銀次です、ご無沙汰いたしております」

頭を下げる銀次に、鼠がかった古代紫の縮緬一つ紋の着物に、黒地に金糸で葡萄唐草を散らした丸帯を締めたたみも会釈を返し、懐かしげに声をかけてきた。

「ほんに、銀次さん、お久しゅうございます。まあ、御髪に白い物が増えてしまって……」

「もうろくしちまって、お恥ずかしいこって。こんな爺になりましたよ」

「銀次さんだけじゃございませんわ、私たちもこの通りの、お爺ちゃんお婆ちゃんになってしまいました」

「いつまでもそんな所に座ってないで、中へ入ったらどうだい」

廊下に跪いたままのたみに、勝がいたわりの声をかけた。

「はい、さあ、貴方たちも……」

後ろに控えていた家の者たちに目配せし、たみは勝の横に腰を下ろした。

紺絣の着物に茶の縞の前掛けをして、廊下に控えていた二人の女中がそれを合図に、銀次と勝の前に真塗りの膳を置き、静かに部屋を出て行った。

「銀次、こんな寒い中、高輪から見舞いに来てくれて有り難うよ。体が冷えただろうに、先ずは熱いのを飲んで温めてくれ」

脇息にもたれながら言った勝の視線は、膳に載せられた大振りの徳利に注がれている。

膝をずらして銀次の前の膳ににじり寄ったたたみが徳利に手を伸ばし、それに触れた途端に手を引っ込める。徳利から薄っすら湯気が上がる熱燗のため、素手で持つのが熱かったのである。引っ込めた手を着物の袖に入れると長襦袢を引き出し、その長襦袢ごと徳利をつかみ銀次に差し出した。

「これはこれは、勿体ない事で。酌は手前でやりますから」

と片手で制した銀次に、たみが言った。

「いいじゃや、ありませんか、長いおつきあいですもの。昔のように……、ね」

銀次の顔をのぞき込むように、たみが笑顔で言った。

「そいじゃぁ、お言葉に甘えまして」

一言答えた銀次は、伏せ置かれていた染付の湯呑茶碗を躊躇なく手に取ると、左手をそれに添え酌をしてもらった。

「こんな大きいので頂いて、申し訳ねぇ」

「私にもくれるかい」

「まあ御珍しいこと、お体に障りませんか」

普段酒を飲まぬ勝の言葉に、たみは驚いたように声をかけた。

「なに、飲む真似事だよ。こうして銀次が態々来てくれたんだ、付き合ってやらねぇと」

そんな遣り取りを銀次は湯呑を捧げたまま聞いている。勝の盃にたみが酌をすると、

「さあ銀次、やってくれ」

「はい、頂戴いたします……」

湯呑を押し頂くと、銀次は一気に酒を飲み干した。

「ううーっ、たまんねぇな。こう温かいのがきゅうーっと喉通って腹ん中に収まると、お後はどうしたって催促してますぜ」

「銀次さんは本当に、美味しそうに召し上がること」

正座した右腿に両手を置いたたみが、笑顔で言った。

「旨かなきゃ、こんな面《つら》、しやしませんよ。すっかり体が冷えちまって、申し訳ねぇ、もう一杯頂戴しますよ」

膳に置かれた徳利を手にし酒を注ぐそんな銀次を、勝とたみの老夫婦が見詰めている。二人の視線を感じながら酒を飲み干した銀次は湯呑を静かに膳に置くと、俯いた顔をゆっくりと上げた。

「どうだ体は温まったか」

勝が声をかける。

「それがね、いつもなら駆けつけ二杯も腹に収めるってぇと、こう一息つくんですがね、今日はどうもいけませんや。まだ背中に冷たい塊が、張り付いてるようで」

「そりゃいけませんね、お風邪でも召されたのでは……」

銀次の体を案じたたみが、心配そうに言った。

「どうやらそのようで」

「お見舞いにお持ち頂いたワタリガニを捕りに、海に出られたのでは」

「なんだ銀次、わざわざそんな物持って来てくれたのかい」

「三枚ばかりでお恥ずかしいこって、ほんの気持ちですよ」

「この寒空の中、海に出て、そうかい……。そこまでしてくれるとはこの俺も良い友を持ったもんだ。ありがとよ、銀次」

勝が心底嬉しいといった顔で、頭を下げた。

「そんな頭を幾度も下げなすって水臭い。本所の勝さんらしくありませんぜ」

「今はご覧のとおりの、爺になった氷川の勝だよ」

「さあ銀次さん、何もありませんがどうぞ膳の物、召し上がって下さい」

「ええ、遠慮無く頂戴いたしますよ」

たみに勧められた銀次が、軽く会釈をしてそう答えた。

酒飲みの銀次が好みそうな酒肴が幾鉢かの小鉢に品良く盛られ、真塗りの膳に並べられている。赤絵の小鉢につん盛りされたイカの塩辛には、薄く削いだ柚子の皮を細かに刻んだ物が載せられていた。

節くれた武骨な手で柳の箸を使いそれを口に運ぶ銀次の様子を、たみが見詰める。

寒も盛りの二月の初め、どんよりと曇った空からは白い物が今にも落ちてきそうな午後だった。

しばし会話の途絶えた室内には、微かにシュンシュンと鉄瓶から上がる湯気の音だけが響いている。そんな中、口の中に残った塩辛の皮をいつまでも噛んでいる銀次に向かい、たみが口を開いた。

「銀次さん、小海さんにお会いしましたよ。素敵な娘さんだこと」

たみの言葉に振り向くと、其処には自分を凝視するたみの思いつめた眼があった。銀次はそれには答えず、その言葉の裏を思い計りながら軽く頭を下げ返事とした。

「銀次……」

何かを言いかけて、勝が言葉を切った。

「何ですかい」

「小海に来て貰った時、これにも会ってもらったよ」

勝がたみに視線を移しながら、言葉を続けた。

「そうですかい……」

「銀次さん、有り難う存じます……」

自分に頭を深く下げ、たみが言ったこの言葉が何を意味するか、銀次には直ぐに察しがついた。勝が小海との間柄をたみに話して聞かせたのだろうと、銀次は無言で勝の目を見た。

「ああ、そのとおりだ銀次……。小海には何も話してないが、これにはいずれ話して聞かせなくてはと、思っていたところだった」

自分を見詰める銀次に向かい、勝はその瞳に浮かんだ問いに答え、その言葉にたみが続けて短く言った。

「知りませんでした、わたくし……」

「………」

無言の銀次はこの時、心の底に有った小さな澱が溶けて流れ出るのを感じた。

いずれ小海には本当の事を話そうと、去年の秋、勝との舟上での出来事以降考えていたのである。そのきっかけがこれならば、それはそれで良いのではないかと思った。

「銀次さん、本当に有り難う存じます。私がこのように申すのも銀次さんにとってはお心に障るかと思いますが、どうぞこの感謝の気持ちを、お汲み取り下さいませ」

我が子の不始末を詫びる母御のように、たみは銀次に深々と頭を下げるのであった。

そんな二人の遣り取りを見る勝の心中はと言うと、意外とさばさばしたもの。自分が死ぬまでには小海に何らかの話ができるであろう事を、確信したようだった。

「まあなんですな……、世の中最後は、ちゃんと帳尻が合うように出来てるもんで。この事もいずれ良い具合に収まるでしょう、よ……く解りましたよ」

くどくど言葉を並べて話さずとも、銀次や勝ほどに齢《よわい》を重ねれば、お互いの胸の内を察する事が出来るというもの。これ以上は話すまいと、銀次は思った。

たみとこうして会うのは久しぶり、勝を交え銀次は小一時間ほど他愛もない会話をしたがその間も悪寒が取れず、口を開くのもしだいに億劫になってきた。

「どうした銀次、具合が大分悪そうだが、大丈夫か」

そんな銀次を案じた勝が、言った。

「熱が出てきやがったようで……、罰でも当たったかな」

「何の罰だい、豊川のお稲荷さんかい」

「いや金比羅さんでさ、先月十日、今年最初の祭日に御札も頂かず、今日、海に出たもんだから」

「虎ノ門の……」

と勝が懐かしげに言った虎ノ門のとは、此処赤坂に近い虎ノ門にある金刀比羅宮の事。五穀豊穣・大漁満足・海上守護の神として。漁師・船乗りに信仰される神社である。江戸城裏鬼門の位置にありて古くから江戸市中は勿論、遠くは銚子の大漁講など多くの参拝者を集めた処。元軍艦奉行であり、明治政府の海軍整備に関わった勝にも、因縁浅からぬ神社であった。

漁師の銀次にとっては近所の氏神さまより大事な神社であるが、体調の優れないのを言い訳に、今年はまだ金刀比羅さんに参っていなかった。毎年新年に頂く御札もまだの銀次は、勝の家からの帰りにでも寄るつもりで家を出て来たのだったが、こんな調子では参れそうにない。

「無理しないで、良かったら此処へ泊まってってもいいんだぜ」

「そうなさいまし。何も今日お帰りにならなくっても……」

たみの引き止めに答えて銀次は、

「何、家で一眠りすりゃ、じき良くなりまさぁ。さてと、ここいらでぼちぼちお暇するとしますか」

「そうか帰るか、なら今、車呼ぶからそれに乗ってってくれ」

「それにゃー、及びませんよ」

「何仰ってるんですよ、声出すのも大儀そうにしてらっしゃるのに」

「銀次、遠慮はいらねえぜ。泊まっていきな」

「ええ有り難うございます。そのうちそうさせてもらいますが、今日のところはこれでお暇いたします」

「そうかい、帰るか……」

そう答えた勝はしきりに辞退する銀次を馴染みの人力車に乗せ、高輪へと送り出した。

座敷に戻った二人は、帰ったばかりの銀次が座っていた、まだ温もりの残っているであろう座布団を見詰めながら、話をした。

「銀次も解ってくれたようだな……」

勝が呟くように言うと、

「そうですね、銀次さんも色々考えたんじゃないでしょうか。男手一つで育て上げた娘さんが目の前に座っている男の子供、それを解っていながらああしてお見舞いにまでいらしてくださるなんて、しかも体の具合が悪いのを押して、出向いてくださる……」

「ああ、あいつは昔からそういう男だよ。だからこそ小海の事、任せられるとそう思ってたが、今考えると、随分辛い思いをさせてしまったようだな」

その言葉を聞きながらたみは急須の茶を入れ替え、勝に差し出した。

「なぜもっと早くに小海さんのこと、仰っていただけなかったのでしょうか」

「銀次に遠慮してた。自分の子として育ててくれている銀次の手前、実は小海はオレの娘だなんて、言えるもんじゃねぇ」

「じゃあ何故、今になって……」

「オレも先はそう長くはない、それを思うとこの事を胸に納めたまま、三途の川を渡るなんて出来ない相談。思い余って去年の秋に、銀次にそれとなく話してはみたが」

「その時は……」

「ああ、今さら何ぬかすと、どやされた」

「それでいいんですよ、もっともです。銀次さんにとっちゃ、そうお思いになるのが当然ですわ」

「この度、丹毒患ってオレももういけねぇと、そう思い、正月に小海を呼んでお前さんに会わせた。しかし小海の顔見た途端、まだまだ死ねねぇと、この世に未練が湧いてきやがってよ」

「そうですとも。殿様にはまだまだ長生きしていただかないと」

「今日、銀次が見舞ってくれた。そのついでといっちゃなんだが、小海が此処へ来た事を話したところ、思いのほかすんなりその事を解ってもらえた。それでたみにも会って貰ったと言ったら、一を聞いて十を知ると言うやつだ、直ぐに飲み込みやがって……」

「苦労人ですこと、銀次さんは」

「ああ、良い男だよ」

「小海さんは、この事を……」

「いや、まだ何も知らねぇはずだ。俺がとやかく言える筋合いのもんじゃやねぇ。後は銀次の胸の内に任せるよ」

そんな勝夫婦が話している頃、人力車に乗った銀次は、芝高輪車町・願生寺裏の長屋に向かっていた。

高輪二本榎

「母ちゃん、銀次さんね、まだ寝てたよ」

外から帰って来た功が、針仕事をする紗江のそばに来て言った。

「また銀次さんの所へ行ったのかい、むやみに人様の家、お邪魔しちゃいけないとあれほど言っておいたのに。しょうがない子だね」

「だって、つまんないんだもん」

裁ち板に向かい袷を縫う紗江の手元を見つめながら、功が言った。

「薩摩っ原でも行って、遊んできなさい」

俯いたまま言った紗江の白い指は、短い四ノ一の針を素早く動かし、紬の前身ごろを器用に縫っていく。

功はこの指の動きを見るのが好きだった。銀色に光る針が布目を次々と潜り抜けた後は、二枚の布が真っ直ぐに縫い合わされている。この事が、何度見ても魔法のように思えるのである。

いつまでも自分のそばを離れず手元を見続ける我が子に、紗江が再び口を開いた。

「さあ、男の子は家になんかいつまでもいないで、表で遊んできなさい」

「糸、通そおか」

いつも手伝う糸通しを、功はかって出たのだ。

「ありがと、でも今はいいよ……」

「あのね、銀次さん病気だよ」

「銀次さんがどうしたって」

「熱あるんだって、頭に手拭いのっけてた」

「風邪でもひいたのかしら……」

長年海で鍛えた逞しい体、年をとったとはいえまだまだ元気そうに見える銀次が、床に臥せっていると聞いた紗江は、針を持つ手を休め独り言のように呟いた。

そんな銀次を案じて様子を見に行く事にした紗江は。手にした縫い針を針坊主に突き刺すと、膝の糸くずを払いながら立ち上がり、功に向かって言った。

「母ちゃん、ちょいと様子見てくるね」

「何処？　銀次さんとこ？」

「そう……」

「おいらも行く、いいでしょ」

「大人しくしてるんだよ、銀次さん様態が悪いんだから」

「んん、わかった……」

言うが早いか功は素早く立ち上がると土間に向かい、そこに置かれた下駄に素足をつっかけた。

縞の前掛けを外し丸めて裁ち板の端に置いた紗江は、着物の襟元を整え、丸髷のたぼに手をやりながら功の後に続く。

路地のどぶ板を勢い良く踏み鳴らし、功が銀次の家の前まで来た。腰高障子に手をかけ後からやって来る紗江の姿を確認すると、それを引き開ける。

「銀次さん、いる……」

いつもどおりの功の一声に、この日の銀次は物憂げに生返事を返すのがやっとだった。

「功、風邪うつるといけねぇから、入っちゃなんねぇぞ」

布団から首だけ出した銀次が、張りのない声を出した。

「御免ください、紗江です。銀次さん、どうかなすったんですか」

思いもよらない紗江の声に一瞬銀次に笑顔が浮かんだが、それは直ぐに狼狽へと変わった。不精髭の生えたむさ苦しい顔、散らかり放題の家に薄汚れた寝巻き姿、どれも紗江には見せたくないものばかりだったが、当の紗江は直ぐ其処まで来てしまっている。

「銀次さん……、いらっしゃるんでしょ」

入口から中を覗き込みながら、紗江が再び声をかけた。

「ああ、紗江さんか、今その何だ、とっ散らかってるからよ」

中を見られる前にと起き上がった銀次は、掻巻《かいまき》布団の上にかけてあった縞のどてらをまとい、障子を開けた。打ち合わせの前を両手で抱えるように現れたやつれ顔の銀次を見た紗江が、驚きの声をあげた。

「どうなすったんですか、そんなになって」

「そんなって……」

そう言いながら立ちくらみでもしたのか、銀次はその場にしゃがみ込んでしまった。

「銀次さん、大丈夫ですか」

とっさに下駄を脱ぎ駆け寄った紗江が銀次の肩に手をかけ、抱きかかえながら叫んだ。

「大丈夫だよ、大した事ねぇから」

言いながらも落ち窪んだ目にこけた頬、血の気の引いた張りの無い顔の銀次が、二、三回痰のからんだ咳をした。

「横になったほうが、よろしいんじゃないですか」

「ああ、そのようだな」

ゆっくりと体の向きを変え、寝床に戻る銀次を支えながら紗江も後にしたがった。そんな様子を見つめる功は敷居の上に立ったまま、部屋には入ろうとしない。

転げ込むよう布団に包まった銀次の脇に座った紗江が、搔巻の襟元に手をやり隙間を押さえながら言った。

「お医者様には、診ていただいたんでしょうね」

「いいや、こなっくらいの風邪なら、葛根湯飲んでりゃ、じきに良くなるって」

「風邪ひいて、どれくらいになるんですか」

「さぁて、あれはいつだったかな」

「風邪は万病の元と言うじゃありませんか、お医者様に診ていただかないと、それと食べる物はどうなすってたんですの」

枕もとには丸盆に乗せられた土瓶と湯呑みが置かれているだけ、粥でも食べた形跡はなかった。

「何も食いたか、ねぇもんで」

「じゃあ今日まで、何も口に入れずに……」

言いながら紗江は銀次の額に小さな白い手をのせた。ひんやりした軟らかな紗江の手の感触に、銀次は気持ち良さそうに眼をつぶる。

「まあ、すごい熱だこと。功、お向かいのやすさん呼んできて頂戴」

「んん」

そう一言答えた功は、母親の只ならぬ様子に下駄も履かず裸足のまま飛び出し、向かいのやすの家に駆け込んだ。

「おばちゃん、やすのおばちゃん」

けたたましく戸を開け大声でどなる功に、火鉢の脇で丸くなりうとうとしていたやすがびっくりして、目を覚ました。

「功だろその声は、そんな大声出しなさんな。とに、今行くから、もう怒鳴らなくてもいいよ」

ゆっくりと障子を開け、顔を出したやすに功が言った。

「銀次さんが大変なんだ、母ちゃんが直ぐ来てって」

「銀次さんがどうしたって……」

耳の遠いやすが聞き返すと、その手を引っ張った功が、

「ね、早く来て」

と、やすをせかした。

「これ、そんなに引っ張っちゃあぶないよ。銀次さんがどうかしたのかい」

「いいから、早く来て……」

今にでも大好きな銀次が死んでしまうのでは、幼い功は紗江の只ならぬ様子からそう思ってしまったのである。

一方紗江は入れ替えた桶の水に手拭いを浸し、固く絞って銀次の額にのせた。

「すまないね、手煩わしちまってよ」

「なんですかこれくらい、もっと早くに功にでも言って下されば良かったのに」

「風邪ひいたくらいで、いちいち人様の世話んなる訳には、いかねぇよ」

「何言ってんですか、風邪をこじらせて、寝込んでいるではありませんか」

「お恥ずかしい、こって……」

紗江の優しくも厳しい口調に、銀次は母親に叱られた悪戯坊主の如く、布団の中で首をすくめるのであった。

「銀次さん、どうしたんだい」

折角の気分を台無しにする、やすの声が飛び込んできた。

「大丈夫かい、えっ……、何処が悪いんだい」

障子の向こうから、やすは大きな声で問い掛けてきた。この時の銀次はさすがに憎まれ口をたたく元気も無く、素直にやすの問いに答えた。

「やすさんかい、面目ねぇ。どうやら風邪こじらしちまったようだ」

「気を付けておくれよ、体大事にしなきゃ」

「ああ、分かってるよ」

「お医者に診て貰ったのかい」

「いや……」

「やすさん、この辺で良いお医者様といいますと。どなたが良いんでしょうか」

紗江の言葉に、その存在に初めて気付いたような会釈をしながら、やすが立ったまま言った。

「そうだねここら辺りで一番のお医者といえば、二本榎の木脇先生かね」

「直ぐにでも、診ていただけるのでしょうか」

「ああ、良い先生ってもっぱらの評判だから大丈夫だとは思うけど、あたしたち貧乏人にゃ雲の上の存在」

「治療費がとてもお高いとか……」

「さあ、それが、この長屋の連中で診てもらった人はまだ誰もいないから」

「だったら、一度診ていただいてはどうかしら」

「銀次さんどうする、診てもらうかい。大分その様態が……」

紗江の言葉に、様態を案じたやすが銀次に問うと、当の銀次も己の今の状態は徒事ではないと思ったようで、

「そうだな、そうして貰おうか。お足のことは二の次だな」

そう力なく答えた。

明治も半ばを過ぎたこの頃になっても、西洋医学を学んだ医者は少なく、まだまだ多くの漢方医が巾を利かせていた。長屋の住人にとって木脇のような医者は治療費をどれほど払えば良いか、声をかけてもはたして来て貰えるものなのか、それほど縁遠い存在だったのである。

そんな木脇の元へ紗江が往診を頼みに行ってから小一時間、二本榎の医者木脇が銀次の家にやって来た。革の鞄を提げた書生を従え、人力車に乗った木脇が狭い路地にやってくると、長屋に居合わせた住人たちが物珍しそうに家から顔を覗かせる。

焦げ茶お召しの袴にお召しの着物と黒の羽織、山高帽に革靴姿の木脇医師は。立派な髭を蓄えた六十過ぎの温和な顔立ちの男であった。

饅頭笠《まんじゅうがさ》を被り股引に半纏姿のお抱えの車曳きが人力車の梶棒を下げ、しゃがんでその柄を押さえている間に木脇は人力車から降りた。その場で待って居た紗江に案内された木脇が銀次の家に入ると、それに続いて革の診察鞄を持った書生が後に続く。

「先生、宜しくお願い申します」

横になって居る銀次の脇に座ったやすが、神妙な面持ちで言った。

「御内儀かな……」

そう言いながら銀次の枕元に正座をし、太いが優しい声で木脇が問うと、

「いえ、そのなんです……、お向かいのやすと申します。あたしが此処へ引っ越して来てからだから銀次さんとは、そう、かれこれ二十年以上の付き合いが有りまして……はい」

「これは、ご丁寧に……」

そう言い、銀次の脈をとりながら今日までの様態を聞いた。

「いつ頃から、熱がおありかな……」

「さて、どのくらいでしょうかね。実の所あたしにもそれが分からないんで」

「銀次さんしっかりおしよ、自分のことだろ」

木脇に答えた銀次に、やすが横から口を出した。

「それが、うとうとしたりしてて、どれくらい寝たのか寝なかったのか、手前でもそこんとこがよく分かんねぇんで」

「はい、分かりましたよ。その間何かお食べになったかな」

「食いたかなかったもんで、水、飲んでました」

「なんだよ、そんなんじゃ、体、持たないじゃないか」

再びのやすの言葉に。

「貴方はちょいと、黙ってなさい……」

木脇の一言に、やすは首をすくめ下を向いた。

診察の結果、風邪をこじらせただけだったが、何も食べなかったせいで体力が大分落ちているとの事であった。そのうえ高齢での一人暮らしでは何かと心配だろうから、誰かにそばに居て貰いなさいと言い残し、木脇は人力車に乗って長屋を去り、それを見送りに出たやすは銀次に一声掛けて、向かいの家へと戻って行った。

薬は後で長屋の者に取りに行ってもらうことにし、再び横になった銀次のところへ、紗江が布巾で覆った盆を手にしてやって来た。

「はい、銀次さんお粥が煮えましたよ。何も食べたくなくても何かお腹に入れておかないと」

作った粥に削った鰹節を振りかけ、下地（醤油）を数滴たらしたものを枕元まで持って来てくれたのである。

「いい匂いだね……」

「そう、いい匂いでしょ、少しは食べる気になったかしら」

まだ食欲はなかったが、何か食べなければ体がもたぬと思った銀次は、起き上がろうと掻巻をはねのけた。それを見た紗江が銀次の背中に手を回し、起き上がるのを手伝う。

紗江の顔が自分に近づき軟らかく抱き起こしてくれたその時、髪の鬢付け油と紗江自身から香りくる甘い匂いが一緒になり、銀次に迫り来る。

いつもの銀次なら微かに残った男としての熱いものが蘇り、紗江を一人の女として認識するのだったが、この日はそんな気力もなく、緩慢な動作で起き上がるのがやっとのことであった。

「すまないね、世話かけちまって。たんと食って早く元気にならなきゃな」

「そうですとも……」

行平《ゆきひら》から散蓮華《ちりれんげ》で飯碗に粥を装い、銀次に手渡しながら紗江が言った。蓮華の粥を一吹き、二吹きした後、ゆっくりと口元へと運ぶと旨そうにほおばった。

「旨いね、本当に旨いね……」

と銀次は言ってはみたが、粥を半分ほど残して飯碗を紗江に返した。

「もう、召し上がらないんですか」

「ああ、口がまずくてよ。折角作ってもらったのに残して申し訳ねぇ」

「何か食べたいものがあったら、遠慮無く言って下さい。沢山食べて精をつけなくては、治るものも治りませんよ」

「そうだな、後で又頂くから、それはそこいらに置いといて……」

そう言いながら銀次は横になろうと、搔巻の襟を手繰り寄せる。

「今、お茶入れますが」

「そうかい、それじゃあ、熱いとこを一杯頼むよ」

行平の載った丸盆を手に立ち上がる紗江に背を向け、もそもそと布団にくるまりながら銀次が言った。

この日から紗江が銀次の時分時を見計らっては家にやって来て、食事の世話を焼いてくれるようになった。紗江だけではなくやすも長屋の連中も何かと言うと顔を出し、銀次の様態を気遣ってくれるのである。

木挽町の小海の所へは、直ぐに長屋の住人から銀次の様態が知らされ、次の日の昼には政吉の曳く車に乗った小海が、駆けつけて来た。

「お父っつぁん……」

大声を上げながら引き戸を開け、下駄を脱ぐのももどかしく三和土にそれを脱ぎ散らかして家に上がり、座敷に顔を出した小海が言った。

「…………」

背を向け横になったまま無言の銀次に、小海が続けた。

「大丈夫なの、ねえ、お父っつぁん。しっかりして」

大きな声の問いかけに胡麻塩頭がゆっくりと動き、銀次が此方を向き、

「まだ死んじゃいねぇよ」

張りの無い擦れた声で、精一杯の冗談を言った。

「縁起でもない事、言いっこなしだよ。ねっ、お願いだからさ……」

枕もとに座ると銀次の額に手を当てながら、微かに白く濁ったその眼を覗き込んだ。

こけた頬にくぼんだ目元、張りのない血の気の引いたその顔を見た小海の心には、銀次が遠い所へ行ってしまうのではと、そんな不吉な思いが込み上げてくるのであった。

縁起でもない事と言ったばかりの小海ではあったが、自分が感じたこの気持ちを懸命に打ち消しながら、言葉を続けた。

「家においでよ、ねっ……。今直ぐにさ」

「医者が暫く旨いもん食い、精を付ければじき良くなるっついてたよ」

「ご飯の世話をしてもらうのは、誰かの手を煩わす事になるじゃないか。他所様は皆忙しいんだからさ、ご近所に迷惑かけるような事、しっこなしだよ」

「風邪こじらしただけだよ。暫くゴロゴロしてりゃあ、じき良くなるさ」

「こんなに頬がこけちゃったじゃないか、家に来れば手は幾らでもあるんだからさ。政ちゃんの車に乗って、直ぐにでも木挽町へ一緒に行こうよ」

今日の小海は、何が何でも銀次を家まで連れて帰ろうと思っていたのである。

人生五十年と言われていた明治の半ば、結核や疫痢などで簡単に人が死んだ時代。死はその時代を生きる人たちの身近にいつもあり、それだけに人々は若しやという思いに、敏感に反応したのであった。

「昨日紗江さんにお粥作ってもらってよ。それ腹入れてから薬飲んだらどっと汗が出て、熱が下がったんだ。それまでは芯に熱があるのに、そいつがなかなか出て来やしねぇでよ……」

「そりゃ良かった、紗江さんに何かお礼しなくちゃね……」

そう言った小海の言葉に、銀次がすかさず、

「間違ってもお足（金）なんぞ持ってっちゃなんねぇぞ。そんな事してみろ、紗江さんが気悪くすらあ」

「分かってるよ、そんな事、だからどうしようかと思ってるんだよ。お菓子ぐらいじゃ何だから、何がいいかね」

この時分の人たちは他人を思いやり、助け合う事を当たり前に思っていた。ならばこそ、そのしてくれた礼に金銭をもって応える事を良しとしない風潮が、この辺りの住人にはあったのである。

自分たちがどんなに金に困っていても、好意の代償に出された金は受け取れぬ。否、『こんな時に金なんぞを出しやがって、ふざけんな』と、どやし付けられてもしかたない位のもので、そんな時決まって交わされる言葉が、『困った時は、お互い様』という一言だった。

「小海、お前、仕立物、どうしてる……」

「そうだ、そうだよね、何で今まで気付かなかったんだろう。今度から紗江さんに仕立てを頼む事にすればいいんだ」

言いながらも今回の紗江の好意に、何か礼をしなくてはと考える小海であった。

芸者の着物の仕立ては呉服屋任せ、それを面倒がらず反物・胴裏・裾回しと寸法書きを紗江に渡せば済む事。きみにそれをまかせついでに銀次のところへ寄ってもらえば、一石二鳥じゃないかと思う小海であった。

「小海、おいらお前の処へは行かねぇよ、まだ寝たきりになった訳じゃねぇんだからよ」

小海が再び口を開く前、銀次が先を制して言った。

「だって……」

「だってじゃねぇよ、良いっついてんだから。大丈夫だ……」

「困ったね、おとっつぁんは言いだしたら、聞かないんだから」

本人が辞退するのを、無理やり連れて帰る訳にはいかぬ。何が何でも今日は一緒に木挽町へと考えていた小海ではあったが、銀次にこうまで言われては仕方ない。

ご近所に『おとっつぁんを、宜しく』と頭を下げて帰るのも娘としては情けなくもあり、恥ずかしくもあったが、今日のところあきらめる事にした。

「じゃあ、何か欲しい物はないかい。鰻でも卵焼きでもいいからさ、ねぇ、何か有るだろ。お酒は駄目だよ、とんでもないからね、こんな時に」

「じゃあ、何もいらねぇ」

にこりと笑みを浮かべると小海に背を向け、銀次は掻巻に潜り込む。幼い頃幾度も目にした懐かしいこの仕草に、小海は銀次が回復に向かっているのを感じるのであった。

昔銀次が幼い小海を寝かしつけたように、今は小海が銀次の脇でその寝姿を見守っている。

しばしの静寂の後、背を向けていた銀次がポツリと言った。

「車屋さん。待たしてるんじゃねぇのかい」

「あっ、そうだった。すっかり忘れちまって」

「表かい……」

「そう」

「中、入《へえ》ってもらいな」

「良いの……?」

「良いも悪いもねぇよ、表は寒《さぶ》いだろ。いいから入《へえ》ってもらいな」

一瞬戸惑った小海ではあったが、席を立つと表へと向かった。引き戸を開け人力車の脇にたたずむ政吉に、声をかけた。

「政ちゃん、寒い思いさせちまって御免なさいね。こんな所だけど中へ入って、待っててておくれよ」

「否、あたしゃ此処で結構です」

「お父っつぁんが、寒いだろうから車屋さんに入ってもらいなって……」

少し照れたような笑みを浮かべ、小海が政吉に言った。

二月の寒空の下、日の当たらぬ路地裏には二寸ばかりの霜柱がそのまま凍てついている。車屋の形《なり》は人力車を曳く事を考えての薄着、股引・カラス（底が黒の紺足袋）に草鞋では冷えてしょうがない。足元から上がって来る寒気に耐えて、ただじっと客を待つのは辛いもの。

「さいですかい、そいじゃあ、お言葉に甘えさせていただきます」

軽く頷いた政吉がもそっと入口を潜り三和土に立つと、奥で寝ているであろう銀次に向かって、障子越しに声をかける。

「政吉です、お邪魔いたします」

「おぅ、ご苦労さん……」

銀次の声が返ってきた。

「今お茶を入れるからね……」

自分が座っていた座布団を持って出た小海がそれを裏返しにし、上がり框に置きながら言う。

「どうぞお構いなく」

「今ちょうどお茶を入れようとしてたとこなの、ちょっと待ってて頂だい」

二言三言の小海と政吉の遣り取りを、銀次は布団の中で聞いている。

寝ている銀次の足元に置かれた長火鉢、小海は五徳に乗せられた鉄瓶の柄を袖口から出した長襦袢で摑むと、一旦湯呑みに湯を注ぎ、茶を入れる準備を始めた。

無言で茶を入れる小海の衣擦れの音だけがする狭い部屋、障子一枚隔てて座って居るであろう政吉は物音一つ立てず、銀次も又眼をつぶり、じっとしている。

「はい、お父っつぁん、お茶が入りましたよ。冷ましてから吸呑みで飲むかい」

「冷めた茶なんぞ飲めるかい、今起きるよ」

そう言いながら黒襟のかかった掻巻をゆっくりとはねのけ、体を起こそうとした銀次の背に、小海が手を添え助ける。

肩幅広くがっしりとしていた銀次の背中は肉が落ち、骨ばかりになってしまい、少し熱っぽい感触が寝巻きを通して小海の手の平に伝わってきた。

「はい、ちゃんと両手で持って……」

渡された大振りの湯呑茶碗を、斑の浮かんだ骨ばった手で包み持った銀次。背を丸め二、三度大きな息で吹き冷ますと、音をたてて啜った。

そんな銀次の背に、小海は綿入れの半纏を掛けてやる。

「何《なん》かねぇのかい……」

顎で障子をしゃくってみせれば、それが向こうに居る政吉を指すことは小海には直ぐ分かる。お茶菓子を出してやれという銀次の心配りが、ぶっきらぼうな言葉の中に感じられるのだ。

「何かって、言ったって……」

「さっき持って来た物、あれは何だい」

部屋隅に置かれた風呂敷包みに目をやりながら、銀次が言った。

「あらやだ。まだお父っつぁんに渡してなかったわね。キンツバと豆大福、はい分かってますよ」

　銀次に言われるでもなく小海は包みを開けると懐紙にそれぞれをのせ、茶と一緒に政吉の元へと運んだ。

「お待ちどお様」

　無言で頷いた政吉は盆に載った茶碗を手にすると押し頂き、ズズッと音をたてて茶を啜った。小海はそんな政吉の横顔を、見詰めている。

「親父さんに、挨拶しねぇと……」

　先ほどから如何したもんかと思案していた政吉が、小さく言った。

「そうしてくれるかい」

　小海の問いに大きく頷き、草鞋と汚れた足袋を脱ぎ家に上がった政吉は少しばかり開けられたままの障子の前に正座をし、部屋の中で茶を啜る銀次に声をかけた。

「車屋の政吉です、伺うところお体の具合思わしくないとのこと、お見舞い申します」

「よう、政吉さんかい、ご丁寧なあいさつ有り難うよ。そんなとこじゃなんだから、散らかってるが良かったら中、入《へ》ぇんな」

「いえ、あたしゃ此処で結構です」

「良いからよ……」

「へっ、そいじゃあ失礼して……」

障子の間から銀次に向かい一礼した政吉がその桟に手をかけようとすると、横の小海がそれを素早く引き開けた。

「お父っつぁん、政吉さん……」

自分に政吉を紹介する小海の目の中に、銀次はある物を感じていた。

「お初に御目にかかります、政吉です」

えらの張った四角い顔、人の良さそうな目をした男が両手をついて挨拶をした。

藍無地の着物に股引、ドンブリ・半纏を羽織った政吉を銀次はじろりと鋭い目で一瞥したが、それは瞬時に温和なそれへと変わった。

「こいつがいつも、世話んなってるようで」

「とんでも御座いません、世話になってるのは此方の方で。姐さんには何かと、気を使ってもらってます」

「そうかい……」

大きく頷きながら銀次は満足したような笑顔で答え、茶を又一啜りした。

ずずっーと大きな音がやむと、三者がそれぞれの方角を見詰めるでもなく、黙ったままの時が過ぎる。

銀次は『こいつが小海の惚れた男か、面はまずいが人は良さそうだ。なまじ金回りの良い何処その馬鹿旦那や、踏ん反りかえった役人よりも、誠実そのものといった政吉のような男の方が、長い目でみれば小海が幸せになるってもんだ』と考えている。

小海はこの堅苦しい雰囲気を何とかしなければと気を揉むが、政吉はいたってのんびりしたもの。寝床の大柄な弁慶格子の掻巻に目を向け、その幾何学文様を見るでも無く、俯いたままだった。

「お前さん、酒、飲みなさるかい」

銀次が唐突に切り出した。一瞬独り言でも言ったのかと思った政吉ではあったが、それが自分に向けられた問いだと分かり、一呼吸おいて答えた。

「いいえ、お恥ずかしいんですが、とんと、無調法なもんで」

「そうかい、そりゃ良いこった。酒で身上潰す奴はいるが、饅頭でそうする奴はいめぇよ」

冗談にただ笑顔で答える政吉を、銀次は好ましく思った。

「政ちゃん、お猪口一杯で真っ赤になっちゃうの」

そんな銀次の胸の内を察したのか、小海が嬉しそうに一言付け加えるのである。

憎からず思っている政吉に、銀次が会ってくれた。今すぐ如何こうする訳では無いが、所帯を持つならこんな人と思っている誠実な政吉の人となりを、父親である銀次が認めてくれたような、そんな気がした小海であった。

この日小海は自分のいたらなさを詫び、重ねて父親銀次の事をよろしく頼むと頭を下げ、手土産のキンツバ・豆大福を御近所に配り車町の長屋を後にした。

高輪の大木戸から芝大門にさしかかるまで、小海を乗せた人力車は黒い幌を立てゆっくりと進む。

梶棒を握り同じ調子で歩を進める政吉の背を見詰めながら、小海は物思いに耽っていた。

女に生まれたからには一度は所帯を持ち、子供を授かりたいと思うのは自然な事。そんな気持ちともう一つ、芸者のままで好きな芸事を遣り続けたいと思う気持ちとが、小海の中で真っ向からぶつかり合っていた。

今こうして車を曳いてくれる政吉に、いつしか小海は思いを寄せるようになった。一介の車曳き、男前でもなく愛想も無い政吉の何処に小海が惹かれたのか。

新橋芸者の中で芸も気風も一目置かれ、その上器量良しと三拍子も四拍子も揃った小海の心をとらえた物は、それは政吉の真面目で誠実な心であった。

商売柄色々な男と出会う機会の多い小海は、金や名誉に地位や容姿が、その人間本来の人となりとは必ずしも一致しないと思っていた。それだけでなく、それらを鼻にかける人間ほど見苦しく、哀れな心の持ち主だと思うようになっていたのである。

齢《よわい》を重ねれば重ねるほど、心の中の灰汁や澱が顔に染み出てくるもの。それはいくら隠そうとしても、隠しきれるものではなく、人間四十過ぎたら自分の顔に責任を持てとは、この事なのである。

見栄や体裁ばかりを考える、薄っぺらな男たちを見てきた小海ならばこそ、稼ぎは少なくとも優しく思いやりの有る心で、何人《なんぴと》にも分け隔てなく接し、日々を精一杯生きる政吉の中に、何か光る物を感じ取ったのであった。

小海にそんな風に思われているとは露とは知らぬ政吉だったが、当の政吉は小海に会った時からその人柄に引かれていた。

芸も容姿も性格も、誰からも認められる新橋一の売れっ子芸者。そんな事を微塵も感じさせぬ気風の良い小海は、車曳きの政吉にとっては雲上の天女のような存在。その小海に乞われて、こうして小海の乗った人力車を曳いているだけで、満足なのである。

「政ちゃん、悪いけど虎ノ門へ回ってくれるかい」

小海が政吉の背に向かい、声をかけた。

「虎ノ門ですかい」

「そう、金毘羅さんにお父っつぁんの病気快復をお願いしてこようと思うんだけど、いいかい」

「へぇ、よござんすよ。愛宕山の下通って行きますかい」

「政ちゃんにまかせるから、帰りに見番に寄っておくれな」

「へぃっ」

と力強く返事をした政吉は車の梶棒を左に切り、芝増上寺の脇を抜け、愛宕神社目指して進み行く。

どんよりと低く雲の立ち込めた二月の午後、小海を乗せた人力車は人気《ひとけ》のない道を、虎ノ門は金刀比羅宮へと向かって行った。

向島の花見

ただでさえ忙しい紗江に粥など炊いて貰い、銀次が心苦しい思いをしながら養生した結果、どうやら体が動かせるようになったのは十日ほど前だった。枕元まで来て世話を焼いてくれる紗江の横顔を見ていると、いつまでもこのままで居て欲しいと思う銀次ではあったが、そうこうする内、病は快方へと向かった。

今の今まで味わったことのない安らぎ、それが貴重な時間を割いた、紗江の献身的な自分への介護の結果である事は、銀次の心に複雑な思いを抱かせた。

人様に面倒を看てもらうとは、その人に時間なり労力なりを使わせて己のために働いてもらう事。身内ならいざ知らず、他人様に其処までして貰うのは銀次にとって、息がつまるほど心苦しい事なのである。

人独り、この世では生きていけぬもの。何らかの恩恵や手助けを、それとなく他人様から受けているのは、百も承知の銀次ではあったが、面と向かい、しかも長い時間を使わせて紗江の厄介になった事に、考えさせられるものがあった。

自分が安らいでいた間、果たして紗江はどう思っていたのか。紗江には紗江の生活があり、それは針仕事というもので成り立っている。着物を一枚縫っていくらの賃仕事、幼い功をかかえ朝早くから夜遅くまで、体を休める間もなく働きづめの生活。その合間に食事の世話に洗濯までもと紗江に甘えた己が恥ずかしくもあり、情けなくもありと思う銀次であった。

今回こうして寝込んだ事で、銀次が気付いた事があった。それは、自分自身が思う以上に、人様からは年寄りに見られていたという事であった。

普段余り言葉を交わさぬ長屋の住人が顔を出し、見舞ってくれた言葉の端々に（もう年なんだから、余り無理はするな）と言うような台詞があり、己が思うほど、若く見られてはいない事を自覚させられたのである。

まだ若い、もう少し大丈夫と、思い続けてきた銀次には受け入れがたい世間の目だったが、これが自分自身の等身大の姿なのかと、寂しくもあった。

四十・五十・六十と齢《よわい》を重ね、気がつけば七十に手が届く歳になってしまった。体は正直に年相応に老いぼれたのかもしれないが気持ちは四十に戻ったり、六十になったりと、これといった確かな居場所が銀次自身の中にもないのが正直なところ。気持ちだけはいつも若く持たなきゃと思うと、年相応の考えは何処かに忘れがちになるのが、今までの銀次であったのだ。

今年の桜は例年よりも早く開花し、飛鳥山が見頃だ、上野の山もぼちぼちだと町中でささやき出された四月の初め。此処木挽町の小海の家でも、そんな話題が何かの折に出るようになった。

「姐さん、家《うち》でもお花見に行かない？」

煮豆とアサリの御御御付けに香々で昼食をとっていた小海が、染福に言った。

「いいね、行こうよ。弁松の折り詰め持ってさ、さて、何処がいいかね。上野じゃのんびりお弁当をつかえないからね」

口にはこびかけた箸を宙に浮かせたまま、染福が答える。

「きみちゃん、どこがいい」

「あたし何処へ行ったらいいか分かりません、まだお花見に行った事ないんです」

「そうかい、それじゃお父っつぁんも誘って、向島にでも繰り出そうか」

「向島かい、そりゃいいね。銀次さん出てくるかね」

アサリの殻に入っていた小さな蟹を箸で摘みながら、染福が言った。

「近場の海にならでてるそうだから大丈夫、お父っつぁんのことだから、お酒につられて出てくるよ」

「それじゃあまるで、大江山の酒呑童子《しゅてんどうじ》だ」

小海と染福がさも可笑しそうに話す様子を、きみは大根《だいこ》の香々を嚙みながら聞いている。

「きみちゃん、ご飯が終わったらひとっ走り、高輪まで行ってくれるかい」

「はいっ」

と答えたきみは漁師の子、磯の香りが大好きだ。銀次の家へ行くと故郷木更津の我が家と同じ匂いがして、心が休まるのである。

遅い昼食が終わると、きみは小海に渡された銀次への手土産を持ち、木挽町を後に高輪へと向かった。春風が心地よい青空の下、新橋から芝大門を過ぎ、金杉橋を渡る頃から、行く手左より微かに流れ来る潮の香が、きみには感じられる。

十三で東京に出て来て三年、こんなにすがすがしい気持ちで青空の下を歩けるようになったのは、小海の家に来てからである。

仕立て直しながらも肩上げをした着物をこうして着られるのも、少女のきみにとっては嬉しい事。なんとか結えるようになった桃割れには、今まで身に付けたことの無い、緋色の鹿の子絞りが結ばれている。

三田を過ぎたあたりからちらちら左手に海が見えだし、春風に乗った潮の香りも一段と強くなると、きみは木更津に残した幼い兄弟たちの事が、思い出されるのであった。

自分一人がこんな恵まれた生活をしている、それに比べ妹や弟はひもじい思いをしているのではないか。そろそろ十二になる妹が自分と同じく、口減らしのために奉公に出されるのでは、奉公先で嫌な思いをするのではと、今の幸せを素直に喜べないきみであった。そんなきみが、高輪の大木戸にさしかかった時だった。

「きみちゃんじゃないかい……」

誰かに呼びかけられ、立ち止まったきみが声のした方を見ると、石垣のたもとに笑顔のやすが立っていた。

縞の前掛けに手拭いでの姉さん被り、脇に置かれた二つの細長い箱の一つには釜が設えてあり、どうやら此処で甘酒を売っているようだ。

「あっ、やすさん」

「やっぱりきみちゃんだ、銀次さんの所かい」

「はい……」

「どうだい、よかったら一杯飲んで行くかい」

「いえ、折角ですが結構です」

「遠慮はいらないよ、さあ」

と小さな染付の茶碗を取り出すと柄杓で甘酒を注ぎ、きみに勧めた。

「いえ、本当に結構ですから」

辞退するきみに、やすが言った。

「お足はいらないよ、さあ遠慮しないでさ」

そう言われて直ぐに手を出すほどきみは子供ではない。何と言って断ろうかと言葉を探していると、

「せっかくの甘酒が冷めちゃうよ、遠慮なんかしないで、お上がりよ……」

普段金など持ち歩かないきみは、買い食いなどした事がない。何か悪い事でもをしているような後ろめたい気がするが、やすの言葉に促され甘酒を頂いた。

「どうだい、おいしいかい」

茶碗をまだ口にしているきみに向かい、やすが問いかけた。二呼吸ほど間を置き甘酒を飲み干したきみが、それに答えた。

「はい、とっても」

「そうかい、それはよかった」

「いつも此処で甘酒を?……」

「たまに頼まれて売ってるだけさ。これだって私にゃ重くて担げないよ」

石垣に立てかけられた天秤棒を指差し、やすが言った。

「どうもご馳走様でした」

甘酒を飲み干した茶碗をやすに手渡しながら、きみが礼を言うと、

「ああ、私がいたらいつでもご馳走するからね」

そんなやすに頭を下げ、きみが願生寺裏の長屋へと歩き出し、路地を曲がったその時だった。元気良く飛び出して来た功が、きみの体にまともにぶち当たった。

「いてっ……」

尻餅をついた功が、大声で叫んだ。きみは一瞬よろけただけでその場に踏みとどまり、目の前に尻餅をついている功を見下ろして声をかけた。

「こら、あぶないじゃないか」

笑いながらしゃがみ込むと、功を助け起こそうと手を差し出す。素早く起き上がった功は、その手を振り払うと、

「銀次さんなら、浜にいるよ……」

そう一声かけ、再びその場から勢い良く走り出して行く。そんな功の後ろ姿と、木更津にいるであろう末の弟とのそれが、重なり合って見えるきみであった。

銀次が浜に居るとの功の言葉に従い、粗末な家々の間を抜け浜に出たきみは、潮風に頬をなぶらせたまましばしその場に立ち尽くす。

天を仰ぎ大きく息を吸い込むと、何を思ったか下駄を脱ぎ裸足になった。片手に土産、片手に下駄を持ち海に向かって歩き出す、寄せては返す波を見ていたら、自然と足が海に向かったのである。

波打ち際まで来たきみは、そっと素足を海水に浸してみた。まだ冷たい四月の海、その水に洗われる自分の足をじっと見詰める。

寄せる波が砂を指先に振りかけ、返す波がその砂粒を指の間からさらってゆく。波が引く時かかとの下の砂も一緒に流れ出す。こんな事を続けていると、幼い頃の思い出が一気にきみの

脳裏によみがえってくるのであった。

人気の無い浜に一人たたずむそんなきみの後ろ姿に、視線を注ぐ男がいる、それは銀次であった。

網干場で刺し網の手入れをしている銀次のはるか脇を、一人の少女が通り過ぎた。視野に人の気配を感じた銀次がそちらに目を向けると、小海のところのきみが波打ち際まで歩いて行くところではないか。それに気付いた銀次は声をかけようとしたが、何処か物憂げなきみの後ろ姿に、それをするのをためらったのだ。

いつまでも浅瀬にたたずみ、遠くの水平線に目をやるきみに、銀次が歩み寄る。青空の下それを映した四月の海もきれいな藍色、その水面《みなも》を伝い小さな波が寄せ来る砂浜の遙か右手では、二三の人影が何かを採っている。

「木更津は向こうだぜ……」

いきなりかけられた言葉に、きみは驚きそちらを振り向く。

「銀次さん……、ああ一驚いた」

「どうした、家が恋しいか？　あの海の向こうが木更津だぜ」

はるか沖を指差し、銀次が再び言った。その節くれた指先に沿い、沖に目をやったきみが問うた。

「舟だったら、どれ位で着きますか」

「そうよなぁ、風がよけりゃ二時間もかからねぇだろが。帰《けえ》りてぇのかぃ、んん……」

「そんなんじゃありません。ただどれ位かかるかなって、そう思っただけです」

じっと沖に目をやったままのきみが言った。そんなきみの横顔に、銀次が問いかける。

「どうした今日は、なんか用か」

「ああっ、そうだった、すいません。海を見てたら、すっかり忘れてしまって」

「どうせ大した用じゃねんだろ、よかったら浜で遊んでいきな」

四月の風に吹かれ浜にたたずんだままのきみに、銀次が優しい言葉をかけた。

「でも……」

その誘いに心動かされたのか、きみの返事は曖昧だった。

「じゃあこうしな、先ず此処へ来た用件を聞こうじゃねぇか、な。その後、そうだな家の皆にアサリ採ってってやんな、えぇっ」

「アサリ、採れるんですか」

「ああ採れるとも。ほれ、あっちを見てみな、ありゃ皆アサリを採ってんだ」

浜の右手、品川から大森にかけての砂浜に何人もの人影が見える、それらは潮干狩りの連中だと銀次は言った。

「潮が今は良かねぇが、御付けの実にするくらいは、直ぐに採れるぜ」

「お昼に、アサリの御御御付け頂いたとこです」

「じゃあ、いらねぇか」

「いえ、欲しいです。じゃなくって採りたいです」

目を輝かせて、きみが銀次に言った。

「やっぱ漁師の子だな……、その前に此処へ来た用件を聞いとこうじゃねぇか」

「はい、小海姐さんがお花見に行きましょうって」

「花見だと、こりゃまた、風流なお誘いで。で、何処へ行くっつってた」

「向島だとか」

「へぇ、いいね。こんな誘いを断っちゃ罰が当たるってぇもんだ。是非お供すると、そう伝えといてくれ」

「はい」

体全体に笑みを浮かべ、きみが元気の良い返事をした。

「細けぇ事は後で聞くとして、いっちょ海、入《へぇ》るか」

きみは手にした荷物の置き場所を探してでもいるのか、浜に目を走らせた。銀次の網干場に目を留めると、

「あそこの干し場に、これ置いといていいですか」

「ああいいともよ、それ傷む物《もん》じゃねぇんだろ」

「おせんべいだって、言ってました」

「なら大丈夫だ、適当なとこへ置いときな。それから熊手は干し場の下に転がってるだろが」

思わぬ展開に、きみはわくわくしながら荷物を置きに干場へと小走りに向かった。

熊手を見つけ手にすると、着物と長襦袢の両裾をたくし上げて帯に鋏み込み、一旦海に入ったきみだったが直ぐに砂浜に戻ると、手にした熊手を下に置き裾除けの両端もはねあげ結んで短くした。

波打ち際でしゃがんでも、裾を濡らさずにすむようにとの考えからだった。この様子を目にした銀次は、思わず声を出して笑ってしまった。きみのアサリ採りへの強い思いが、伝わってきたのである。

着物なんぞかまっていたら沢山のアサリは採れない、それをよく知っているきみは、町場の子には思いつかない格好を、とっさにしたのである。

貝採りの熊手を器用に使い、きみは三十分ほどでそこそこのアサリを採った。いつまでも浅瀬にしゃがみ、熊手を動かし続けるきみに、銀次が近づき首に巻いた手拭いを差し出し言った。

「もうそれ位でいいだろう、アサリはこれに入れな」

「はいっ、あと此処だけ……」

そう言いながら熊手で砂を一掻きしたきみは、最後に大きなハマグリを掘り当てた。

「ほう、でっけぇな」

砂の付いたハマグリを海水で濯ぐきみに、銀次が声をかけると、

「ああー、楽しかった。こうしてアサリをとるのは何年ぶりかしら」

「海はいいか」

「はい、海を見ていると嫌な事、皆、忘れられます」

「嫌な事が、あんのかい」

「いいえ、今は何もありません。怖いくらい幸せで……」

「そうかい、そりゃ良かった」

そんな二人のいる砂浜のはるか沖、品川目指して一艘の大きな蒸気船が黒い煙を上げて進み来る、それを見たきみが、

「あっ、黒船だ……」

そう叫ぶと、今言った自分の言葉の可笑しさに、白い歯を見せて笑った。

江戸時代ならいざ知らず、明治の半ばになってからは蒸気船のことを、黒船とよぶ人間はもういない。


向島での花見は、三日後という事になった。

高輪から鉄道馬車を乗り継いで行くのは時間がかかるし面倒だということで、銀次は舟で行く事にした。それなら途中小海たちの所へ寄ってから、隅田川を上れば良い。

銀次がちょっとばかり大変な目に合うが、この日ならちょうど良い時間に上潮になってくれ、

川を漕ぎ上がるのが幾分か楽になろうというものだ。

寝込んだ時に世話になった、紗江とやすに声をかけると、やすは大喜びで誘いに乗ってくれたが、肝心の紗江の返事が今ひとつだった。

花見に行くというその日の朝、銀次は紗江の家に出向いて再度言った。

「何にもいらねぇからよ、体一つで来て下さいと小海のたっての頼みだ。親が散々世話になったお礼がしたいとよ、なぁ、紗江さん、あいつの気持ちを、汲んでやってはくれねぇかい」

我ながら、上手い切り出し方だと思いながらの一言に、

「そうですか。そうまで仰って頂けるならこの子も楽しみにしているようですし、連れて行っていただこうかしら」

「そうだよ、そうこなくっちゃ。なあ、功」

「んん……」

銀次の問いに、紗江の脇に居た功の顔が、瞬時に笑顔になった。

この日の功は朝から紗江のそばを離れない。三日も前から銀次に、母ちゃんと花見に行こう、花見に行こうと言われていたからだ。

母親の紗江は色よい返事をしてくれなかったが、もし気が変わって行くという事になった時、薩摩っ原へでも飛んで行った後なら、おいてきぼりを食うかもしれないと、こうして紗江のそばから離れなかったのである。

「そうと決まれば舟の用意だ、功、手伝うか」

「おいら何でもするよ」

「よし、いい子だ」

舟は昨日の内にきれいにしてある、後は淦《あか》（船底に溜まった海水）が出てもいいように船底にスノコを並べ、その上に茣蓙《ござ》を敷けば準備完了だ。

青空とまではいかないが、雲の切れ目から時折日の光が射すそんな日だった。手ぶらで良いと言われてもそこは皆、それなりのちょいとした物を持参してきた。そんな銀次たち一行の乗った舟が出発したのは、日もだいぶ高くなってのことであった。

高輪から木挽町までなら舟ならあっと言う間、芝離宮・浜離宮を過ぎ、その先の細い汐留川を左に上ると、簡単な桟橋の上に小海たちが待っている。

桟橋を右舷に見ながら銀次は棹を操り舟の向きを変え、左舷が桟橋に着くように着岸させた。そこには小海・染福・きみの三人が立っており、銀次たちを笑顔で迎えた。

「待たせたか」

「銀次さんご苦労さん。舟を誂えての花見だもの、ちっとばかり待つなんぞは、どうって事ないよ」

鼠のよろけと言ったほうが良いような細い立湧《たてわく》の着物に、鉄がかった焦げ茶の帯の染福が、笑顔で銀次を出迎えた。

「お父っつぁん、手間取らせてすいません。皆、とっても楽しみにしてたとこなの」

「こっちの連中も同じよ、さあ早いとこ乗った、乗った」

小海もいつもの柔らか物では無く、藍の万筋《まんすじ》の紬に金茶の帯と、大人しい形《なり》で舟に乗り込んで来た。小海・染福の後から絣の着物を着て大きな風呂敷包みを手にしたきみが舟に近づくと、

「それ、こっちに渡しな」

と言いながら、艫に立つ銀次が手をさしのべ、弁当などを包んだ風呂敷包みを受け取った。

「さあ、皆、尻《けつ》落ち着けるとこ決まったか。よかったら、舟出すぞ」

船上を見回した銀次が一声かけ棹を立てると、舟はゆっくりと桟橋を離れる。舳先にはきみと功、その後ろが紗江とやす、艫に近いところに小海と染福がそれぞれ陣取った。

「よっ。舟は重いぞ。重いの左右に振り分けねぇと片荷になって、ぐるぐる回って向島にゃ、いつまでたっても着かねぇぞ」

そんな銀次の冗談に、船上に笑い声がわき上がる。

舟が汐留川と築地川の合流を過ぎ東京湾へ出たところで、銀次が独り言ともつかぬ声を上げた。

「何とかいくかな」

空を見上げ、必死に風を読む。

「良し、いっちょ帆あげてみるか」

そう言い放った銀次は畳んだ帆を帆柱に取り付け、滑車の紐を手際よく引いた。するすると上がった白い帆が、パサッと微かな音をたてて広がる。

「わーい、帆掛け舟だ」

功が振り仰ぎ大声をあげ、皆も同様に帆柱に上がった白い帆に目をやった。

「少しの間だが帆走するからな、落ちても知らねぇぞ」

舵棒を手に艫に腰を下ろした銀次は、さっそく煙管を取り出した。舟は舳先を北東に向け、湾内を進んで行く。

「築地の波除《なみよけ》さんが、どんどん小さくなっちまうよ」

「いいってことよ、向岸にぶつかる前に舵切るから、心配すんな」

心細そうな声をあげた染福に、銀次が煙管を燻らしながら言った。陸《おか》が大分遠くになった所で舟は左に舵を切り、大川（隅田川）河口の佃を目指し北へと帆走をする。

「銀次さん、あの島はなんて言う島ですか」

「ああ佃島っついてよ、あそこに見える大屋根が住吉さんてぇ神社だ」

舳先に座るきみの問いに銀次が答えて間もなく、佃島の右岸をかすめ舟は大川河口へさしかかる。そこで手早く帆を降ろした銀次に、きみが声をかけた。

「後は私がやりますから、銀次さんは櫓を漕いで下さい」

漁師の娘であるきみが、帆の巻き取りをかってでたのである。

「何にもしないで、座ってるだけで悪いね」

「やすさんたちはお客さんだから、いいんですよ」

そう言うやすに、小海が銀次に代わり答えた。

舟が揺れぬよう真中を静かに進むきみに、皆が体をずらし通り易くしてあげる。そうこうするうち舟は大川に架かる最初の橋、永代橋に近づいた。この頃はまだ木造の永代橋の下を、帆柱を気にしながら通り抜ける。

両国橋を過ぎ、厩橋《うまやばし》に差し掛かる頃になると皆の耳にも聞こえるほどに、銀次の息が荒くなってきた。銀次の直ぐ前に座る小海が、心配になりだした時だった。

「あたし漕げます、田舎でやってましたから」

そんな銀次を見かねたきみが、声を上げた。

「大丈夫だよ、これくらい」

とは言ってはみたものの、いくら上潮とはいってもこの辺りになると川はやはり川、櫓を漕ぐ手を休めると舟は忽ち川下へと後戻りしてしまう。

川舟とは違い喫水の深い漁師舟を幾隻もの舟が行き来する大川に乗り入れ、漕ぎ上がるのは気をつかうし体力もいる。一人なら何とかなったのかもしれぬが、七人もの人間を乗せての遡上は、船足も遅くなろうと言うものだ。

老いぼれた上に病み上がりの今の銀次には、ちょいと荷が勝ちすぎたのかもしれない。

しかし意地でも『もういけねぇ、これ以上は川、上れねぇ』とは言えなかった。そんな折、きみが声をかけてくれたのである。

「お願いします漕がせて下さい、小さい頃から櫓は手にしてたんです」

「銀次さん意地悪しないで、きみちゃんに櫓を握らせてあげなさいよ。ねっ」

染福が銀次の気持ちを思い、角の立たぬよう助け舟を出してくれた。

「お父っつぁん、きみちゃんに代わってあげて」

舟にいる皆が銀次の荒い息づかいに、どうしたものかと思っていたところであった。

銀次には皆が同じ事を思い、それぞれの方法できみに櫓を替わるよう勧めている事に、嬉しくもあり寂しくもあった。己の体力の衰えを、おおっぴらにしたようなものなのだが、ここは素直にきみの申し出に応じることにし、

「そうかい、そいじゃあひとつ漕いでもらおうか」

艫にやって来たきみに櫓を任すと、銀次は艫の船縁に腰を下ろした。

着物の裾を帯に挟み素足になったきみが櫓を漕ぎだした、銀次に較べ舟は大分左右に揺れたが舟足は落ちなかった。

「中々上手えじゃねぇか、えっ」

櫓を漕ぐきみを見上げ、銀次が言った。

「ちょっと、ゆれますね」

「櫓を反す時、もう少しゆっくりやってみな、手じゃなくて体全体で引けば、訳ねぇからよ」

「はいっ」

飲み込みの良いきみは、銀次の指示に従い櫓を手前に引く時、余り力をいれず体重を使えば楽な事に気が付いた。

「いいな、おいらもやってみてぇな。きみちゃんいつ覚えたの」

大人しく景色を見ていた舳先の功が、大声で言った。

「田舎にいた時、覚えたんだよ」

「おいらにも、出来るかな」

「功、漁師になるんだったら教《おせ》えてやってもいいぞ、どうする」

銀次に言われた功は、直ぐ後ろに座る紗江に言った。

「母ちゃん、良い。ねぇいいでしょ」

「さてどうしたもんだろう、功は漁師に向いているかしらね」

紗江が首を傾げながら答えると、

「銀次さん、おいら漁師になれるよね」

「んんー、どうだろうな……」

「なれるって、言ったじゃないか」

「そうだっけ」

「言ったよ、絶対言ったからね、おいら覚えてるんだ。功は大きくなったら良い漁師になるって、銀次さん、言ったんだからね」

むきになって答える功の可愛さに、船上の女たちはみな微笑んだ。

大川に架かる唯一の鉄橋、吾妻橋の橋脚を皆で見上げながら通過すると、右手の土手に見えてきた桜の並木が、向島の堤である。左には浅草浅草寺《せんそうじ》の五重塔が木立の陰に望まれ、此処ら辺りが大川で一番にぎわう所、桜の見頃も手伝って、花見の屋形や小舟が何杯も川面を行き来していた。

「何処に、舟つけましょうか」

右手の堤は満開の桜並木、其処へ差し掛かったきみが、銀次に問うた。

「どれ、代わってみな。土手の直ぐ下じゃ桜がよく見えねぇし、埃っぽくていけねぇや、向こう岸に舫って、花見と洒落込もうぜ」

銀次はきみに、櫓を代わるよう言った。

「お父っつぁん、土手には上がらないの」

「後で行きゃいいだろ、その前に喉湿らせて、腹に何かぶっこまなけりゃ」

小海に答えた銀次は手にした櫓を棹に代え、向島の対岸に舟を着けた。

銀次は舳先を川上に向けそこからきみに錨を打たせ、川底に強く棹を突き刺しそれに舟の艫を舫った。

「いいね、堤全体が見渡せて、こっちの方が落ち着いてお弁当がつかえるね」

染福の言葉に、皆が頷いた。

「なっ、飯食ったら土手上がって、ぶらぶらすりゃいいからよ」

「それじゃあここいらで、そろそろ始めますか」

小海が一言言った。

「その前に、席何とかしろや。皆で川上向いてお飯《まんま》食っても味気無ぇだろが、左に寄って桜見ながらにしようぜ」

銀次の指図通り、それぞれが堤の桜並木に顔を向けて座ったところで、小海が言った。

「さあ、それでは皆さんお腹もちょうど良く減った頃だと思います。たいした物は御座いませんが、お料理とあの桜を目一杯味わって下さいませ」

「今日はお招きくださり、有り難うぞんじます。こんなお花見は初めてで、なんとお礼を申していいのやら……」

紗江が礼を言いだすと、

「そんな堅苦しい挨拶は抜きにして、さあ、始めようぜ」

銀次の一言で、一行の花見の宴が始まった。

各々に弁松の折り詰めが手渡されると、功がさっそく経木の蓋を開け、紗江とやすは持参したちょっとした箸休めを、皆に勧めた。

「おいしいね」

卵焼きをほおばり、功が笑顔で言う。

「旨ぇか」

「ん、こんなご馳走食べたの初めてだ」

「これ、この子ったら」

紗江がたしなめたが、子供は正直だ。

一汁一菜が当たり前のこの頃、卵焼きや蒲鉾は庶民にとってはご馳走だった。そんなご馳走を大人と同じ量食べられるのは、功にとって生まれて初めての事だったのである。

「銀次さん、私ゃ涙が出る位嬉しぃよ」

「どうした、やすさん」

「舟を仕立てての花見が出来るなんて、夢にも思ってもみなかったよ。どこぞのお大尽になったみたいで……こんな事してもらって」

カジキの照り焼きを口に入れたまま、涙ぐむやすであった。

「なんだよ、これくらいで声つまらせてよ、えっ。おいらが寝込んだ時、親身になって紗江さんと一緒に面倒看てくれたじゃねぇか。それに較べたらこれ位なんでぃ、こっちが恥ずかしい位だぜ」

「そうですよ、やすさんや紗江さんに甘えてしまい、お父っつぁんの世話・看病を頼むなんて、娘としてこんな恥ずかしい事ありませんでした。こうしてお父っつぁんが元気になったのも、皆さんのおかげです。さあ、今日はその快気祝いですから、ねっ」

「何度も言うようですが、困った時はお互い様。私たち親子も何度銀次さんに助けていただいたことか、それを思えば……」

紗江はそこまで言って、話を終えた。

「よっ、やすさんも少し飲みな。年取ると、涙もろくなっていけねぇや」

「ほんと、そうだね」

やっとやすの顔に、笑顔が戻った。

塗りの野弁当箱に組み込まれた錫の徳利や塗りの盃などが船底に敷かれた薄縁の上に並べられている。その周りに各々が持ち寄った料理が置かれ、それらを前にいける口の染福はしきりに紗江に酒を勧めていた。

「紗江さん、お強いんでしょ、お付き合いして頂だいな。女一人、私だけ飲むとなんだか呑兵衛みたいで」

「いえ、私は本当に結構ですから……」

「私もご相伴するから紗江さんも、やすさんも、今日は飲みましょうよ」

小海に言われ、紗江がやっと盃を手にした。

小海が錫の徳利で注ぐ酒を塗りの盃に受け軽く押し頂くと、きれいな喉元を見せながら、それをあおる。

「紗江さんて、こうして見るときれいだね」

そんな紗江の横顔を見ていた染福が、言った。

「とんでもありません、私なんて……」

女三人寄れば姦しいと言うが、五人もいれば随分と賑やかだ。遠慮していた紗江もしだいに話の輪に加わり、きみはそんな四人の女の会話を笑顔で聞いている。

銀次は皆の顔が見渡せる艫に腰を下ろし、濃い味の弁松の弁当を肴に酒を飲んでいる。その足元には通い徳利が置かれていた。


弁当を食い終わった功が銀次の所にやって来て、彼女たちに背を向け座っている。

「銀次さん、この舟動いていない？」

川面《かわも》を見詰めていた功が、ぽつりと言った。

「否、舟舫ってあるからそんな事ねぇよ」

「だって動いているよ、ほら」

川の流れを指差し、なおも言った。

「そんなことねぇよ」

「動いてるっ、てば……」

功が見詰めていた川面に銀次は視線を向け、その訳を理解すると、

「ああ、分かったぞ、功、後ろの岸を見てみな」

その言葉に、功が後ろを振り向き、

「ほんとだ、動いてないや」

「川の流れをじっと見詰めていたから、錯覚をおこしたんだ。もう一度流れを見てみな」

「やっぱ、動いて見える……」

こんな銀次たちを乗せた舟に一片、二片と対岸の桜の花びらが舞い落ちてきた。それに気付き、空を見上げたきみが言った。

「青空が出て来た……」

雲に覆われていた空の一角が大きく割れ、青い空と共に日の光が銀次たちのいる川面に降り注いできた。

小一時間も経つと、幼い功は舫った舟の中に居るのに飽きてきた。舳先へ行ったり艫に戻ったりと、狭い舟上を動き廻り始め、そのうち落ち着きがなくなり銀次に言った。

「銀次さん、ションベンしたい」

「こっち来て、艫でしな」

「もう、この子ったら……」

の紗江の言葉も、今の功の耳には入らない、モジモジしながら銀次のそばに来ると、

「此処でいいの?」

「ああ帯持っててやるから、なるたけ川ん中にしな。船縁よごすんじゃねぇぞ」

銀次は功が川に落ちないよう兵児帯の結び目を摑むと、艫で放尿をさせた。

「男の子はいいね」

それを見た、やすが言った。

「なんだったら皆で並んで、此処で尻まくるか」

「やだ。お父っつぁんたらそんな事言って」

「銀次さん、私お手水場《ちょうずば》に行きたくなっちゃった」

「あの私も……」

と染福に続いて紗江が、恥ずかしそうに声を上げた。

「しょうがねぇな、他にもいるのかい」

「私も行っといたほうがいいかね」

やすもこんな事を言いだした。

「女連中は皆陸上がって、そこいらでしてきな、とに……」

困った奴等だといった様子の銀次が、小便の終わった功を引き寄せながら言った。

「何処行きゃ良いのさ、ねぇお父っつぁん」

「そこの小高いところに大きな屋根見えるだろ、待乳山《まっちやま》の聖天様だ。その辺りへ行けば手水場が有るんじゃねぇかい」

そう言い終えると打った錨を引き上げ、舟を岸の壊れかかった桟橋に漕ぎ寄せて、女連中を降ろしてやった。

銀次と功がいらいらしながら待つ舟に、女たちが戻って来たのはだいぶ時が経ってからだった。

「何処まで行ってやがったんだ、長えションベンだな。どいつもこいつも、午年《うま》生まれか、とに……」

むくれる銀次。小海が答えて、

「折角聖天様まで行ったんだから、皆でお参りして来ました」

「さあ乗った乗った。桜見るんだろ、早くしろい」

「お父っつぁんは、直ぐ怒るんだから」

「怒っちゃいねぇだろ」

「銀次さん、もうその位で」

染福が目配せして言うと、

「なんでえその目は、まるでおいらが何かいけねぇ事でもしてるみたいじゃねぇか。いいか、手前たちがもたもたして人待たせるから言うんだろ、馬鹿野郎が」

気の短い銀次は、待たされるのが大嫌いなのである。

皆が乗り込むのを確かめると川底に棹を一突きし、舳先の向きを変え舟を対岸に着けた。舟を着けたのは竹屋の渡しと呼ばれる渡船場の近く、居合わせた若い船頭が銀次に声をかけてきた。

「爺さん、すげえもんに乗って来なすったね」

「ああ年代物《もん》よ、お前さんが生まれる前から浮かんでいたんですぜ」

「そうですかい。で、どちらから」

「ああ、高輪からよ……」

「そりゃまた、遠い所を……」

古い漁師舟に乗った銀次への、からかいの言葉をかけたつもりの若い衆だったが、自分の生まれる前からの舟と聞いて会話の途中から、からかいが尊敬・憧れに変わっていったのである。

銀次からすれば川舟の船頭などは、屁とも思っていない。川の上り下りだけなら女・子供でも出来るというもの、海に舟を出しての漁師からすれば、渡し船の船頭など眼中に無いのである。

「悪いけど其処へちょい、舟、舫ってもいいかな」

棹をさしたままの銀次が、脇の杭を指差して言った。

「へえ、よござんすとも。どうぞお好きな所へ」

藍の半纏・股引に豆絞りの手拭いで向こう鉢巻き、素足に草鞋の若い船頭の言葉にしたがい舟を岸に着けると、皆を降ろした。

「荷はこのままでも大丈夫だ、なぁっ」

最初は小海たちに言った言葉だったが、最後の一言は、渡船の船頭への問い掛けに変わった。それを聞いた笑顔の若い衆が、大きく頷くと、

「小海、懐紙」

舟を杭に舫いながらの一声に、『はいっ』と銀次に懐の懐紙を手渡す小海。銀次はそれを受け取るとドンブリから小銭を出し、それに包み一捻りした。

「これ、煙草銭の足しにでもして下さいよ」

と若い衆に差し出し言った銀次に、若い衆が答えて、

「とんでも御座いません」

「いいから取っといて、たんとは入《へえ》ってねぇからよ」

「さいですかい、そいじゃ遠慮なく」

そう言うと、若い衆は気持ち良くお捻りを受け取ってくれた。舫った舟を見ていてもらう、感謝の気持ちなのである。

銀次たちが堤に上がるとそこには見頃の桜を愛でる人や、茶店・屋台で飲食を楽しむ人たち

が集い、春風に吹かれた桜花が舞い散る度に、あちこちから歓声が上がる。それらの間を銀次たち一行はそぞろ川上に向かって、堤を歩いて行く。

「小海姐さん、お花見っていいもんですね」

先頭を行くきみが振り返り、小海に言った。

「そう、良かったね。大勢でこうしてのんびりするのも、たまには良いもんでしょ」

「上野の山や飛鳥山へ行くよりか、年寄りにはこっちの方がどれだけ楽か……」

紗江の脇を歩いていたやすが、小海の後ろ姿に声をかけた。そんな女たちの最後尾から、銀次はぶらりぶらりと付いて行く。

「小海ちゃん。桜餅食べていかない？」

「お団子も、良いわね」

小海と肩を並べていた染福が、小娘のようにはしゃいで言い、小海もつられ堤の右手を見ながら答える。

「お前《めえ》さんたち、今、食ったばかりだろが」

「それとこれとは別ですよ。ねぇ、紗江さん」

染福が立ち止まり、振り向いて銀次と紗江に言った。紗江も小海たちと同じ考えなのか、無言のまま笑顔で頷く。そんな紗江と手をつないで歩いていた功が、母親を振り仰ぎ言った。

「母ちゃん、又何か食べるの」

「そうだよ。功ちゃんは桜餅とお団子とどっちが良い？」

染福が功に問いかける。

「おいらお腹一杯で、食べられないよ」

「じゃあ代わりに、母ちゃんに食ってもらいな」

しょうが無い奴らだといった顔の銀次が、混ぜっ返す。此処向島の堤脇には桜餅で有名な長命寺が、その近くには言問《こととい》団子の店がある。団子が良い、否、桜餅が良いのと大騒ぎの末、桜餅を食べ、団子は土産にしようという事に落ち着いた。

舟に戻る前、直ぐ其処だからと三囲《みめぐり》さんにお参りをと、皆して三囲神社を参拝し大川を下る事にした。

ほろよいかげんの銀次に代わり、帰りも又きみが櫓を握る。橋脚や他の舟にさえ気をつければ、川下りはいたってのんびりとしたもの。艫に腰を下ろした銀次がきみに『ちょい右』だの、『舳先をあの橋桁に向けたまま』だのと時折声をかけるだけで、舟は順調に河口に向け進んで行く。

佃の住吉神社に近づいたところで、きみは銀次に櫓を預けた。

「さあ、木挽町はもう直ぐだぞ」

元気を取り戻した銀次が一声かけると、大きく体を使い櫓を漕いだ。小海たちを送り届けた銀次ら一行が高輪に戻った頃、雲間から顔を出した太陽はまだ高い所に輝いていた。

高輪車町

暗い浜で誰かが自分を呼んでいる、それに答えようとするが声が出ない。早く答えねばと、大きく口を開け言葉を発するが、それがどうしても出てこない。何とか「んん……」とうめき声のようなものが出たところで、銀次は目が覚めた。

「銀次さん、銀次さん起きとくれよ、居るんだろ」

するとけたたましく障子を叩きながら、自分を呼ぶ声が聞こえてきた、我に返った銀次は、むっくと体を起こした。

「銀次さん、起きとくれってば」

再び自分を呼ぶ声に、

「開いてるぞ、用なら入《へえ》んな……」

そう言いながら立ち上がるのと同時に、表の戸が開く音がした。寝巻きの打ち合わせを直しながら障子を開けると、長屋の女が血相を変えて立っていた。

「どうした、朝っぱらからでっけえ声出しやがって、うるせぇな……」

「やすさんが、倒れちまったよ」

銀次が話し終わらぬうちに、女が叫んだ。

「なんだって、何処だ……」

裸足のまま土間に下りた銀次に、

「井戸の所だよ」

「そりゃ大変だ、他に誰か居ねぇのか」

「今この長屋に居るのは、お前さんと紗江さんだけだよ」

「手前が居るだろが」

「私は、こんなお腹だよ」

反り返るように立った臨月間近の女は、大きな腹に両手をあてがって言った。

「じゃあ、紗江さん呼んできな」

言い終わらぬうちに、銀次は裸足のまま表へと飛び出した。

駆けだすと直ぐに井戸端に散らばった洗濯物の上に、やすがうつ伏せに倒れているのが見える。そこへ駆け寄った銀次が、やすを抱き起こして言った。

「ほれ、婆さん大丈夫か。え……」

声をかけたが返事は無い。覗き込んだやすの顔は血の気が引き、辛うじて開いているうつろな目は、ただ空を見上げるばかりだ。

「ちぃっ、こいつはいけねぇな……」

小さく舌打ちすると、やすの体を仰向かせ、抱きかかえようとしたが、持ち上げる寸前にそのままの格好で、尻餅を付いてしまった。

「きしょう」

と言いながら体勢を立て直し、改めて抱き上げようとした処へ、紗江と腹の大きい女が駆けつけて来た。

「銀次さん」

紗江が後ろから声をかける。

「おっ、紗江さん、足持ってくれるかい」

「はいっ」

素早くしゃがみ込んだ紗江は、やすの両膝を抱えた。

「いいかい、そうっとな」

後ろから両腕の下に手を差し込み、やすを抱きかかえながらの銀次の言葉に、紗江は無言でうなずいた。

「よしっ、行くぞ……」

の声と共に、二人は静かに歩きだした。その様子を見た女はやすの家に取って返し、障子戸を大きく引き開けたまま慌ただしく中に入って行く。銀次たちがやってくる前に、やすを寝かしつける布団の用意をと気を回したのである。

女は部屋隅に柏餅に畳まれた煎餅布団を素早く広げ、後から来るであろう銀次たちを待った。

「良いやな、このままで」

泥で汚れた裸足の足が気になり一瞬立ち止まった銀次だったが、そのままやすの家に上がり込んだ。さすが紗江は下駄のままでは気が引けたとみえ、後ろに下駄を跳ね飛ばして脱ぐと銀次に続いた。

「いいかい、降ろすよ」

「はいっ」

と短い言葉を交わした二人は、やすを布団に静かに寝かせる。するとやすが、「フーッ」と一つ大きな息を吐いた。

「どうしようかね」

女がやすを見下ろして、言った。

「まずは医者だ」

「わたしが呼んで来ましょうか」

「紗江さんはここで婆さん見ていてくれ。医者にはおいらが行って来ら」

紗江に銀次が答えたところに、女が言った。

「三田のおシモさんがいいよ」

「馬鹿野郎、おシモさんは産婆だろ」

「あっ、そうだった」

臨月間近の女は、つい産婆の名が口から衝いて出たのである。

「木脇先生呼んで来るから、お前さんは紗江さんと一緒に、ここに居てやってくれ」

「はいよ」

と、女が大きくうなずきながら答えた。

さすが寝巻きのままでは出かけられぬと、家に取って返した銀次は着ていた浴衣の上から着物を羽織り、角帯を結びながら汚れた素足にのめり下駄を突っかけ、長屋の路地へと飛び出した。

一刻でも早く行こうと泉岳寺山門の手前を右に折れ、板塀沿いの細い道を進み二本榎への急な坂道を急ぎ足で上って行く。息を切らして木脇医院へ着いた銀次は玄関へと回り、一呼吸ついてから声をかけた。

「御免ください、えー、御免ください」

銀次の大声に、中から見覚えのある若い書生が出て来て、戸を開けた。

「先生はご在宅でしょうか」

「はい、いらっしゃいます」

「そりゃ良かった、実は今しがた一人年寄りが倒れちまってね、急いで先生に診ていただきたいんですが」

急かすように早口で告げる銀次に、

「さて、今すぐ往診と言われましても、困りましたな」

書生は難しそうな顔で、返事をした。

「何か先生のご都合でも、悪いんでしょうか」

「先生はいらっしゃるんですが、生憎、車夫が出払っておりまして」

人力車を曳くお抱えの車曳きが不在のため、往診には出られないとの事だった。

「生きるか死ぬかの病人がいるんですぜ、そんな事仰らず、なんとか診てやって下さいな」

「そう言われましても、無理なものは無理でして」

「車曳きが居なくても、お前さんが居るじゃありませんか」

「私は書生です、車夫ではありません」

何をとんでもない事をといった感じでむっとした表情の書生は、銀次を睨みつけながら答えた。

その時玄関先から聞こえる大声に気付いた医師木脇が暗い邸の奥から現れ、書生と遣りあっている銀次を認めると、声をかけた。

「銀次さんじゃありませんか、また具合でも悪くなられましたか」

「あっ先生、良かった。その節は色々とお世話になり、有り難うございました。今日はあたしじゃなくて、その、長屋の婆さんが倒れちまってね、急いで診ていただきたいんで」

安堵の表情を浮かべた銀次は、書生越しに木脇を見て言った。

「それはいけませんな、直ぐに行きましょう。佐野、車の用意を」

佐野と呼ばれた書生は、一旦銀次の顔を見た後、

「はい、車夫は用足しに出かけて、おりません」

「なら、お前が車を曳きなさい」

軽く言った木脇の言葉に佐野は我が耳を疑い、聞き直した。

「あの車夫が……」

「だからお前が曳きなさいと、申しておる」

「お言葉ですが私は車夫ではありません、書生として此方に置かせてもらっているのです」

うんざりした顔の木脇が、幾分声を荒らげて言った。

「病気で困っている人が居るのに、車夫が不在だからといって診に行かぬ、そんな事が出来ると思うか。お前はわしの所へ何のために来ておるのだ」

「はい、医学を学ぶためです」

「なら直ぐに、車の用意をしなさい」

踵を返すと、往診の道具を取りに木脇は奥へと引き返した。そんな木脇の去り行く後ろ姿を見、此処でやっと佐野は木脇の言わんとした事に気付いたようだ。

顔を赤らめうな垂れた佐野は、小倉の袴の股立ちを取りながら何処かへと消えた。人力車の置かれている所にでも行ったのだろう、銀次は此処玄関で木脇の出てくるのを待つ事にした。

人力車は伊皿子坂を下ると泉岳寺の前を左に折れ、願生寺裏の長屋へと向かう。その間梶棒を握った姿を見知った顔に見られたら恥ずかしいとでも思うのか、佐野は俯いたまま木脇を乗せた人力車を曳いている。

彼らと並んで歩んでいた銀次は、そんな佐野の横顔を見『可愛い野郎だよ』と小さくつぶやく。その人力車が長屋の路地に入り、銀次の家の前で停まった。

「先生、婆さんはこの家に」

指差す銀次の声と同時にやすの家の障子戸が開けられ、紗江が顔を出した。

「どうだ、婆さんの様子は」

「変わりありません」

「そうか、先生、此方で……」

人力車から降りた木脇の持つ診察鞄を受け取りながら、銀次はやすの家へと案内した。枕もとにはいつ来たのか、小海と臨月の女が並んで座っている。

「よっ、いつ来た」

「今さっき……」

二人の会話はこれだけ、後から続いてきた医師の木脇に銀次が言った。

「先生、この婆さんで。どうか宜しく診てやって下さい」

「ああ、いつぞやの方……」

銀次を診察に訪れた折、その場に居合わせたやすを思い出した木脇が言った。

やすの枕もとに座った木脇が先ず脈を取り、診察にかかると、銀次は木脇に一礼し小海に目配せをしてその場を立ち、小海もそれに呼応して銀次の後に続いて表へと出た。路地に立ち此方を向いていた銀次が、その小海に向かい一言声をかけた。

「どうした」

「どうしたって、お父っつぁんの所来てみたらこの騒ぎでしょ、びっくりしちゃった」

「こんなとこじゃ何だから、中へ入《へえ》んな」

と答えながら、銀次が小海を向かいの我が家に招き入れると、

「すまないがちょぃとばかり、貸してくれねぇか」

辺りをはばかるような小声で、続けて言った。

「いいよ、お足（お金）でしょ……」

と答えた小海は、手に提げた巾着から紙入を取り出すと、幾枚かの一円札を手渡す。

「ありがとよ、いずれ入用になると思んだ」

「やすさん、大丈夫かね……」

「さぁて、どうなる事やら」

預かった金を神棚に置くと、拍手を二回打ち振り返った銀次に、小海が問いかけた。

「身内の人に連絡しなくていいの？」

「ああ、何でも品川に倅夫婦が居ると聞いていたが、此処へ面出《つら》したの一度も見たことねぇな」

「品川ったら高輪と目と鼻の先じゃないの、随分不人情な息子さんだね」

「嫁がちっとばかり、そのなんだ、やすさんと反りが合わねぇと言うか、何と言うか」

「嫁と姑の、仲違いってやつかしら」

「何でも向こうっ気が強くてどうしようもねぇ、すっとこどっこいと言う話だったな」

「嫁さんと仲悪くても、やすさんは自分にとっちゃ親でしょに。年老いた母親うっちゃっといて、息子さんは何とも思わないのかね」

家の中に立ったまま、二人は話を続けた。

「倅に意気地が無ぇって事よ。女房の尻に敷かれ、何も言えねぇ馬鹿野郎ってとこだな」

「育ててくれた親、何だと思っていやがるんだ」

話を聞くうちに、小海は腹が立ってきたようである。

「そろそろ、戻ったほうがいいんじゃねぇか」

「そうだね……」

銀次たちがやすの家に戻ると、診察の終わった木脇が桶の水で手を洗っているところであった。

「先生、いかがでしょう」

「はい、それは後ほど……」

此処では言えぬとでもいった表情の木脇が、紗江に手渡された手拭いで手を拭きながら銀次に答える。

目を閉じたままのやすを覗き込み、小さく『お大事に』と言うと、深々と頭を下げる紗江たちに会釈を返しその場を立った。小海はそんな木脇の革靴を揃えて玄関で待ち、銀次は素早く表へ出て路地に立った。

「先生」

やすの様態を聞きたくて待ちきれぬ銀次が、家から出て来た木脇に小さな声で尋ねた。

「いけませんな、心の臓が大分弱ってらっしゃいます、身内の方はどちらに？」

首を横に振りながら答えた木脇に、

「そんなに悪いんですかい」

「難しいですな……、一刻も早くお知らせした方が」

「はい、品川の方に倅がおりますから、あたしが何とか連絡を取るように致します」

「一応薬の用意をいたしますから、後ほどどなたかいらして下さい」

「はい、診察の御代はその時で……？」

「ええ、それで結構ですよ」

支払いの心配などしなさんな、とでも言うようないともあっさりとした答えに、銀次は木脇の人柄を見たような気がした。

佐野の曳く人力車に乗った木脇を見送った銀次は、やすの元へと引き返した。布団に寝かされたやすは、目を瞑ったまま何かを考えているようだ。そんなやすの周りに、小海、紗江と妊婦の女が座っている。戻ってきた銀次の顔を、三人の女が同時に見上げた。

「大した事ないってよ、薬を飲んで旨いもん食ってりゃ、そのうち良くなるだろうって先生が仰ってた」

その言葉を聞いたやすの目が、薄っすら開いた。

「ほら、やすさん、今の聞いたかい。養生してれば良くなるってさ」

やすはそう言った小海の顔を見詰めた後、その視線を立ったままの銀次へと移し、精一杯搾り出すような小さく擦れた声で言った。

「それ、本当だろうね……」

銀次を見上げるその目は、本当の事を言ってくれと訴えかける眼差しだった。

「ああ、本当だとも。だからよ、何も心配しねぇでゆっくりと養生したらいいやな」

こんな気休めを言っていいのだろうかと、自問自答しながら銀次は答えた。

「やすさん、私とこの長屋の人たちで出来るだけのお手伝いをさせて頂くから、のんびりして下さい」

「そうだよ、やすさんは働き過ぎたんだよ。朝から晩まで休む間も無く動いて、だから体がいい加減にしてくれって。そう言ってるんだよ」

紗江と女の言葉に少しは安心したのか、やすは再び目を閉じた。

「やすさん、おいらと小海はここいらでお暇するから。用があったら、直ぐに面出《つら》すから心配しなさんな。じゃあ、行くよ」

銀次はそう言いながら紗江と女を手招きし、やすの耳に声の届かない家の外まで呼び寄せ、『実のところは……』と言いかけると、

「分かってます、その、あまり良い状態ではないと……」

察しの良い紗江の言葉に、銀次が答えた。

「お察しのとおりだ、木脇先生は身内に連絡してくれとよ。そっちの方はおいらが何とかするが、婆さんの面倒は、すまねぇがお前さんたちで診てやって貰いてぇんだが。どんなもんだろう」

「ええ、勿論ですとも。早く戻らないとやすさんが変に思うといけませんから……」

紗江はそう言い残し、早々やすの元へと戻った。

「私だって紗江さんと同じだよ」

大きな腹を撫ぜながら、女が言うと、

「有り難よ、でもお前さんはこんな腹してるんだから、あまり無理しねぇようにな。それからよ、何かあったら先ずおいらのとこへ知らせるんだぜ」

そう言い残し、銀次と小海は自分の家に戻って行った。

「茶、いれてくれるかい」

長火鉢の前にドカッと腰をおろし、銀次が言った。

「はいっ」

の返事と共に、小海は茶を入れる支度をする。そんな小海を見ながら銀次は取り出した煙管にキザミを詰め、長火鉢の火を点けた。

「ぼちぼち帰らなきゃ、なんねぇだろ」

煙と一緒くたに吐いた銀次の言葉に、

「そうね、これ飲んだらお暇しようかしら」

「政吉さんが迎えに来るのかい」

「いいえ、大木戸か何処かで、車拾わなくちゃ。お父っつぁんはこれからどうするの」

入れた茶を長火鉢の猫板に置きながら、小海が言った。

「一先ず、やすさんの倅のとこへ知らせに行かねぇとな」

「何かと忙しくなりそうね。お父っつぁんも体気を付けてよ、長患いがやっと良くなったばかりなんだから」

「あいよ、分かってるよ。でもよ、あんなになっちまったやすの婆さんを、うっちゃっとけねぇだろ」

「そうだよね、息子さんとお嫁さん、看病に来てくれるかしら」
「さぁて、それが問題だ……」

品川神社裏

長いやすとの付き合いの間、倅の居所は幾度か聞いた。そこで、行けば何とか探し出せるだろうと小海が帰った後、銀次は高輪を発ち品川へと向かった。

品川神社向かいの長屋に、倅夫婦が居るとやすは言っていた。それを頼りに品川駅を過ぎ御殿山を右手に見ながら、銀次は東海道をゆっくりと歩んで行く。

緩やかな長い下り坂を暫く進むと、右手の小高い処に品川神社のこんもりした木立が見えてきた。大きな鳥居の直ぐ先に、本殿に通じる急な階段がある。銀次は鳥居の前に立ち止まると、其処からでは見えぬが奥にある社に向かい、一礼し先へと進んだ。

品川神社の先を左に曲がった所だと、やすに聞いていた銀次は見当をつけた角を左に折れ、道の左右を見回す。どれも同じような安普請の小さな家々が連なり、庇《ひさし》が重なりあうほどに建てこんだ狭い路地は雑然としている。

物を尋ねるには年寄りに限ると、道端で幼子を背負った老女にやすの倅の事を聞いてみた。焦げ茶縞の着物に黒襟を掛けた矢絣模様の薄汚れたねんねこを羽織り、それに包まれた子供は、頭を後ろに大きく反らしたまま、ぐっすりと眠っている。その小さな鼻からは青いみごとな洟が垂れ、今にも口に入りそうだった。

「少々お伺いいたしますが、この辺りに……」

そう切り出してはみたが、やすの倅の名前を聞いても老女は首を傾げ、

「さて、聞いた事あるようなないような」

と、要領を得ぬ答えだった。

「なんでも女将さんが金貸しのような事をなすってらっしゃって、名前が確か豊子さんとか……」

「ああ、豊子かい。高利貸しの豊子なら、よく知ってるよ」

老女の口から、吐き捨てるような返事が返ってきた。どうやら倅よりその連れ合いの豊子の方が、この辺りでは名前が通っているようだ。

「で、その豊子さんのお宅はどの辺りでしょうか」

「お足借りるんなら、やめといたほうが良いよ」

老女は銀次を頭から足元まで改めて見直しながら、言った。

「いえ。お足を用立ててもらうんじゃやねぇんで」

家の場所を聞き出した銀次は。「ご親切に、有り難う存じました」と頭を下げ、教えられた方へと歩き出す。

壊れかかった踏み板を避けながら狭い路地を進む銀次を、長屋の連中が胡散臭そうに見つめる中、一軒の家の前に立ち止まった。雑然とした感じは廻りと同じだが、間口が他より幾分か広い家がやすの倅、勝司の家だった。

破れた障子穴から甲高い女の声が漏れてくる、合間合間にボソボソと聞こえる男の声。その声が女に向かって何か言う度に、女の声は次第に大きな金切り声へと変わっていった。

声のかけどころを失った銀次は、入口に立ったまま中の様子を窺うしかない。その時破れ障子から男の頭が覗いたかと思うと、ガタガタ音を軋ませその引き戸が開けられた。

「この、ろくでなし。又こそこそ逃げるのか……」

の声に送られるように、一人の男が姿を現した。

年の頃は四十の半ばといったとこだろうか、目をしょぼつかせ髪の薄くなった小柄なその男は、入口に立つ銀次に気付くと、飛び上がらんばかりに驚いた。

「勝司さんでらっしゃいますか……」

銀次の問いに、一歩踏み出した足を引っ込め、男は恐る恐る答えた。

「ええっ、あの……そうですが。どちらさんで……」

「はい、高輪から参りました銀次と申します。車町のやすさんの向かいに住んでいるもんですが」

「ああ、お袋の所の」

やすと聞いて、男の顔から警戒の色が消えた。

「其処でなに、ブッブツ言ってんだぃ。出て行くんなら早いとこ……」

そう言いながら男を追いかけるように出て来た女が銀次に気付き、言葉を呑み込んだ。

三筋立ての派手な着物を着た小太りの女、二重あごの下にだらしなく巾広に出した半襟が、垢で薄汚れている。その女が銀次に気付くと、つり上がった目から愛想笑いへと表情を一変させた。

「あーら、いらっしゃい」

瞬時に変わったのは表情だけではなく、声の調子までガラリと変わった。

「高輪は車町の銀次と申します」

「高輪からわざわざ、それは遠い所を……。で如何ほど入用でしょうか」

銀次を、金を借りに来た人間とでも思ったのだろう、豊子の顔には品のない作り笑いが浮かんだ。

「いいえ、お足のことじゃないんで。此方の親御さんのやすさんが今朝倒れなすって、その知らせに駆けつけたって訳です」

「此方のって言われても、私の親じゃありませんからね。この人の親だから、話ならこの人にしておくれな」

やすと聞くなり、浮かべた笑顔がさっと引き、豊子は険しい顔で吐き捨てるように言った。

「お袋が、どうかしたんですか」

「えぇ、心の臓がそのなんです、いけねぇようで。医者に、身内に連絡した方が良いと言われましてね、こうしてお邪魔したって訳で」

わざわざ親の様態を知らせに来てくれた銀次に、礼の一言も言わず、勝司は豊子に声をかけた。

「おい、どうする……」

「金の話なら、断っちゃいな」

看護にかかる金の無心をされてはたまらないとでも思ったのか、一言そう言い残すと、銀次には目もくれず豊子は家の中へと入って行った。勝司は、そんな豊子の後ろ姿に尚も声をかけた。

「行った方が、いいかな……」

自分の年老いた親が倒れたと聞いても慌てた様子も見せず、人事のように女房に『どうする』と聞くしか能の無い情けない勝司に、銀次は苛立ちを通り越し、呆れるばかりだった。

家の中に入った豊子は、勝司の問いに答えようとしないばかりか、吐き捨てるような言葉を投げつけた。

「いつまでも玄関先で無駄口叩いていないで、お客さんが来たら邪魔だから早いとこ帰ってもらいな」

「あの……。今は忙しくて行けないので、其方で何とかよろしくお願いします」

笑顔といえば笑顔だが、何か間抜けな表情の勝司が、銀次の顔色を窺うように言った。

「あのよ、お前さんの御袋さんが倒れたんだぜ。そんな時によろしくお願いしますはねぇだろ……。えっ」

たまりかねた銀次が言った言葉は静かだったが、怒りを抑えきれずに今にも爆発しそうな凄味があった。

「…………」

無言で答えられずにいる四十過ぎの男に、哀れみと、情けなさを感じながら言葉を続けた。

「医者の言うには、いつ亡くなってもおかしくねぇ状態だと。普通なら何をおいても直ぐに駆けつけるのが人というもんだ。えっ。血を分けたたった一人の母親が、明日をも知れねぇ命だと言う時に、手前はそんな間抜け面してへらへら笑ってやがる。それでも人の子か、いい加減にしやがれ、この大馬鹿野郎が」

話している内、銀次は余りの勝司の対応に、抑えていたものが爆発してしまった。

大人しい年寄りに見える銀次の豹変振りと大声に、目の前の勝司だけでは無く、離れた所で立ち話をしていた長屋の住人たちもその会話をやめ、驚きの表情を見せた。

凍りついたような路地裏の一瞬の静寂は、長屋の女に背負われた赤子の泣き声で終わりをつげた。

「いいか、女房の顔色なんかうかがってねぇで、今日が駄目なら明日朝一で駆け付けて来い。判ったか、このすっとこどっこい。まだ四の五の抜かしゃがると、張り倒して品川の海に叩っ込むぞ」

銀次の大声は豊子の耳にも届いているはず、しかし家の中からは物音ひとつ響いてこなかった。

あれだけ悪態を吐く位の女だが、こう面と向かって強く出られるとからっきし意気地が無い。向こうッ気だけは強いが、芯は意気地無しと銀次は直ぐに見て取った。

入口の敷居をまたいだまま、家に入ろうか入るまいかと、もそもそ体を動かす勝司に背を向けると、銀次は歩き出した。そんな銀次の後ろ姿に、長屋の女房連中が視線を送る。

「気持ち良かったよ、今の啖呵」

銀次に向かって声をかけたのは、先ほど勝司の居所を尋ねたあの老女、踏み板脇に立ち背負った子をあやしながらの一言だった。

銀次は子供のボサボサ頭を一撫でし、無言でその前を通り過ぎる。老女に背負われた子供は気持ち良さそうに、青っ洟をたらしたまま寝入っていた。

高輪に向かって歩く銀次の足取りは重かった。歩きつかれたせいではなく、やすの行末を案じての事。

今、会った勝司や豊子には親を思いやる気持ちなどこれっぽっちもなく、あるのは欲と自分さえ良ければという身勝手な気持ちだけ。面倒な事は真っ平御免、出来るものなら首をすくめ、諸々の厄介事が頭の上を通り過ぎるのを待とうという考えなのだろう。

長屋の連中で何とか遣り繰りし、やすの介護をしてやろう。その方法をあれこれと思案しながら、長屋に帰り着いた銀次であった。

自宅に戻り酒を一杯引っかけたいのを我慢しながら、やり切れぬ思いでやすの家の引き戸を開けた。

「行って来たよ……」

の声に、一呼吸置いて紗江の返事が返ってきた。

「お帰りなさい、ご苦労様……」

障子を開け、出て来た紗江の顔は暗かった。

「婆さん、どうしてる」

「はい、今はお休みになってます」

「薬は飲んだのかい」

「ええ、でも……足が」

「足がどうかしたのかい」

紗江の奥歯に物の挟まったような答えに、銀次は嫌な予感がした。

「実はやすさん、倒れた時にどうやら足を折ってしまったようで」

「何だって、足折ったたって……」

「お薬飲んだ後ハバカリに行きたいと仰るもんですから、手を引いて立って貰おうとしたら」

「そしたら……、立てなかったたって。そうかい」

紗江の話を横取りして、銀次が言った。

「何だか、足が痛いとやすさん言ってはいたのですが、まさか折れてたなんて。転んだ拍子に、太腿を打った位にしか考えてなかったようで」

「で、どうした」

「はい。骨接ぎの先生に来て貰って」

「治るって、か……」

「それが。年が年だから難しいんじゃないかって」

「きしょう、弱り目に祟り目とはこのこった。なんてこったい……」

「はい、やすさんそれを聞き、すっかり元気をなくされて」

やすを思い、首をうな垂れ考え込む紗江の前を通り抜け、銀次はやすの枕元へと向かった。

「どうだい、ちったぁ具合よくなったかい」

声をかけられたやすは、寂しげな笑顔を銀次に向けただけで、問いには答えない。

「元気だしなよ、えっ。ところで足がいけねぇんだって。雑魚食ってりゃ、じき、折れたのなんかくっ付くわな……」

「卓袱台の足直すのと、訳がちがうよ……」

「上手い事言うね、やすさんはそうじゃなくちゃ」

自分を鼓舞するための精一杯の冗談に、やすをよく知る銀次は、その言葉に思わず目頭が熱くなった。どんな辛い境遇におかれても愚痴ひとつこぼさず、精一杯生きてきたやすの強さを、銀次は身近で見てきた。そのやすが冗談を言いながら浮かべた悲しげな笑顔が、目に焼き付いた。

銀次は今迷っている、品川に住む倅の所に行って来た事を、やすに言うべきか、言わざるべきかと。

「…………」

「…………」

そんな二人のもとへ、紗江が茶をいれて持って来た。

「どうぞ……。やすさん、お茶が入りましたよ」

先ず銀次の膝元、擦り切れた畳の上に汲み出しを置き、次にやすに声をかけた。

「すまねぇな、ちょうど喉が渇いていたところだ」

「さあ、やすさん……」

銀次の礼に無言で頭を下げた後、そう言いながらやすの体を抱き起こそうとにじり寄った紗

江に、やすは布団から僅かに覗かせた手を振り、

「いいよ、喉渇いていないから……」

と、小さな声で答えるのであった。

立ち上がる事の出来ぬやすは、下《しも》の世話を紗江にして貰わなければならず、それを考えての遠慮であった。

「さあ遠慮なんかいりませんよ、折角入れたんですから熱いうちに、ねぇ……」

「そうだね、折角のお茶だものね」

紗江に支えられ、やすは旨そうに茶を啜った。そんなやすを見ていた銀次が、口を開いた。

「あのよ、品川に行って倅に会って来たぜ」

「それで、何て言ってたね……」

やすの問いは恐る恐るといった感の、小さな声だった。

「今日は用事があって来られねぇが、明日朝一で駆けつけるとよ」

「あの子、昔はああじゃなかったんだがね。小さい時はもっと思いやりが有って、それが豊子と一緒になってからは何でも言いなり。明日来るなんて言うが、来やしないよ」

諦めたような、寂しい顔でこう言った。

「だってよ、明日になってみねぇと来るか来ねぇか、分かんねぇだろが」

「自分の子供だもの、その位分かるよ。豊子が金貸しを始めると言った時、お足なんぞ出さな

きゃこうはならなかったと思うよ」

と、やすが話し始めた。

豊子がご近所相手に、小額の金貸しのような真似を始めたのが十年ほど前。元々、金には人一倍執着していた豊子は小金が貯まる面白さに、それを生業にするようになったそうだ。

すると元手は多いほうがいい、倅勝司のもとを尋ねた時、その事をちらっと聞いたやすは、倅夫婦のためならばと自分が老後のためにこつこつと蓄えた金を貸したと言う。

その頃のやすは近所の店で簡単な手伝いなどをしながら、合間に仕立ての仕事もこなす働き者、女一人、長屋で暮らしていくには充分な稼ぎがあった末の考えからだった。

しかし次第に目が悪くなり、針仕事も思うように出来なくなると、自分の行末を思い、安穏としていられない事に気付いたと言う。その時の蓄えは残り僅か、倅にはすまないと思いながら、貸した金の返却を求めたのが三年前。ところが、その時返って来た言葉とは、

「あれはくれたお金でしょ。人に金をやっといて今さら返せはないでしょ」

豊子はあの金は借りたものではなく、もらったものだと言いだしたのである。

「そんな言いがかりをつけて、私たち夫婦を別れさせるつもりなの？」

とまで、言いだす始末だったと言う。

すったもんだの挙句全額ではないが金を返して貰ったが、それから豊子のいやがらせが激しくなったとの事だった。

「金に汚ぇやろうだな、その豊子って婆は」

「嘘はよくつくしね」

「どんな嘘だ」

「私に金貸したが返してくれないだの、欲ボケしてあっちこっちに借金こさえて、その尻拭いにえらい迷惑をかけられているだのと、言いたい放題」

「そんな嘘、直ぐにばれるだろうに」

「元々頭は良くないから、後先考えずにばれるような嘘をつくんだよ」

「救いようのねぇ大馬鹿野郎の性悪女だな、その豊子って奴は」

胸の内にあった倅の嫁豊子への思いを語り、少しはすっきりとしたのか、その後やすは大きな寝息をたてて寝入ってしまった。

そんなやすを、銀次と紗江の二人が見詰めている。

「紗江さん、婆さんの事だけどよ。倅たちはあてに出来ねぇから、この長屋の連中でなんとかやるしかねぇよ」

「はいっ……」

「婆さん、年はとってもそこは女だ。おいらに言いにくい事や、そのなんだ、ほれ、色々あるだろ……」

銀次の言わんとする事は、紗江には直ぐに察しがついた。

「はい。銀次さんに出来る事、私が出来る事。それぞれ違いますから、やすさんが一番良いような方法で、手助け出来たらと思います」

「ありがとよ、お前さんも功かかえて、何かと大変だというのに」

「何をおっしゃいます、困った時はお互い様ですよ。今一番大変なのはやすさん、そのやすさんたら……」

話が終わらぬうちに紗江は言葉を詰まらせ、長襦袢の袖で溢れ出た涙を拭うのであった。

「紗江さんどうしなすった、えっ。何《なん》かあったのかい」

「いいえ、何でもないんです」

「何でもねぇ事ぁ、ねぇだろ。そのなんだ、涙なんか浮かべてよ」

「こんなになってしまったやすさんが不憫で、ついその、すいません」

と銀次に頭を下げたが紗江が涙した理由は、他にあった。

それは銀次が品川に出かけていた時だった。足を折り自分が寝たきりになるであろう事が解ったやすは、枕もとの紗江を呼び寄せ、小さな声で言った。

「紗江さん、すまないが、そこの一番下の引出しを開けてみてくれるかい」

やすは部屋の隅に置かれた、古箪笥を指差して言った。

「此処ですか……」

そう言いながら取っ手の外れかかった引出しを開けると、中にはきれいに畳まれた肌襦袢と、裾避けが入っている。

「お腰と、お襦袢が入ってますが」

「その右の襦袢の下に用意がしてあるから、粗相する前に……」

粗相をする前にとは何の事だろうと思いながら、紗江が襦袢をめくると、その下に着古した浴衣で作られたオシメが入っていた。何れ来るであろう屈辱的なその日のために、やすが用意した自分用のオシメの束であった。

「やすさん、これは……」

「ああ私のオシメだよ、こんな物は使わずにすませたかったが、どうやらそうも言ってられなくなりそうだね」

恥ずかしさを払いのけるためか、精一杯のやすの作り笑いが紗江には悲しかったし、又、此処までの用意をしていた心の強さに、胸が熱くなったのである。

尿瓶での用足しが間に合わない時への用心のためにと、使い古した浴衣地でこさえたという。こんな遣り取りがあった事など銀次には言えぬ紗江が、流した涙の訳を問われ、やすの行末を案じてと答えたのであった。

「やすさんが、不憫で……」

と言いながら、やすに背を向けて座り直した紗江に、銀次が言った。

「倅夫婦が居るのに、他人様に世話にならなきゃならねぇってぇのは、婆さんにとっちゃ辛ぇ事。親が倒れたってぇのに知らん顔を決め込む、馬鹿倅にも困ったもんだ。えっ、寝たきりの年寄りなんか抱え込みたくねぇんだろうが、いずれ手前たちもそうなるってぇのによ」

「…………」

「これで蓄えでもありゃあ、きっと目の色変えるんだぜ。ああゆう奴らはよ」

「…………」

「おいらもぼちぼち考えなければいけねぇ時かな。手前の行末をよ……」

「いいえ、そんな」

「紗江さんはそんな事考えるのはまだまだ先の事だが、おいら位になると、いつ何時お迎えが来てもおかしくねぇからな」

「お迎えだなんて、とんでもない。銀次さんはまだお若いですわ」

「若かねぇよ……」

銀次がそう答えた時、やすが小さく何か一言発し、体をモソモソ動かすと、軽くいびきをかきながら深い眠りに入って行った。

安らかに眠るやすの顔に浮かぶ深い皺や染みの数々、その一つ一つにやすの生きてきた証しと、長い苦労の歴史が刻み込まれている。

そんなやすの顔に、最後の最後になって深く辛い、もう一本の皺が刻み込まれつつある今、この老女に残された僅かであろう時間を、銀次はどのように過ごさせてやったらいいかと、考えるのであった。

「婆さん寝ている間に、家の事やっちゃいな」

「ええ、でもやすさん大丈夫ですか」

「なに、いびきかいて気持ち良さそうに寝ているから、暫くはおいら一人で充分だろう。功が腹空かしてるといけねぇから、さあ。行った、行った」

「では。直ぐ戻りますから、後はよろしく」

「あいよ、任しときな……」

紗江は障子を静かに閉めると、やすの家を後にした。


やすの介護を、紗江と長屋の連中が力を合わせてやっていると言うのに、やすの倅勝司はいつまでたっても母親の元へやって来なかった。

いつでも訪れられる近場に住んでいながら、寝たきりになった年老いた親を見舞おうともしない倅と嫁の豊子。そんな不人情な子供を持ったやすへの同情が、長屋中に高まりつつあったある日の事。功と湯に行った銀次が、長屋に戻って来た時だった。

路地に入った銀次と、やすの義理の娘豊子がばったりと鉢合わせした。銀次に気付いた豊子は慌てて顔をそらし、知らん振りして脇を通り抜けようとした。

「よおっ……」

一声かけた銀次を無視し、豊子は足早に長屋を後にした。わざわざこの長屋にあの女何しに来やがった、と思いながら、豊子の太った後ろ姿を見送った。

「誰、あの人」

「さあーて、誰だろうな」

銀次を見上げる功に、そう答えた。

「功、晩飯、蕎麦食うか」

「んん」

「そいじゃあやすさんとこで、皆で食うか。婆さん喜ぶぞ」

「やすさん病気でしょ、おいら行ってもいいの」

「やす婆さんに、聞いてみるか」

そう言いながら銀次は濡れ手拭いを入れた桶を持ち、やすの家へと入って行った。

「婆さん、具合はどうだい」

暗い部屋にはやすひとりだけ、紗江の姿は見えなかった。

「汐湯へ行ったのかい、シャボンの良い匂いがするよ」

「ああ、功つれてな、婆さんも早く良くなって行くといいや」

「そうだね……」

短く答えたやすの顔を見、励ましたつもりが逆だったかと、一瞬銀次は己の口の軽さを悔やんだ。

泉岳寺の参道を海に向かって進むと、東海道と交わる三叉路に面して銭湯が建っている。その銭湯には海水と真水を沸かした二つの湯船が有り、高輪車町の住民たちは、此処の事を汐湯と呼んでいた。

「誰か来たかい」

「いいや誰も、どうしたんだい」

「いやね、ふとそんな気がしただけだ」

長屋の入口ですれ違った豊子が心変わりでもし、此処へ見舞いにでも来たのかと思ったが、どうやらそうではなかったようだ。

「紗江さんは……」

「晩御飯の支度をしてくるって」

「そうか、なら支度が出来る前に声かけなきゃな。婆さん、皆と一緒に此処で蕎麦食おうと思うんだが。どうだろう」

この辺りの年寄りは皆蕎麦好きだ。やすも久しぶりの笑顔を浮かべ答えた。

「いいに決まってるじゃないか、お蕎麦の匂いもなつかしいよ」

「なに言ってんだい、食いたきゃいつでも食わしてやるよ。ちょっと紗江さんとこ行って、晩飯の支度しねぇよう言って来るわ」

やすの家を出ようとした銀次は、後に続く功を振り返り、

「功、大木戸前の蕎麦屋へ行って、注文してきてくれるか。んん……」

「分かった、何頼むの」

「おっとそうだった。婆さん何食いたい」

大声でやすに問いかけると、

「私は、かけがいいよ」

「聞いたか。かけ四つに、揚げ玉たんと持って来てくれっていてな」

「んん……」

後も振り返らず一声返事をし、功は長屋の路地を飛び出して行った。


紗江の家の前に立つと、中から何かを刻む包丁の音がしてきた。

「紗江さん、いいかい」

障子に手をかけながらの銀次の声に、

「はぁーい」

と、よく通る紗江の返事が返ってきた。

「開けるよ」

一声かけて戸を開けると、入り口脇の流しの前に包丁を手にした紗江が立っている。目を合

わせた紗江に、銀次が言った。

「やすさんとこで蕎麦食うからよ、晩飯の支度は一先ずやめだ」

「あの、もう支度始めてますから」

竈に載せられた鍋からは、湯気が上がり始めていた。

「何かの煮物かい」

「ええ、蕗を煮ているとこですの」

「じゃあ明日食えばいいや、味が染みてちょうどいい塩梅になるからよ」

「でも、まだ煮立ってこないですから」

「蕗なんぞはぐつぐつ煮ちゃ旨かねぇよ、さっと火が通ればあとは鍋、竈から降ろして冷ませば味が染みるよ」

「銀次さんにかかっちゃかないませんわ、なんでも知ってらっしゃるから……」

「飯はまだ炊いてねぇだろ」

「はい、あの功は」

「蕎麦屋へひとっ走り行って貰ったとこだ。じき帰《けえ》ってくるからよ、ふきに火が通ったらやすさんとこ、顔出しな」

襷掛けに姉さん被りの紗江は、『ええ、分かりました』と答えた後、

「先ほど此処へ、豊子さんという方がお見えになりまして」

と、そう言葉を続けた。

「豊子が此処へ来ただって、あの野郎どうゆう了見だ。手前の親のとこへは面出《つら》さねぇで、何考えていやがるんだ」

そう息巻く銀次に、「それがですね……」と紗江が話し始めた。その内容とは、やすの世話を看ないでくれと言いに来たと言う。

その言葉に耳を疑った紗江が、訳を聞き返すと。『あの人は何して貰っても感謝もしない。礼を言う代わりに憎まれ口をたたくか、ある事無い事嘘八百をつくのが関の山。そんな年寄りの面倒なんか看てもつまりませんよ、あなたも色々と忙しい体なんだから、老い先短い年寄りの面倒なんか看ないで……』

何処で聞いたか、やすの面倒を紗江が看ていると知っていたようで、そう自分の言いたい事だけを一方的に喋り捲ると、やすへの介護の礼も言わずに立ち去ったという事であった。

「わざわざ品川から、それを言いに紗江さん家に来たのかい。しかもだよ、寝込んでいる親の家の前を通り過ぎて……」

あまりの仕打ちに、銀次は怒りを抑えてそう言った。いくら憎らしい親だと思っても、其処までする娘がこの世の中にいるだろうか。

障子一枚開ければ、年老いた義理の母親が寝ているその家の前を通り過ぎ、親切にその親の面倒を看てくれている者の家まで出向いての、嫌がらせ。親が元気な時には顔も出さず、もう先がないと聞いた途端にこうして出かけて来ての、おぼれる者への石打つような惨い仕打ち。紗江も心底、この豊子が恐ろしい女だと思ったと言う。

「やすさんにはこの事、言ってねぇだろうな」

「もちろんですとも、あんな体になったやすさんに、とっても言えません」

「鬼だね、豊子ってぇ女は……」

銀次は吐き捨てるように、言った。


その晩のやすは、久しぶりに食べる蕎麦の味と、大勢に囲まれての食事に満足したのか、いつもより早めに眠りについたのであった。

そんなやすが息を引き取ったのは、十日ほど経った日の午後だった。穏やかだったその死顔に、長屋の衆が手を合わせ、異口同音にこう言った。『穏やかできれいな死顔だね。きっと天国に行ったんだよ』と。

あの勝気だったやすが世話をしてくれる紗江たちに『すまないね、面倒をかけちまって……。本当にすまないね』と、涙を流しながら手を合わせて言った言葉が、銀次の耳に焼き付いている。

そんなやすの葬儀は、長屋の連中だけでしめやかに行った。

品川に住む倅夫婦にはすぐさまやすの死を知らせたが、最期の別れにと死水を取りに来るでも無く、弔いにもとうとう顔を出さずじまい。

墓は寺男の栄吉と同じ白金の寺に杭一本をたてただけの簡単なものを造り、そこへやすの遺骨を納めたのであった。

早朝の一騒動

やすの初七日もすまない或る日の朝早く、まだ薄暗い願生寺裏の長屋の路地に、大八車の轍の音が響いて来た。車を曳くのはやすの倅勝司、後から豊子ともう一人人相の良くない色黒の男が付いて行く。

その車が銀次の家の前、つまり今は亡きやすの家の前で停まった。

「良いのかい、かってに入って」

押し殺した小さな声で、勝司が豊子を振り返り言った。

「何寝ぼけてるんだい。親の家だろ、ねぇ秋山さん」

亭主の目の前で、秋山と呼ばれた男にしなだれかかる格好で体を預けた豊子は、きつい口調で答える。勝司を馬鹿にしきって見下すその目を、周りの家々に転じながら、

「早いとこ済ましちゃいな、ほんとに、ぐずなんだから」

と、吐き捨てるように言った。長屋が寝静まっているこんな時刻に足音を忍ばしてやって来た三人は、やすの家へと入って行く。

「暗くて、何も見えやしないじゃないか」

勝司がそう言い終わるや、

「いいから何でも構わず、端から車に積んでしまえ」

秋山が甲高いガラガラ声で言った。やすの家の家財道具を、こっそりと運び出そうという事らしい。

道具といっても大きな物は古びた箪笥ぐらいな物、後は煎餅布団一組と卓袱台・火鉢・蠅帳に細々とした鍋釜の類い。大八車に積み込むのは、あっという間だ。まだ何かないかと、家の押し入れを豊子たちが探っていた時だった。井戸端に行こうと家から出た臨月間近の女が、薄暗い長屋の路地に停められた大八車に気が付いた。

こんな時間に何だろうとやすの家の前にそっと近づくと、車の上には見慣れたやすの布団と箪笥が詰まれ、開け放たれた障子戸の向こうから微かに人の声が聞こえてくる。

誰が見ても泥棒が盗みの最中と思うこの光景に、女は足を忍ばせ銀次の家へと入って行った。

心張り棒などかってないのは承知の上、土間から続く障子を静かに開けると、

「銀次さん、起きとくれよ、銀次さんたら……」

押し殺した声だが、はっきりと銀次の耳に届いたその声に、

「誰だ、手前《てめえ》は……」

目をかっと見開き、いつでも飛び起きられる体勢をとった銀次が、よく通る声で言った。

「わたしだよ……」

聞きなれたその声に、緊張を解いた銀次が体をゆっくりと起こし、女の顔を見ながら言った。

「なんでえ、びっくりさせるなよ。夜這いなら今夜来な」

「馬鹿言ってんじゃないよ、泥棒だよ」

「どろぼうっ」

そう大きな声で答えた銀次に、

「しぃ……。声が大きいよ」

「何処だその泥棒は……」

「お向かいのやすさん所だよ」

「間違いねぇだろうな、寝ぼけてんじゃねぇのか」

「寝ぼけてなんかいる訳ないだろ、大八車に簞笥やなんかが積んであるよ」

女の声を聞きながら、そっと起き上がった銀次は隣の板の間に行くと、僅かに開いた無双窓の隙間から外を見た。明るくなり始めた路地に、荷を積んだ大八車が停めてある。そこで銀次は、脇に立つ女に小声で指図した。

「いいか、おいらが婆さんの家に踏み込むから、お前さんは出来るだけの大声出して、長屋の連中を叩き起こしてくれ」

「分かったよ、でも何て言おうかね」

「馬鹿野郎、泥棒だ、泥棒だに、決まってるだろ」

「あいよ、まかしときな」

銀次は辺りを見回すと、壁に立てかけた天秤棒に目がとまった。それに絡ませてあった麻縄を着古した浴衣の上から手早く襷に結び、天秤棒を手にすると表へと忍び出る。

ちょうどその時、やすの家から男がぶつぶつ言いながら、何か抱えて出てくるところだった。

「こんな物まで持って行くのかい」

「あたりまえだろ、此処の家の物は火鉢の灰から漬物石まで、皆持って行くんだよ」

現れたのは漬物樽を抱えた、尻っ端折りの着物にすりへった下駄を履いた勝司だった。後に続く豊子の言葉に急かされ、よろめきながら出て来ると樽を大八車に降ろす。それを降ろし終え顔を上げると、其処には樽の陰になって見えなかった銀次の姿が現れた。

「この野郎、何してやがる」

大声の銀次が、天秤棒を振り上げると同時に、

「泥棒、泥棒だよ。皆、起きとくれ。泥棒だよ、泥棒……」

長屋は勿論の事、泉岳寺まで届くのではと思われる女の金きり声が、朝の静けさを破って響き渡った。その余りの大声に、勝司と豊子は体を硬直させその場に立ちすくみ、その二人の顔を見て、今度は銀次が驚いた。

「何だ手前たちは、勝司に豊子じゃねぇか」

振り上げた天秤棒を両手で地面に突き刺すように降ろすと、二人の顔を見比べて言った。

不貞腐れた顔の豊子は、ぷいっ、と横を向き、勝司はニヤニヤと、だらしない笑顔を銀次に向ける。

そんな三人の所へ、女の大声にたたき起こされた長屋の連中が集まって来た。

「こいつらが泥棒か、ふてぇ野郎だ。かまわねぇから叩きのめしちゃえ」

「それよか荒縄でふんじばって、頭から井戸へ浸けちまえ」

と眠いのを叩き起こされた者たちは、腹いせ気味に言いたい放題の罵声を浴びせた。

こうなると、ふてぶてしい顔で立っていた豊子もさすが居心地が悪くなったと見え、家の中に居る誰かに向かって助けを求めた。

「秋山さん、出てきて何とか言っておくれよ」

自分を見詰める幾つもの視線に耐え切れず、銀次たちに背を向けたまま誰か出てくる者を待っている様子だ。

二呼吸ほど置いてからやすの家から現れた色黒の男は、よれよれだがこの頃めずらしい背広に革靴姿。秋山と呼ばれた男は銀次の眼光鋭い視線に耐え切れず、一瞬目を合わせただけで直ぐにそれを外した。

無言で立つ頭の薄くなったその男に、豊子がすがるような声で言った。

「秋山さん、ねぇ何とか言っておくれよ。このまま泥棒にされたんじゃ、たまらないよ」

「何、寝言言ってんだ。立派な盗人だろが」

銀次が豊子の後ろ姿に怒鳴りつけたところで、秋山がやっと口を開いた。

「この荷物はここに居る勝司のお袋の持ち物だ、そのお袋が死ねば、倅である勝司の物になるのは当然の事だろう」

そう言いながらも、秋山は銀次と目を合わせようとはしない。

「そうだよ秋山さんの言う通り、死んだやすの持ち物は、私たち息子夫婦の物に決まってるじゃないか。泥棒だなんて、変な事言わないで貰いたいね」

秋山の一言に力を得たのか、今まで銀次たちに背を向けていた豊子が此方に向き直り、勝ち誇ったように言った。

「何を、盗人猛々しいとは手前たちのことだ。よくそんなふざけた事ぬかせやがんな、ええ」

と、銀次が畳み掛けると、

「何言ってんだい、親の持ち物をその子供が持ってってなにが泥棒だ、ふざけるんじゃないよ。この秋山さんは政府のお役人だよ、失礼な事言って後で吠え面かきなさんな」

豊子はせせら笑うよう、銀次から長屋の連中へと視線を移して言った。

薄汚れた象牙色に紺の三筋立て、裾綿のたっぷり入った着物から柿色の裾回しがだらしなく見える。衣紋を大きく抜き、引きずるような長めの着付けは、この辺りでは後ろ指を指される品のなさだった。それがこの豊子の貧相な顔には、ぴったりと似合ってるのが可笑しかった。

「親の物だから、持っていくのは当たり前と抜かしやがったな」

「ああそうだとも、親の残した物を、子供が全て受け継ぐのは当たり前だろ」

「なるほど、全て受け継ぐのは当たり前か、其処の秋山さんとやらにお聞きしますが、ほんとにそうなんですかい」

「ああ、そうだ……」

銀次の問いにそう答えた秋山は、その間も銀次と目を合わせようとしない。

「ほーれみな、ぐうの音も出ないだろう」

勝ち誇った豊子は、せせら笑いながら銀次を見る。

「じゃあしょうがねぇな、その荷物はお前さんたちの物だ」

「銀次さんいいのかい。このままじゃ、やすさんが浮かばれないよ」

「そうだな、寝込んだ時も顔を出さず。やすさんが亡くなった時も線香一本、手前の親のために上げにも来ない野郎たちが、初七日を前に僅かな財産、かっさらって行くのを指くわえて見ているのは、腹の虫がおさまらねぇな」

長屋の男に銀次がそう答えた言葉が終わらぬうちに、豊子が勝司に言った。

「さあ行くよ、もたもたしてないで車を曳きな、とに、ぐずなんだから」

「ちょっと待った、まだ話は済んじゃいねぇよ。やす婆さんが残した物は、此処にある荷だけじゃねぇんだぜ」

そう言った銀次に、

「まだあるんだったらそれも全部もらって行くから、早い所出しておくれ」

「よし、それじゃあ順繰りに出すとするか」

「銀次さん、やすさんの持ち物まだ他にあったのかい」

長屋の衆から声が上がった。

「ああ、まず此処の家賃の未払い分だ。月一円七十銭が三月分まだ払ってねぇと、大家さんが言ってたっけ」

そう言いかけると、

「そんなの私は知らないよ、冗談じゃないよ」

慌てて豊子が反論した、それには構わず銀次は続ける。

「木脇先生への治療費と薬代が十一円二十銭也と、まだあったな」

「骨接ぎ代があるよ」

臨月の女が口を挟む。

「おおそうだ、忘れるとこだったぜ。ええーと、あれは確か五円二十銭だ」

「葬式のお足も、ちゃんと払ってもらいな」

「そうだ、そうだ。精進落としの酒代と、肴の代金も忘れるな」

と、どうなる事かと見守っていた長屋の連中が、銀次の言葉に勢い付いて口々に叫んだ。『びた一文まけねぇぞ』『耳揃えて払わないんなら、高輪警察の巡査を呼んで来い』のと、それは大変な騒ぎになって仕舞った。

豊子に秋山・勝司の三人は、思わぬ事の展開に青くなった顔を引きつらせ、その場に立ち尽くすだけだった。

「よう、秋山さんよ。こうゆう時はどうしたらいいんだい」

「…………」

「黙ってちゃ分かんねぇよ。頭の悪い長屋の連中に、丁寧に教《おせ》えてもらいたいもんだね」

「…………」

秋山は顔をそむけたまま答えようとしない、いや答えられないのだ。

豊子はその横で湧き上がる怒りを、必死に抑えているようだ。絶対勝ち目のある喧嘩だと、秋山を引き出しての遣り取りが思いもよらぬ展開になり、どう対処していいのか解らないのである。

「誰か総額、計算してくれるかぃ」

そう銀次が言うと、

「〆て、三百七十五円六十二銭也……」

おどけた誰かの冗談に、長屋の衆からどっと笑い声が上がった。

「ほら真面目に答えろ」

「二十一円五十銭とお葬式の費用とお寺さんへの寸志です、精進落としは私たちでお支払いしたらと思いますが」

いつの間にか銀次の側に来た、紗江が言った。

「てぇ事は、合計三十円ちょいか。聞いたかい秋山さんよ、このお足は誰が払ってくれるんだい、お前さんが払うのかい」

「私はこの者たちの付き添いに来ただけだから」

「そうか、じゃあお前さんかい」

銀次が豊子の目を睨みつけると、その視線に抗し切れずに豊子は下を向いてしまった。

「今、払えなければ後で持ってくれば良いからよ、一先ず有り金全部置いていきなよ」

「…………」

「よう、黙ってねぇで、何とか言いな。えっ」

「…………」

幾ら話しかけても豊子は返事をしない。

「さてと、困った事になったな……。そうだ。お前さん古物商だろ」

それに業を煮やした銀次は、一人の男を指差しながら声をかけた。

「俺かい、俺は、違うよ」

違うよと答えたこの男、腹の大きな女の亭主である。

「古いもの買い取るのが商売だろ、だったら此処にある道具の値ぐらい踏めるだろ」

「古い物ったって、俺は紙屑専門だから……」

「道具の事、少しは分かるだろ」

「まあ、少しぐらいなら何とか」

「だったら此処にあるやすさんが残した物、全部で幾ら位だい。こいつら金払うつもりねぇみたいだから、これ始末したお足を置いてって貰おうと思ってよ」

「全然足らないよ、全部で七、八円てとこがいいとこだ」

「そんなもんかい。箪笥には着物も入ってんだぜ、もう少し色付けなよ」

「そう言われてもな、あと目一杯力《りき》んでも五十銭乗っけるのが精一杯。〆て八円五十銭てとこかな」

　こんな遣り取りを、豊子たちは苦虫を嚙みつぶした顔で聞いている。

「しょうがねぇな、じゃあ、この大八車も付けるからよ」

「それは私たちが……」

　そう言いかけた豊子だったが、諦めたように口をつぐんだ。

「車、幾らだよ」

「んんー、そうだな。だいぶ古いし、車輪も傷んでいるから八え……。九円てとこかな」

　銀次の問いに、屑屋が答えた。

「もうちょい何とかなんねぇのかよ、えっ、十円にしなよ、お前さんとは長い付き合いなんだからさ」

「よし十円だ」

「そうこなくっちゃ、おい、これが十円で売れたぜ」

「それじゃあ、今直ぐお金を払ってちょうだいな」

豊子が何を勘違いしたのか、銀次に手を出した。

「あれ、どっかでこんがらがっちゃ、いねぇかい」

の銀次の一言にも、豊子は気付かず、

「十円て言ったでしょ……」

「いいから、もう帰るぞ」

そんな遣り取りを聞いていた秋山が居たたまれず、二人を置いてさっさと歩き始めた。

「秋山さん、このまま帰っていいの……」

銀次の顔を見ながら、豊子が言うと、

「ちょっと待った。此処にいる紗江さんが、やすさんの世話をずっとしてたんだ。何か一言でも言って帰んな」

銀次の言葉を無視し豊子は顎を突き上げ、顔をそらしたまま足早に秋山の後を追った。

一人残された勝司はいつもの薄笑いを皆に向け、大八車を曳き出そうとした。

「駄目だよ、それ持って行っちゃ。今の話、聞いて居なかったのかよ、馬鹿野郎が」

銀次にそう怒鳴られた勝司はコソコソと長屋を後にし、その後ろ姿に長屋の連中から期せずして、「ざまあみやがれ」との声が上がった。

そんな三人の後ろ姿を見送りながら、紙屑屋の女房が言った。

「一時はどうなる事かとはらはらしてたけど、銀さんと家《うち》の人の遣り取り聞いて、あいつら尻尾を巻いて逃げ出した。家の人も中々の役者だね、見直しちゃったよ」

「馬鹿野郎、朝っぱらから皆の前でのろける奴が何処にいる……」

銀次の一言に釣られ、朝日の射し始めた長屋の路地に、皆の弾けた笑い声が響いた。

芸者の小海

すったもんだがすんで半月、紙屑屋の女房が玉のような男の子を産んだ。季節は五月、町の風呂屋が菖蒲湯の準備を始めた頃だった。

今回の騒動で気力・体力共使い果たしてしまったのか、銀次は何もする気が起こらず、長火鉢の前に座り、日がなうつらうつらと舟を漕ぐ日が続いた。

功は外に同じ年頃の友達でも出来たのだろう、銀次の所へはあまり顔を見せなくなった。

この日も朝から火鉢の前に陣取り、炭を突っ突っきながら何か物思いに耽っている。そのうち銀次は腕組みをしたまま寝入ってしまった。

「お父っつぁん……」

表で自分を呼ぶ声がしたようだ。薄っすら目を開いた銀次ではあったが、再び瞼を閉じ眠りに入ろうとした時、

「お父っつぁん。そんな所で寝てると、また風邪引くよ……」

はっきり聞こえた小海の声に、銀次はやっと目を開けた。

「おっ……、いつ来た」

家に入り、開けた障子から顔を覗かせている小海に、銀次はかすれた声で言った。

黒に近い濃い鼠《ねず》のお召しに金茶間道《かんどう》の帯、鉄がかった薄い鼠色の羽織の裾をはらって座った小海が、手を突いて挨拶をする。

「どうですか、体の調子は……」

「んん……、まああってとこかな。どうした今日は、えっ、何か用事か」

「町ん中歩いてたら、こんな物売っていたから買ってきちゃった」

そう言った小海が縮緬の風呂敷を解き中の竹の皮を広げると、きれいに並んだ柏餅が現れた。

「ほう、いつの間にかこんなのが出回る季節になったんだな」

「柏の葉っぱがきれいでしょ」

「ああ、屑屋に餓鬼が生まれたからちょうどいいや、持ってってやんな」

「勿論、そのつもりだよ……」

「茶、入れてくれるかい」

「はいっ」

と一声答えた小海は風呂敷をたたみ長火鉢の脇に置くと、お茶を入れ始めた。

いつものように銀次は、その様子を黙って見つめる。そして、いつものように入れたお茶を長火鉢の猫板の上に置いた小海が言った。

「はいっ、お茶が入りましたよ」

「ありがとよ……」

言い終えた銀次は大きな音で茶をひと啜りすると、柏餅に手を伸ばした。

「どれ、一つよばれるとするかな」

正座した小海は汲み出しを両手で持ち、そんな銀次に言った。

「やすさんのほうは、もう片付いたの」

「ああ、家賃は大家さんが香典の代わりにって、棒引きにしてくれた。その他はなんとか遣り繰りしてよ、そうだ。其処の神棚の上にお前に預かったお足の残りがあるから、帰り忘れずに持ってってくれ」

「いいよ、そんなもの」

口に持っていきかけた湯呑茶碗を膝に置き、小海が答えた。

「よかねぇよ、婆さんのガラクタと、馬鹿野郎たちが置いていった大八車売っぱらったら大分余っちまったからよ、持って行くんだぜ」

「はいはい、解りましたよ。それよか何か途中で変なのが出て来たんだって」

「ああ、馬鹿が三匹ばかり出てきやがったが、馬鹿はほれ、いくらがんばったって馬鹿のまま。結局、尻尾を巻いて品川に飛んで帰ったわ」

「そう、何だかんだとお疲れ様でしたね」

「やすさんも豊子みてぇな悪い嫁持っちまったのが、ケチの付き始め。とうとう最期の最期まで否な思いしながら、三途の川向こうに行っちまったよ」

「辛かったろうね、やすさん。寝たきりになってさ」

「ポックリ逝かねぇで、寝たきりになるなんてぇのはまっぴらだね」

「縁起でもない、もしもお父っつぁんが……」

そう言いかけて小海は、はっと自分の口に手をやり、言葉を呑み込んだ。

「ごめんなさい、何も私……」

「いいって事よ、歳取るとな、皆その事考えるようになるもんだぜ」

「やだお父っつぁん、そんな事言っちゃや。もしそうなっても私がちゃんと面倒見るから、ねっ」

「…………」

小海ならちゃんと自分の面倒を看てくれるだろう、こいつはそうゆう女だと、銀次は思っている。しかし、もし手前《てめえ》が寝たきりにでもなった時は、小海の方がなにより心配だった。自分の事は二の次三の次にし、銀次の介護に専念する、そうなると小海のところにいる染福、きみたちの生活はどうなるか。

それにもう一つ、実の父親である勝の事を小海にどう話したら良いのか、それも悩みの種だった。

「あのよ小海……」

「なに……」

「いいか、もしもおいらに何かあったら……」

「なによ急に。何かって、つまんない事考えないで頂だい」

察しの良い小海の事、やすの話の直ぐ後だけに銀次の言わんとする事をいち早く感じ、話の途中でぴしゃりと言った。

「これぱっかは誰もが避けて通れねぇんだよ。今は黙って話を聞け、いいな」

「………」

何を話し出すのかと、小海は銀次の顔を見詰め言葉を待った。

「以前、愛宕下の吉村の店で話した事があったな」

「ええ、あの日は確か木枯らしが吹いていて……」

銀次は迷っていた。もし急に自分が死ぬような事にでもなったら、小海は実の父親が勝海舟である事を知らずに生きていく。

一人前の芸者になった今の小海なら、実父が他にいると聞いたとしても、心の整理は自分で付けてくれるだろう。このまま知らせぬよりも、思い切って勝の事を話して聞かせようと思ったのである。

「あの時、昔のこと話してくれてもいいいんじゃないのと、言ったよな」

「そんな事、言ったっけ……」

「振り返ってみりゃ、改まってお前と話をした事、ほとんどなかったな……。おっかさんの事だって、まだまだ言ってねぇ事あるからよ」

「…………」

小海は銀次のいつもと違う話しっ振りに居ずまいを正し、言葉の続きを待った。

「いつかは言わなきゃならねぇと思いながら、今日まで来ちまったが、実はおいらは、お前の本当の父親じゃねぇんだ」

「えっ……」

と驚き、目を見張って銀次を見詰める小海に向かい、銀次が言った。

「もう一度言うよ、お前の本当の父親は他に居るんだぜ」

「嘘でしょ、嘘に決まってる。私そんな悪い冗談聞きたくない」

「…………」

無言で茶を飲む銀次に向かって、小海が強い口調で重ねて言った。

「今の話嘘だったたって言っておくれよ、ねえ、お父っつぁんたら。お願いだからさ、そんなの嘘に決まってる……」

「…………」

「そんな話聞きたくないよ、たとえ他に父親がいたとしたって私をここまで育ててくれたのはお父っつぁんじゃないか。やだ、やだ、そんな話もうたくさんだ……」

もう聞きたくないとばかり、かぶりを振りながら小海が膝をにじり寄せ、銀次にせまった。

「もう餓鬼じゃねぇんだからよ、えぇ、そんな事言わずに、終いまでおいらの話を聞いてくれ」

「…………」

小海は大きく頷くと、銀次の言葉を待った。

銀次はしばしの間を置いた後、勝と小海の母親との仲から話し始める。小海は俯いたまま、事の経緯を大人しく聞いていた。

「いいかい、お前たち親子は勝さんに捨てられたんじゃねぇんだよ。お前のおっかさんが、あの勝海舟に三行半《みくだりはん》を突きつけたんだぜ。ここん所《とこ》、よ……く考えな、勝さんを恨むのは筋違いってもんだ」

「なんでお父っつぁんは、そんなに勝先生の肩持つの」

「肩持つ訳じゃねぇ、お前が変に誤解して実の父親を恨むようになったら、死んだおっかさんに、申し訳ねぇからよ」

小海は銀次のこの一言に、父親としての大きさと優しさを改めて感じたのであった。

「でも言っとくけど、私のお父っつぁんは、此処に居るお父っつぁんだけだからね」

長襦袢の袖で溢れる涙を拭きながら、小海が小さな声で言った。

「ああ、そうともよ……」

案ずるより産むが易し、勝の事、一言言ってしまえばどうって事なかった。

小海はどうやら、勝と母親との仲を理解してくれたようである。分別の付く歳になった今言ったのが良かったのか、其処のところは銀次にも解らない。

胸の奥に長年わだかまっていた澱が、溶けて流れ出たような気がした銀次は、この瞬間張り詰めていた体の力が抜けて行くのを感じた。

勝の性格はよく解っている、これで小海とも上手く付き合っていってくれるだろう、勝の正妻であるたみは、きっと小海を温かく迎え入れてくれる事と思う。

表から、紙屑屋の赤ん坊の元気な泣き声が聞こえてきた。泉岳寺横のお邸に立つ長い棹に、皐月の風を腹いっぱいはらんだ大きな鯉のぼりが、青空に泳いでいた。

洗足池

暖かかったり肌寒くなったりを繰り返しながら時が過ぎていく中、高輪車町・願生寺裏の長屋の住人たちは、いつもの倹しい生活を幸せと感じつつ懸命に生きていた。そんな中にあって、銀次だけ元気がなかった。

一回り縮んだように見えるのは体だけでなく、その心も同じく張りがなくなり、小さくなったのは確かな事だった。

「ぼちぼち潮時かな……」

火鉢の炭を火箸で突っつきながら、銀次がぽつりと言った。

季節ごとに足腰や気力の衰えを感じ、自分でもどうしてだろうと思うほど体が疲れる。のんびり体を休めれば元に戻るだろうと思いながらも、いっこうに調子の戻らぬ己の体に、苛立ちを覚えたのは以前の事、今はもう歳なんだと諦めていた。

「歳には勝てねぇか……」

再び銀次が呟いた。

五月だというのに季節が冬に逆戻りしたかのような、寒い朝だった。お気に入りの吹雪小紋の半纏を引っかけた銀次が、家を出る。半纏の下には藍鼠唐桟縞《とうざんじま》のもじり袖の着物を尻っ端折りをし、その下には真新しい藍の股引を穿いている。

腰高障子を静かに閉めると体の向きを変え、しばしそのままの姿勢で立ち尽くした。

向かいの亡きやすの家は、空家のまま。長屋の路地に人の姿は見当たらず誰もいない。視線を左にゆっくり転じると其処は紗江の家、閉じられた障子には影も映らずひっそりとしたままだ。

耳を澄ましてみたが聞こえるのはスズメのさえずりだけ、かわいい功の声はしない。

紗江と功に出くわせば良し、会えなくても又良しと思っていた銀次は『それでは、行くとするか』と小さく呟き、長年通い慣れた道をいつものように浜へ向かって歩きだした。

途中の僅かな間も、紗江・功親子の影を視野の隅に探しながら着いた浜は静かだった。

偶然に偶然が重なったのか、朝にもかかわらず高輪の浜には人っ子独りいない。渚に進み海に向かって立った銀次はゆっくりと目を閉じ、久しぶりの潮の香を胸一杯に吸った。

いつもと変わらぬ匂いだった、聞こえる波の音も頬をなぶる潮風も、この海も昔のまま。時は空を行く雲のように流れ、寄せては返す波のように去ってしまった。そしてその後に、老いて変わってしまった己独りが立ちつくしていると銀次は思った。

瞼を閉じたまま渚に立つ銀次が履いたのめり下駄を、白波が洗う。今一度大きく息を吸うと目前の海に浮かぶ己が舟に近寄り、舫いを解いた。

磨り減り木目が浮き出た船縁を、節くれた大きな手で撫でながら愛しげに声をかける。

「さあ、行くぞ、用意はいいか……」

脱いだ下駄を船底に放り入れると舟を海に押し出し、銀次はそれに乗り込んだ。艫に立った銀次が手にした棹を海底に一突きすると、舟はその棹さばきに応え、水面《みなも》に細い波形を残してゆっくりと浜を離れた。

曇り空を映した海は納戸色、五月とは思えぬ冷たい海風に銀次は顔をしかめ呟いた。

「きしょ、冷えやがら……」

棹から櫓に櫓から帆へと代えると、舟は冷たい風を白い帆一杯に受け帆走し始めた。波を蹴立て真っ直ぐな航跡を水面《みなも》に残し、年老いた銀次が乗った漁師舟が行く。右手鉄路の奥に品川御殿山が見えだしたところで、銀次は高輪の浜を振り返る。

そこにあるのはいつもの見慣れた景色、小さくなった泉岳寺の下辺りでは紗江たち長屋の住人の、いつもと変わらぬ生活が続けられている事だろう。銀次はしばし高輪に目を遣ったまま、舟を東に向け走らせた。

鈴ヶ森から大森を過ぎた頃、左舷遥か沖に黒い煙を吐きながらが此方に向かってくる船影を見る。品川にやって来た蒸気船だ。次第に迫り来るその大きな船体に銀次は見とれながら、帆を操った。

「あんなでっけえのが、よく浮くもんだ……」

小さく呟いた銀次の乗った舟と、蒸気船がすれ違ったのは羽田沖。右手に穴守稲荷が見えてきたところで面《おも》に舵を切り、舳先を多摩川へと向ける。

舟が大きく弧を描き河口に入った所で帆を降ろし、艫の舵を引き上げると、艪を水面に差し入れ多摩川を漕ぎ上がり始めた。

青々と茂った葦原の中を、銀次の乗った舟がゆっくりと遡上する。櫓の擦れる音が川面《かわも》に響き、それに答えてカイツブリの囀りが聞こえた。

西に向かっていた川筋が六郷の鉄橋を過ぎると右に大きく蛇行し、北に向きを変える。銀次はなるたけ流れの緩やかな葦原近くの川岸を選んで進み、やっとの思いで矢口の渡しまでやって来た。

「おーい。銀次さんじゃねぇか……」

渡し場の桟橋から、其処に居合わせた鶴吉が声をかけてきた。多摩川を漁師舟で遡上するのは銀次ぐらいなもの、渡し守である鶴吉は舟影を見ただけで、それが銀次の舟だと気付いたのである。

「よおーっ、変わりねぇか……」

そう答えた銀次は舳先を桟橋に向け、櫓を棹に替えた。次第に迫り来る舟を笑顔で迎えた鶴吉は、武骨な手を差し伸べ船縁を掴む体勢のまま言った。

「どうした、こんな時分に。穴子の筒の蓋でも壊れたかね……」

静かに桟橋に舟を着けた銀次は棹を川底に強く突き刺し、錨の代わりとし、答えた。

「今日はこの先にちょい用があってよ、お前さん所《とこ》に来た訳じゃねぇんだ」

「先って、上《かみ》か……」

渡し守は桟橋にしゃがみ込み、船縁を押さえながら銀次に問うた。

「ああ、丸子の先だぁな」

「じゃあ直ぐ近くだ、帰りに寄んなさいよ、筍持ってって貰いてぇから……」

「いいってよ、帰《けえ》りがいつんなるか分らねぇからよ……」

「もしオラが居ない時此処を通るようだったら、この杭に筍を括り着けとくから、勝手に持ってってくれや」

「そんな事して、誰かに持ってかれねぇかい」

棹に体を預けたままの、銀次が言った。

「周りの竹藪見てみなよ、筍なんか取りきれねぇ位生えてるわ。この辺の奴らは誰がいつ採ったか分らねぇ筍なんかより。欲しけりゃ自分で掘って持って行かぁ」

「勝手に持ってって、良いのかい」

「自分が食う分位持っていっても、誰も何にも言わねぇよ」

「そうかい、なら帰りに頂いていくとするか」

「ああ、ぜひ貰ってっておくんなさいよ……」

「亀吉さんに、銀次がくれぐれも宜しく言ってたと伝えといてくれや。そいじゃ。行くからよ……」

川底に突き刺した棹を引き抜き、それで桟橋の桁を一突きすると舟は川面へ滑り出す。棹を操り、舟を遡上させる銀次の後ろ姿を、鶴吉は桟橋に立ち上がって見送った。

矢口の渡しを後に、丸子を目指す舟の脇を銀鱗光らせ追い抜いていくのは稚鮎の群れか。川面にさした銀次の棹に驚いた魚影は素早く向きを変え、多摩川を泳ぎ上って行く。

そんな鮎たちの後をゆっくりと進む漁師舟の右手前方に、こんもりと茂った森が見えてきた辺りが、丸子の渡しだ。

川に突き出た粗末な桟橋には人の気配は無く、渡し舟が舫ってあるだけ。銀次はその桟橋に舟を着けると舫を杭に結び、河岸に建つ茅葺きの小屋へと向かう。

肩に大きな継ぎの当たった木綿の筒ッポに、醤油で煮染めたような三尺を締めた男が、此方に背を向け何かをしている。此処の渡し守らしいその男に、銀次が声をかけた。

「あのー、もし……」

「あーん」

ゆったりとした動作で此方を振り向いた男は、細い目で銀次を見詰め短く答えた。

「舟、ちょっとの間繋がしてもらえますかい」

舫った舟を指差しながら、銀次が言った。

「ああ……」

と短く答えた男は、無精髭をはやした笑顔を向ける。

「これほんの煙草銭で……」

懐紙で捻った銭を懐から取り出し、男に差し出した。こんな事もあろうかとあらかじめ用意してあった物だ。

「あっ、あぁ……」

男は今まで以上の笑顔でそれを両の手で受け取り、薄くなった頭を深々と下げた。

「それじゃあ、よろしく……」

軽く頭を下げ歩み去る銀次の後ろ姿に、男は『あぁ……』と短く答え、ゆったりとした動作で再び頭を下げた。

男に背を向けた銀次は栈橋から土手へと続く細い坂道を登り、しばし木立の中を進んで行く。やがて左手に急な上り坂の切通しが見えてくる、この細い道が中原街道と呼ばれる脇街道だ。虎ノ門から三田・高輪を通り、平塚の中原へと抜ける道は相州街道・お酢街道などと呼ばれ、江戸から小田原以西へ行く時の東海道に代わる近道として、使われてきたのである。

葉桜に覆われた薄暗い切通しを抜け、だらだらと緩やかに登る道をゆったりとした足取りで銀次が歩む。

雑木林と畑が何処までも続く田園風景の中、三十分ほど歩くと道は下りになる。長い下り坂を暫く行くと、左手に大きな池が見えてきた。細長い池の向こう奥に小さな島があり、池の手前左手には神社らしき社の屋根が見てとれる、この大きな池が、日蓮上人が足を洗ったと言い伝えられる洗足池である。

満々と水を湛えた池を通り越し、街道から分かれた池畔沿いの細い道を左に曲がると、小さな寺の前に出る。その向かいの一段高くなった築山のような所に、目指す建物があった。

細い雑木に囲まれた茅葺きの家、農家を模したその家に歩み寄った銀次は、白い障子戸に向かって声をかけた。

「御免ください、えー、御免くださぃ……」

耳を澄ますが返事が無い、今一度大声で呼びかけると、

「おーい、こっちだ」

家の裏手から、男の声が返ってきた。声を頼りに其方へ回ると、小柄な老人が大きな石に腰をおろし、焚き火をしていた。

「よう銀次、よく来たな」

焦げ茶・しぼのある紬の着物に、同じ生地で仕立てた野袴を穿き、笑顔で迎えたのは勝だった、一月に氷川の勝邸に見舞った時より血色も良く、心持ち頬もふっくらした勝に銀次が声をかけた。

「元気そうでなにより、遊《あす》びに来ましたよ」

「高輪からじゃ大分かかっただろうに、まだまだ足は達者だな」

「丸子を回って来ましたよ」

「丸子からって、行き過ぎちまったのかい。こんな大きな池見過ごしてしまうなんて、どうかしてるな」

「舟で多摩川を上り、丸子から来たんですよ」

「ああ……なるほど、その手があるとはお釈迦様でも気が付くまいて……」

「良いとこですね」

笑顔で答えた勝に、辺りを見回しながら銀次が言った。

「静かで良い処だろう、秋になり紅葉が色付く頃になると池に鴨がやって来て、賑やかになるってもんだ」

此処洗足池畔に勝海舟の別荘洗足軒が完成したのは二年前、六反歩の土地に建つ小さな家の周りに勝は五百本ほどの楓を植えさせたと言う。

「氷川に比べ、静か過ぎやしませんか」

「人の面《つら》はもう見飽きたよ。此処でこうして焚き火にあたりながらのんびりするのも、良いもんだ」

熾きになりかけた焚き火を手にした小枝で突っつきながら、勝が答えた。

「お体の方は……」

「ああ、おかげで大分良くなったよ。銀次、お前さんもあの後、風邪こじらせたって聞いたが」

「情けねぇこって、ご覧の通り体に油っ気がねぇもんだから、海に浸かると直ぐに風邪ひいちまうような、柔な体になっちまって……」

くすぶりだした焚き火に手を翳しながら言った銀次に、勝が問うた。

「中入って、油の補充をするかい」

「そりゃ、よござんすね」

銀次がそう答えた後、二人は焚きに足で土をかけ、火の始末をしてから洗足軒へと向かった。

障子戸を引き開けると、広い土間になっており、右手は真新しい竈に流し・水瓶が置かれた台所になっていた。正面の太い上がり框の奥が十畳ほどの板の間、その真ん中に設えられた囲炉裏端に座った銀次に、勝は改めて言った。

「遠い所をわざわざ来てくれて、有り難うよ」

「何も持たず手ぶらで来ちまって、お恥ずかしいこって」

「なあに、お前さんがこうやって顔見せてくれるのが、何よりの土産だよ」

そう言いながら銀次を見つめる勝の目は、嬉しそうだった。
五、六日前、銀次は勝からの便りを受け取った。体も大分良くなり千束村の洗足軒に暫く居るから、一度遊びに来いとの誘いであった。
灰から掘り起こした火種の炭に細い粗朶をくべた勝は顔を傾げ、口を尖らせて息を吹きかける。白い煙が立ち上がり、それが瞬時に赤い小さな炎へと変わった。

「燗がいいなら湯沸くまで、ちっと待ちな……」

「なあに、冷《し》やでよござんすよ」

上がり始めた炎に粗朶をくべる勝の手元を見つめながら、銀次が言った。

「今、若いのが用足しに出かけていて誰も居ねぇ。すまないが銀次、酒は竈の脇辺りにあったと思うから、勝手に始めてくれ」

酒を飲まぬ勝は囲炉裏の前に座ったまま銀次に声をかけ、湯呑茶碗の置き場所などを指図した。

「其処の蝿帳に、何か入ってなかったか」

「筍の煮たのがありますよ」

「そいつと、どっかそこいらにスルメの束がぶら下がってるだろ、それも一緒に持ってきな」

銀次は藁紐で束ねられたスルメと、厚手の染付鉢に盛られた筍を手に囲炉裏端に戻った。

「この筍は……」

囲炉裏の縁に染付鉢を置きながらの銀次の問いに、勝が答える。

「近所の婆さんが何かと面倒を看てくれてな、なんだかんだといってはこうして、食い物のおすそ分けを届けてくれるんだ」

「近所の婆さんにしては、気の利いた物がのっかってますぜ……」

緑の分厚い染付の大鉢、見込みには手馴れた筆運びで豪快に描かれた山水画。深緑の若布と白い筍の炊き合わせが盛られ、その上に無造作に木の芽が散りばめられている。その山椒の青々とした新芽が、銀次の食欲をそそった。

「先に一人で始めてくれ、こっちは湯沸くのを待つとするから」

「そいじゃあお言葉に甘えて、勝手に始めさせてもらいますよ」

通い徳利からトクトクと音を響かせ、銀次は大振りの湯呑みになみなみと酒を注いだ。

「おっと、いけねぇ……」

注ぎ過ぎ、湯呑みから溢れた酒が炉縁にこぼれ、慌てた銀次が呟いた。

「やれ、勿体ねぇことしちまったぜ。口からお迎えにいかねぇと」

そう言いながら手にした湯呑みはそのままに、口をそろりそろりと近付け縁から盛り上がってゆれる酒を、ズズッーと大きな音をたてて啜った。

「あーあ、勿体ねぇな、大江山の酒呑童子が見たら何て言うやら」

笑顔でからかう勝に。

「こうして体に塗れば、零れた酒も浮かばれようと言うもの」

湯呑みを置いた銀次は零れた酒を手の平に付け、それを手の甲や頬に摺りこむように塗りながら答えた。

「夏場、藪っ蚊の出盛りにそんな事してみろ、顔中に白黒のダンダラ模様が取り付くぞ」

「そいつらを集めて佃煮をこさえ、洗足池名物、藪っ蚊の佃煮にでもして売り出しますかい」

「前もって来る日を知らせてくれれば、気の利いた物見繕って待ってたのによ。ご覧の通り皆出払ってて何も出せねぇが、勘弁してくれ……」

「なぁに、それには及びませんよ。こうして囲炉裏の火にあたりながら冷酒飲むのも、中々乙なもんですぜ」

音をたてて爆ぜる粗朶に片手を翳しながら、銀次が勝に答える。

よほど喉が渇いていたのか、一杯目の酒をたちどころに飲み干した銀次は、二杯目を湯呑みに注ぎ、若竹煮を肴にし、ゆっくりと味わいながら飲み始めた。

「旨そうに飲むね……」

囲炉裏端に急須・汲み出しなど茶を入れる道具を並べながら、勝が言った。

「旨いから、ついこんな面《つら》になっちまうんですよ。般若湯《はんにゃとう》の旨さの解らねぇお前さんは、可哀相なお人だよ」

「ああ、そうかもな……」

銀次は酒を飲み、勝は囲炉裏の火を火箸で突っつきながら、年寄り二人の会話が弾む。

「良い所だろう」

「ええ、赤坂氷川のお邸より、のんびり出来ますね」

「ああ、やっとのんびり出来るようになったが、随分と時間がかかったもんだ」

「長う、ございましたね……」

「…………」

「最期まで慶喜の旦那や、皆の事考えて面倒を見続ける事になってしまいましたね」

無言で頷いた勝に、銀次がこう付け加えると、

「面倒見たとは、これっぽっちも思っちゃいねぇよ。お前さんや吉村みたいにすぱっと侍辞めて、手前で生きていく道を見つける奴もいれば、それが出来ねぇえ奴もいるんだ」

勝は燃え上がる粗朶を見つめながら、独り言のようにつぶやいた。


江戸から明治の世に変わり、生活の場を失った元武士たちから裏切り者呼ばわりされながらも、政治の場に勝海舟が身を置き続けたのは、日本の行末を考えての事であった。

それと同時に、旧幕臣たちの生活を案じ、出来る限りの援助をするためでもあったと思われる。取り分け静岡に謹慎させられる形になった徳川慶喜の事が、勝にとって最も心痛めた問題であった。

今、こうして銀次と話をしている三年後の明治三十年、巣鴨邸への帰京を赦された慶喜が、翌三十一年春皇居に参内し、天皇・皇后両陛下に拝謁した事で、やっと大政奉還の幕引きができる。

この時も勝は有栖川宮を通じて宮家や明治政府に様々な働きかけをし、慶喜を明治天皇に拝謁させる事により、朝敵と言われ続けた旧主君の名誉を、回復させたのであった。

火箸で燃える粗朶を突っつきながら懐かしむように話す勝に、銀次が言った。

「随分と骨を折りましたね」

「仕方ねぇよ、誰かがやらなきゃな。器用に世の中渡っていける奴ばかりじゃねぇからよ」「世話になってるくせに、文句言い続けながら、金せびりに来る奴らの気が知れねぇよ」

そんな銀次を窘めるよう、勝が続けた。

「世の中が変わってもそれに合わせて、手前を変えることができない不器用な奴は、たんと居るよ」

「だったらもうちょい、言いようがあるだろうに……」

「なあ銀次、お前さんたちをつくづく羨ましく思う時があるよ。自分ってものをちゃんとわきまえ、倹しく懸命に生きながらも人生を楽しむ術を知っている。肩に力が入っていないと言うか、自然と言うか……」

「ああだ、こうだと言いながらも、一回こっきりの人生を大事に生きていく。言い換えれば、その日暮らしだからこそ、一時一時《いっときいっとき》を無駄には出来ねぇ、それだけの事ですよ」

「それが人間てぇもんだよ。偉そうにしている奴ほど、手前というものが解らず、口先だけで世の中渡っているのが殆どだ。天下国家を偉そうに論ずる前に、己自身をよく考えろって言いてぇよ」

「人間の器が、小さくなりましたか」

久しく聞いた事の無い勝の饒舌に、銀次は酒の入った湯呑みを手にしたまま、その顔をまじまじと見つめながら言った。

「ああ小さくなった。西郷や坂本竜馬がこの炭位とすると、今の奴らは灰粒がいい所だ」

火箸で囲炉裏の熾きを指し示しながら、勝が答えた。クヌギの薪が燃え尽き炭状になったその残り火が、息をする如く赤く輝いている。

「吹けば飛ぶような……」

「そんなとこだな」

「生きていて欲しい立派なお方ほど、早死にするんですかね」

「じゃあこんな年まで生きている、此処に居る二人は何なんだい」

「いつまでも生きていねぇで早いとこ、灰になっちまい、黄泉の国まで飛んで行けって事ですよ」

「ああ、その時はもうすぐ其処まで来ているから、急かしなさんなって」

自在鉤に吊るされた大振りの鉄瓶から湯気が上がり始め、微かに湯の滾る音が会話の途切れた囲炉裏端に響きだした。勝は鉄瓶の蓋を取ると柄杓で湯を汲み、それを茶を入れた急須に注ぎながら言った。

「お前さんも、茶、飲むかい」

「いえ、私《あたし》はこっちで結構です」

口にはこびかけた湯呑みを目の高さまで捧げ、銀次が答える。

「ところで銀次よ、何故漁師なんぞになったんだい、えぇー」

「さーてどうしてだったか、あまり昔の事なんで、忘れてしまいましたよ」

「櫓ひとつ漕げねぇのによ、漁師になるってお前さんが言いだした時ゃ、びっくりしたぜ。どうせ一月もすりゃ尻尾を巻いて逃げ出して来ると思っていたが、とうとういっぱしの漁師になりやがって」

「性に合ってたんでしょうよ……」

「ああ、そうかもしれねぇな。ところで銀次、お前さんが二本指していた時の名は何てぇ言ったっけ」

「それも昔のことなんで、忘れてしまいましたよ」

「そうだな、今のお前さんには銀次って名がぴったりだ」

染付の汲み出しに、烏泥《うでい》の急須で茶を注ぎながら勝が言った。

「実はですね、私《あたし》も咸臨丸に乗りたかったんですよ。乗って亜米利加とやらへ行ってみたかった、それで遅まきながらも櫓を漕ぐ練習を始めたと、そういう訳なんで」

その言葉に驚いた勝がまじまじと銀次を見つめたが、当の銀次の目は笑っていた。

「この野郎、計算が合わねぇだろ。咸臨丸が海渡ったのは万延元年。お前さんが漁師を始めたのは、あれは確か……」

「そう……、明治の世になってから」

「だろ、真面目な面《つら》して冗談を言いやがって、昔とちっとも変わらねぇな。本当の所はなんなんだい」

「つまらない理由ですよ、聞いても面白かありませんぜ」

「いいから言ってみな、面白かったら木戸銭払ってやるよ」

勝はからかうように、銀次に言った。

「勝さんが西郷の旦那の所へ掛け合いに行った事がありましたね。芝の薩摩屋敷まで……」

「ああ、忘れもしない慶応四年の三月だった。俺は五つ紋の羽織袴で馬に乗り従者に轡を取らせて薩摩屋敷へ行ったが、それとお前さんが漁師になるのと、どういう繋がりがあるんだ」

「あん時は筒ッポ着た薩長軍の野郎どもが、品川まで押し寄せて来ていて、そいつらが血走った目で今にも江戸市中に雪崩れ込もうってぇ時に、独りのこのこ出かけて行く勝さんが心配でね……」

慶応四年三月十三日、勝海舟は芝・田町の薩摩屋敷に薩長軍の参謀・西郷吉之助に会うため、単身出向いて行った。勝と面識があり、その人柄に一目置いて居た西郷は、手紙での勝の申し出に快く応じての談判となったのである。

この時の勝の肩書きはと言うと、陸軍総裁。フランスの軍事援助により薩長軍と一戦を交えると断固主張する、小栗上野介・小野友五郎ら主戦派に代わり、大久保越中守と共に、慶喜から徳川幕府の幕引きを託されたばかりの時だった。

前年十月、大政奉還を決意した将軍慶喜は慶応四年正月に、大君の名称を天皇に変える旨を各条約国に告げ、同二月上野寛永寺大慈院に入り謹慎したのである。

鳥羽伏見の戦いで幕府軍に勝利した薩長軍は、一気呵成に江戸城を攻め落とさんと錦の御旗の元、江戸周辺に集結していた。そんな殺気満々とする中、勝は西郷の待つ薩摩屋敷を訪れたのであった。


「西郷と言う男、肝は太いが思慮深く礼義正しい実に良く出来た男だ。『色々と難しい論議もありましょうが、勝さんの仰る事、私が一身にかけてお引き受けもぅす』と言ってな、江戸市中が焦土とならぬよう、薩長軍の主戦論者たちを説き伏せてくれた訳だ」

「実はあん時勝さんが心配でね、こっそり後を付けて行ったんですよ」

「よく薩摩っぽに捕まらなかったな」

「勿論腰には何も差さず、ボロに着替えてですけどね」

「刀無しじゃ、いざと言う時何の役にもたたねぇじゃねぇか」

勝が笑顔で銀次に言った。

「相手が多すぎますよ、勝さんの助っ人に付いて行ったんじゃなくて、死水を取りに行ったんですよ」

「この野郎……」

「勝さんが屋敷に入ったのを見届けてからいつまでも同じ所に居る訳にはいかず、浜に出たんですよ」

「…………」

「そうしたら其処にも薩摩っぽの野郎たちが居て、胡散臭そうにこっちを見ましてね。こりゃいけねぇと、ちょうど近くで網の手入れをしている爺さんに歩み寄り、見知った振りして話し掛けたんです。『どうだい漁の具合は』ってね」

「爺さん、何て言ったね」

「ええ、『お台場を埋め立てた時は、海が濁ったせいか魚が減ってしまったが、今は戻って来ましたよ』っついてね」

台場とは幕府がペリー来航の後、海防強化に力を入れなくてはとの思いから東京湾に築いた砲台の事。品川御殿山を掘り崩し、その土を埋め立てに使ったと言われている。無言で耳を傾ける勝に、銀次は話を続けた。

「爺さん、のんびりと網の手入れをしてましてね。周りの事などお構い無しって感じで、穴子がどうだ、ワタリ・スズキがこうだと、楽しそうに初対面の私に話すんですよ。こっちもその爺さんの話に、つい引き込まれましてね。そうそう、御殿山の上辺りに鳶が飛んでいましたっけ……」

銀次は湯呑みを膝に置いたまま目をつぶり、その頃を懐かしむように言った。

「ピーヒョロヒョロって鳴き声が聞こえるようで、その爺さんの周りだけ自分たちとは違う時が流れているような、不思議な感じがしましてね」

勝も銀次の言葉に耳を傾けながら、何かを思い出すよう目を閉じたまま口を開いた。

「誰も彼もが、ぴりぴりと殺気だっていた頃だ。俺も西郷との談判が不調に終わり、戦になるようだったら、江戸市中に火を放つつもりだった。そのどさくさに慶喜公を浜御殿より沖合に停泊中の、英国軍艦にお乗せ申し、イギリスまで亡命させようとも思っていた」

「ええ勝さんに言われ、私《あたし》も浅草の新門辰五郎の所へその打ち合わせのために、何度も通いましたっけ……」

慶喜の愛妾であるお咲という女の父親が浅草の火消し、を組の頭新門辰五郎、娘の旦那が慶喜とあって大の慶喜贔屓。その慶喜の家臣である勝海舟の直々の頼みというのが、江戸の町に火を放ってくれというとんでもないものであった。

火消しの頭に火付けをしてくれ、しかも一時に何箇所でもとの話に驚いた辰五郎であったが、それが慶喜公を無事江戸より逃がすためと解り、二つ返事で引き受けたのであった。

勝は火消しの頭や博徒の親分などを組織し、銀次を通して充分な資金と綿密な指図を与え、いざと言う時に供えたのであった。

「で、爺さんの話はどうなった」

「ええ、なんだか手前たちのしている事が、馬鹿馬鹿しく思えてきましてね。やれ討幕だ、王政復古だと大騒ぎしている奴らの傍らで、のんびり漁をしている年寄りが居る。どっちが本当の人の姿かってね……。ああだこうだ言いながらも、所詮人はお飯《まんま》食わなきゃ生きていけねぇ。この爺さんの生き方の方が良いいんじゃねぇかって、そう思いましてね」

「違ぇねぇ。人は皆食って、寝て、糞《くそ》しなきゃ生きていけねぇ……」

「その時思ったんですよ、漁師になろうって。高輪の海が綺麗でしたからね」

「…………」

　そんな銀次の言葉を、勝は目を瞑ったまま聞き入っている。

「その爺さんが別れ際にね、こんな事言ったんですよ。『お侍さん、漁師になりたかったら、いつでもお出でなさい』って」

「爺さん解ってたのかい……」

「ええ、にっこりと歯の抜けた口開けて笑いましたよ。私でも漁師に成れるかと聞いたら『本人がその気になりさえすれば、将軍様以外だったら、何にでもなれるんじゃないかい』ですとよ」

「面白い爺さんだな」

「その時にゃ薩摩っぽの奴らも何処かへ行ってしまい、浜には私たち二人きりしかおりませんでした。いつになるか解らぬが、その時が来たら漁師の手ほどき宜しく頼むと言いましたら『よござんすよ』って……」

いつしか銀次の話し方は、侍であった昔に戻っていた。勝と共に江戸から明治への動乱期、江戸市中を戦火から守ろうと必死になっていた頃が、蘇ってきたのである。

「その頃俺は、西郷との談判の最中だ。二人で話している間も、隣の部屋には人斬り半次郎こと桐野利秋たち血の気の多い連中が、此方の様子を窺っている。いつでも飛び出してきて、この俺を切るつもりでな」

「浜での爺さんとの遣り取りとは、随分違いますね」

「ああ、しかし西郷はよく分かっていた。江戸が一度《ひとたび》戦火に覆われれば幾多の人民に災難が及ぶ事を、そして宮家より徳川家に嫁いだ静寛院宮や薩摩島津家より嫁いだ天璋院などの身の安全を思えば、むやみに江戸の町を戦火にさらすような事は出来ないとも。勿論それだけの理由ではないが、兎にも角にも、江戸無血開城が決まったわけだ」

静寛院宮とは、和宮と呼ばれた十四代将軍家茂の正室で、孝明天皇の妹。本来ならば有栖川宮熾仁《たるひと》親王と結婚するはずであったが、その婚約を破棄させられ、朝廷と徳川家との公武合体・政略の犠牲になった宮である。

しかし家茂と一緒になってからはその優しい人柄にひかれ、家茂亡き後も徳川家に残り朝廷へ徳川家存続を願い、嘆願状を出すまでになっていた。この時の官軍大総督はかつての婚約者、有栖川宮というのも皮肉な話である。

又、宮家と徳川家の間に立ち、この話を進めたのが岩倉具視であり、静寛院宮と家茂との婚儀に際し色々と奔走したのが誰あろう、西郷隆盛であった。

このように官軍中枢側にも、この二人の女性に若しもの事があれば面目が立たずという側面があり、血気にはやる将校・兵卒とは、おのずと考えが違っていたのであった。

「江戸庶民、いや日本国のために尽力なさった西郷さんがその後、朝敵との汚名を着せられたまま、お亡くなりになるとはね……」

「ああ、あの時は誰しもが、いずれ西郷が明治新政府の大将になると思っていたよ。しかし西郷の大きさに誰も気付かなかった、手前が小さければ小さくしか見えぬ、そんな男だ。坂本竜馬が西郷に会いたいから一筆書いてくれと、せがみやがってな、それならと書状を渡してやった事がある。その竜馬が薩摩から戻って来て言う事には『なるほど西郷という男は、判らぬ奴だ。少し叩けば少し響き、大きく叩けば大きく響く。もし馬鹿なら大きな馬鹿で、利口ならば大きな利口だろう』と言ったが。あの竜馬にこう言わしめたほどの男を、みすみす野に放ち、その上西南の役で殺すなんて、岩倉始め明治政府の馬鹿どもには、ほとほとあきれたよ」

「…………」

銀次の言葉に、煙を上げて燃える粗朶を見つめながら、勝が答え、無言の銀次に向かい話を続けた。

「仕方なくと言うか、渋々と言うか、西郷も薩軍の大将に担ぎ出された時は、その結末がどうゆう物か解っていたと思う」

「その馬鹿どもと、ずっと付き合って来なさった……」

「銀次、それを言ってくれるなって。好き好んで相手をしてきた訳じゃねぇよ」

汲み出しの茶を飲み干しながら、勝が答える。

勝と西郷の話し合いは翌十四日にも行われ、世界に類をみない無血による政権移譲が、粛々と行われる事となったのである。

江戸城明け渡しは四月十一日と決まり、同日、前将軍徳川慶喜は上野寛永寺大慈院を出立、謹慎すべく水戸へと向かった。付き従う総勢二百人余の中には新門辰五郎とその配下が含まれており、一行は松戸・土浦を経て、十五日に水戸へと着いた。

同年七月、駿河は清水宝台院に移る事となり、翌明治二年には謹慎が解け、静岡紺屋町に移り住み、趣味に明け暮れる生活を送る事になるのである。

これだけ幕府のために尽くしても、勝海舟は腰抜け・大逆臣、はては薩長の犬と罵られ、当の慶喜や妻子までもが不平を言う始末。そんな中にあって勝は『もし命の存するあらば、必ずわが趣旨をして貫徹せしむべきなり』と独り思いを胸に秘め、国家・旧幕臣のためにと尽力を重ねてきたのであった。

家人はいまだ戻らず、青白い煙の満ちた囲炉裏端には年老いた男が二人、燃え盛る粗朶を挟んでの昔話に興じている。

勝は茶を、銀次は酒を飲みつつ、話は尽きぬようだった。スルメの端を火箸で挟み、囲炉裏の熾きにかざしながら銀次が言った。

「ねえ勝さん、何かあった時は小海の事よろしく頼みますよ」

その言葉に驚いた勝が、立ち昇る煙ごしに銀次を見た。今までは小海の名を口にするだけで嫌な顔をしていた銀次が、この日は自ら話しだしたからである。

「どうした銀次、何かあったのか」

「いや、そうじゃねぇけど、いつお迎えが来てもおかしくねぇ歳になっちまったからよ」

いつもの話し言葉に戻った銀次が、そう答えた。

「お前もそんな事考えるようになったのか」

「ええ、こうもうろくしちまっちゃ、考えねぇ訳にはいきませんわ……」

「そうよな、お互い、いい歳になったからな」

「…………」

しばしの間があったが、勝は銀次が口を開くまで黙って言葉を待った。

炙ったスルメを指で裂き、それを噛みながら銀次がやっと口を開くまで部屋に響いていたのは、自在鉤に吊るされた鉄瓶の湯のたぎる音だけ。

「年の初めに、勝さんが体悪くなすった事ありましたね」

「ああ、丹毒っていうやつよ」

「あの直ぐ後、アタシも風邪こじらせて寝込んじまってね、その時こう思ったんですよ。もし勝の旦那があのまま逝っちまったらってね……」

「…………」

「気悪くなすったら、御免なさいよ」

「いや、そんな事ねぇよ、実際俺も、もういけねぇと思ったくらいだ」

「でね、もしそうなったら、小海の奴にどう説明したらいいんだろうって思いましてね。実は勝さんが本当の父親だったなんて、当の勝さんが死んじまった後に、そんな間抜けな事言えませんわ……」

「…………」

「生きている時になんで言ってくれなかった、実の父親と判っていて話をしたかった、何故今まで隠していたって、そう言うに決まってますさぁ。かと言って、ずっと隠し通す、そんな事出来るもんじゃありません」

俯き、燃える粗朶を見つめながらの銀次は、自分自身に言い聞かすようゆっくりと話を続ける。

「手前のつまらねぇ意地のために、小海に本当の事を話さずこのまま黙っている。そんな了見の狭い事でどうするって、そう思いましてね」

「……………」

「話したんですよ、勝さんとの事……」

「そうか……、言ってくれたのか」

「ええ、言いましたよ。今は言って良かったと、そう思っています」

「で、小海は……」

身を乗り出し、銀次の顔を覗き込み勝が問うた。

「はな、びっくりしてましたけどね。そこはあの通りのさばけた気性、よーく解ってくれましたよ」

「そうかい、そうかい……」

勝は目を細め、何度も頷きながら言った。

「案ずるより産むが易しってやつですよ。まだ子供だ子供だと思ってた小海が、酸いも甘いも味わえる、そんな年に気が付きゃなってたって事ですかね……」

「銀次、すまねぇ。否な思いさせちまって、この通りだ……」

勝はその場に居住まいを正し、両手をついて銀次に深々と頭を下げた。

「なんですよそんな真似して、勝さんやめて下さい。さあ、お手をあげなすって」

銀次が慌てて言った。

「小海の死んだ母親を含め、お前たち三人に辛い思いをさせちまって、今さらすまねぇも無いもんだと思っているよ……」

膝に手を置いた勝の話が終わると、部屋内には再びしばしの沈黙が続く。どこからか微かに聞こえるは、ウグイスの囀りか……。

「勝さん、小海のこったからその内文句の一つでも言いに行くと思いますが、そん時は相手してやって下さいよ」

「ああ、勿論だとも。張り倒したきゃ、そうするがいいさ。小海の気がすむよう、俺は黙って好きにさせるしかねぇんだ」

「なんですな……、人生っていう奴は色んな悪さをしでかすもんですね。昨日書いていた筋書きが、目の前でどんどん書き換えられてしまう。若い時ならいざ知らず、こうもうろくしちまうと、ついて行くことが出来ねぇくらいだ」

「こんな筈じゃねぇと思いながら、時が過ぎちまう。どんどんとね……」

「後戻りは。出来ませんよ」

「ああ、だから前見て、進んで来たって訳さ」

「少々疲れましたね」

「疲れたな……」

二人の老人は顔を見合わせ、にこっと笑った。それはいつか銀次の舟の上で見た、悪戯小僧のような無邪気な二人の笑顔であった。

「くどいようですが、あたしに何かあった時はくれぐれも小海の事、宜しく頼みましたよ」

「又言ってやがる、何か引っ掛かるもの言いだな銀次、えっ」

「何がですか」

「だからよ、その、何かあったらってぇのが、気に入らねぇな」

「だって、いつ何時ポックリ逝っても可笑しくねぇからですよ」

「そうよな、どっちかがいずれ先逝くんだからな。もしお前が先逝く事になったら、小海の事はこの俺に任しときな、と言いてぇ所だが、小海はもう一人前の芸者だぜ」

「以前、勝さんが言ってましたね、親にとって子供は幾つになっても子供。小海はあたしの可愛い一人娘ですからね、それの行末が心配なんですよ」

銀次は、これだけははっきり言わせて貰いますよとばかり、小海は可愛い一人娘と声を大にして言った。

「解ったよ、お前さんも人の親だね、我が子が心配だなんて。でもまだまだ体は達者だろ」

「それが、そうでもねぇんでね。もたもたしてるってぇと腹搔っ切る力も無くなって、寝たきりになっちまいますよ」

「そうなったら、小海に世話して貰いな」

「売れっ子芸者に、汚え年寄りの世話させられますかってんだ。人様に下の世話して貰うなんてぇのは、真っ平御免でさ……」

「違ぇねぇ」

「手前の最期は手前で幕、引きてぇんですよ。人様に引導渡されるよりはね」

この一言に勝の目がきらりと光り、反応した。

「どうした銀次、今日のお前、変だぜ」

「そうですかい、そりゃあきっと、小海のこと勝さんに話したからですよ。こんな話するのは、ちっとばかし悔しくもある、ってとこじゃないですかい」

銀次の真意を確かめるよう、勝が顔を覗き込み言った。

「本当にそれだけか……」

「いやですよ、そんな目で見ちゃ」

「何か馬鹿なこと、考えてやしねぇかい。ええ」

「馬鹿なことって」

「何だか知らねぇが、死のうなんて変な了見起こしたんじゃ、ねぇだろうな」

勝の言ったその言葉に、慌てて飲み干した湯呑みの酒に咽せた銀次は、苦しそうに咳き込みながら答えた。

「とんでもねぇ、何言ってるんですよ。あいつが角隠し付けた姿見るまでは、そんな馬鹿な真似できますかい」

そんな銀次の顔を、勝はなお探るような目で見つめていた。

暫くして顔見知りの溝口が籠を下げて、戻って来た。囲炉裏端で背を向けている銀次に気付いた溝口が、つんつるてんの小倉の袴の膝裏を両手で強く払い、その場に正座をして言った。

「銀次さん、ご無沙汰しております」

その声に振り向き、此方に向かい板の間に両手をついて挨拶をしている溝口に気付いた銀次が、笑顔で言った。

「よっ、溝口さん、ご無沙汰。高輪から爺さんのお守りについて来なすったかい」

「はい……、いや、勝先生の身の回りのお世話は、アタシのお役目。お守りではありません」

一旦「はい……」と言った言葉を直ぐに打ち消し、ばつの悪そうな笑顔の溝口が、答えた。

「相変わらずだな銀次は、いつもそうやって溝口を見るとからかうんだな……」

勝が銀次・溝口双方に笑顔を向け、楽しそうに言った。

その後家人も戻り、此処洗足軒に二人の老人以外の話し声も響いてきた。気がつくと池に反射した夕日が障子を照らす時刻となり、銀次が暇乞いをすると、

「まあ良いじゃねぇかい、ゆっくりしていきな。酒も薪もたっぷりあるから、もうちょい遊んでったらどうだい」

そう勝に引き止められるまま、銀次は洗足軒に泊まる事となったのである。赤々と粗朶の燃える囲炉裏端での尽きぬ話が、夜遅くまで続いたのは言うまでもなかった。

黄泉の国は大海原

翌朝早く勝や家人に見送られた銀次は、洗足軒を後に丸子へと向かった。

洗足池からの長い上り坂の中ほどで立ち止まり振り返ると、街道まで見送りに出てくれた勝たちが手を振っている。銀次は彼らに深々と頭を下げると、二度と後を振り返らず丸子へと歩き出した。

空は雲一つ無い日本晴れ、夜中に一雨降ったのだろうか、青々と茂る木々の新緑に滴が光っている。昨晩の勝との話を思い出してでもいるのか、銀次は幾分俯きながら中原街道を歩き続けた。そんな銀次の首筋に、ポタリと大きな滴が落ちてきた。

「うっ、冷てぇな……とに」

と、見上げた所は、木立ちに覆われた薄暗い切通しの桜坂。青い空を背景に、滴に光る葉桜が五月の風に揺れている。

長い桜坂を下り多摩川の川原に出たところで、銀次の目に飛び込んできたのが白い雪を頭に頂いた富士の山。

「ん……ん」

と大きくうなり声を上げた銀次は、その場に立ち尽くししばしその雄姿に見入ってしまった。神々しいまでのその姿に、言葉も無いといったところか。

川原から漕ぎ出たばかりの渡し舟、その舟上の人たちも目指す対岸右手に見える富士を指差しながら、しきりに何か言っていた。

誰もいない渡船場に着いた銀次は、のめりと紺足袋を脱ぐと下駄は船底に投げ入れ、足袋は着物の懐に押し込み舟の舫を解いた。素足になり舟に乗り込むと、桟橋を棹で一突きし多摩川を下り始める。櫓を漕ぐでもなくたまに棹で舳先の向きを変えるだけ、ゆったりとした川の流に舟を任せ河口へと進んで行く。

その間、艫に立った銀次は幾度と無く右岸後方、芦原の間に見え隠れする、富士の姿に見入るのである。

銀次を乗せた舟が矢口の渡しに近づいた時だった、渡し船が舫ってある桟橋の長い杭に何かが結びつけられているのに気が付いた。目を凝らしそれが何かと確認すると、二、三本の筍が荒縄に括られているではないか。

其処で銀次は、昨日籠屋の弟・渡し守の鶴吉が土産に筍を持って行けと言った言葉を、思い出した。人影の見えぬ桟橋に舟を漕ぎ寄せた銀次は、杭を摑んだまま大声で叫んだ。

「お……い、鶴さんよ。居るかい」

静かな川面に銀次の声が響くだけ、小屋の方にも人の気配はしなかった。

「お……い、いねぇのかぃ」

再びの銀次の声に、答える者は居ない。

「鶴さんよ、有り難く頂いていくよ……」

一声断ると、杭に結ばれた筍を銀次は解き取った。

「じゃあ、行くからね……」

念のためにともう一声かけ、舟を川の中ほどまで棹で押しやると再び下り始める。手にした筍の束は帆柱に結び付け、小さくなって行く矢口の渡し場を振り返った。


六郷の鉄橋を潜り抜け多摩川河口の羽田に出た銀次は、艫に引き上げておいた舵を船尾から水中におろし、それを面《おも》いっぱいに切り舳先を南へと向けた。高輪とは逆方向、このまま漁にでも出るつもりだろうか。

着物の裾を端折りそれを帯に挟んだ銀次は、帆柱に取り付けられた滑車の音を軋ませながら、畳まれていた帆をいっきに引き揚げた。

「さあ、いくぞ、一世一代の舟出だぜ。南無金毘羅大権現、オンクビラヤソワカ」

大声で真言を唱え帆柱に向かい二礼・二拍手すると、それが合図のように海を渡る冷たい風を帆に受けた小さな漁師舟が、ゆっくりと向きをかえ走り出す。

右手に陸《おか》を望みながら次第に速度を速める舟の艫に立った銀次は、棹を支えに微動だにせず前方を見据えたまま。羽織った色褪せた半纏の裾が、ハタハタと風にはためいている。

右舷に見えていた陸が次第に遠のき、東京湾の中央辺りまで進んで来ると、五月とは思えぬ冷たい北からの風が一段と強まり、舟足をさらに速めるのであった。白い鷗の舞う海に真一文字に航跡を残して進み行く銀次の舟は、何処へ向かって行くのだろう。

大森から羽田沖にかけてが銀次の漁場、たまに川崎のお大師様の先、鶴見辺りまで行く事もあるがそれも年に数えるほど。水深が深い湾の中央では漁は出来ぬはず、それともそろそろこの時期、湾内に紛れ込む上り鰹でも釣ろうというつもりなのか。

千切れんばかりに張りきった帆を心配しながらの帆走、銀次自身こんな速さで舟を走らせたのは漁師になって初めてだった。

右岸の陸が遥か遠くに去った頃、今度は左舷に陸が近づいてくる。細く突き出た半島は富津《ふっつ》の州か、舟がその脇をかすめるように突き進むと、右舷前方に観音崎が見えてきた。

艫に立ち続けていた銀次は、ここまで来てやっと腰をおろした。長い間揺れる舟上に立ち続けたにもかかわらず、銀次には疲れの影も見えぬ。

腰に差した煙草入れから愛用の煙管を取り出し、雁首にキザミを詰める。強い向かい風から炎を守るよう背中を盾にし、器用に燐寸を点け旨そうにそれを燻らした。

順風を受ける舟は尚も帆走を続け、東京湾から外海へと進んで行く。今までで一番の遠出は観音崎、それより先へは行った事の無い銀次ではあったが、この日は目的地が定まっているのか、船首を見つめ波に舟を立てながらただひたすらに走らせる。

観音崎を過ぎた所で気持ち面舵を切り、浦賀水道の中央を通って広い海原へと帆走を続ける。

強い風で吹き飛ばされたか、雲一つ無い空は何処までも青く、それを映した海も又青かった。左岸の房総鋸山を通り越し、右手の城ヶ島を眺めながら進む小舟の遥か遠く、海の色が群青から藍に変わり始めた辺りに白い三角波が見えてきた。

「おいおい、兎が跳ねてるぜ……」

黙りこくっていた銀次が、大きく呟く。強い風のため波頭が砕け白い飛沫となって空中に舞う様が、兎が跳ねるが如く見える事から、漁師たちはこう呼ぶのである。舵を縄でしっかり固定し舟の行き先は風に任せた銀次は、腕組みをし艫に腰を下ろしたままだ。

勝と別れ洗足軒を後にしてから半日、銀次はやっと竹筒の水で喉を湿らす。いつも舟につんである長い竹筒は去年の秋に新調した物、まだ竹の香りのする水筒からゴクリと音をさせ一口水を飲み干した。

舟底には淦《あか》が溜まり磨り減ったスノコの下で左右に揺れている、銀次は淦汲み用の桝で海水を掬い出し始めた。

舟上はいつもの通り整頓されており、帆柱の下には穴子漁に使う竹筒や桶などが積まれ、それらが崩れぬよう、その上には刺し網と苫が掛けられている。

銀次が座っている木箱には、釣りに使うテグスや釣り針などの道具類が入れてある。棹、手かぎ、ヤスなど長い物は右舷脇板に取り付けられたコの字形の金具に掛けられ、船底に転がり出ぬようになっている。

明治になると西洋帆船の技術が導入され、特に帆に改良が加えられた結果、船の帆走能力が飛躍的に改善された。それまでの和船は順風に頼っての帆走が主であり、風上に向かっての帆走などは出来なかったと言って良い。

それが帆桁の帆柱への吊り位置を中心より片側にずらす事と、下帆桁の片方を帆柱に固定する事によりヨットの三角帆に近い帆走性が得られ、角度は浅いものの風上へ向かって帆走できるようになったのである。

銀次は西洋の帆走術とその帆船の構造を勝から聞いており、高輪の漁師、否、江戸前漁師の中でいち早く帆に改良を加えたのであった。帆だけで無く舵も同様に改良し、和船の帆走時の横滑りを防ぐため、大きな形に変えたのである。

この舵は取り外しが可能になっており、櫓での走行時には舟上に引き上げ、水の抵抗を軽減させる事が出来る。

勝は幕府の軍艦奉行を務めた男、咸臨丸で亜米利加へ渡る太平洋横断の航海も経験しており、帆走の知識は豊富であった。銀次に話して聞かせた時は持ち前の法螺好き、冗談好きも手伝って、きっと大げさに言ったことであろう。

舵を流舵《ながしかじ》に固定した銀次の舟は順風を帆一杯に受け、白い飛沫飛び散る方角へと、真一文字に突き進んで行くのであった。

やがて舟は、強い風に砕け散る三角波をまともに受ける形になる。空は碧々と澄み渡ってはいるが、絶えず降りかかる波飛沫で小さな舟体は水浸し、銀次の体にも容赦なく砕け散った波の欠片が襲い掛かった。

そんな事は意に介さぬのか、何かに衝かれたかの如くひたすら舟を走らせる銀次。体は波滴を受けて濡れているが、その目は穏やかであり、笑みを浮かべているかと見紛うほどだ。

左舷に見えていた房総半島が次第に遠ざかり、今銀次は海又海の中。日は西に傾き、空が茜に染まり始めると明るかった東の空は藍色に変わり、一番星が輝き出す。

この日銀次が口にしたものは竹筒に入れた水だけ、それも二口、三口と口を湿らす程度だったが、ひもじさも、喉の渇きも感じなかった。

天空は次第に暗くなり、西の水平線に微かに残った赤紫の残照が海へと溶けて消えて行く。北からの風が幾分か弱まり、舟を取り囲んでいた三角波が姿を消した頃だった、座っていた銀次が立ち上がり大きく伸びをしながら言った。

「ああ……あ、随分と遠くへ来ちまったもんだ」

艫に立ち、天を仰いだ銀次の目には幾千とまたたく満天の星が映る。その刹那、銀次の脳裏にある光景が浮かんだ、それは高輪の浜で小海と一緒に見上げた天の川。

白地に赤いサクランボの小紋柄、肩上げをした浴衣姿の幼い小海の手を取り、寄せては返す波の音を聞きながら流星が出るまでと、いつまでも見上げていた夏の夜の星空。

まだ小さかった小海の手の温もりが、銀次の手によみがえってきた。忘れていた遠い昔の光景が、つい昨日の出来事のように思い出される。

これをきっかけに銀次の体全体に小海との思い出が、次から次へと浮かんでは消えて行くのであった。

白金清正公様五月の大祭で買った、艶やかな緑色した菖蒲の葉。雨に降られた芝神明だらだら祭り、師走の高輪泉岳寺・義士祭の時に香っていた線香の香りなどが、星空を見上げる銀次の五感に溢れ出てきたのである。

いつしか風も弱まり舟足の落ちた小舟が一艘、星降る夜の海を帆走し続けている。

銀次は再び艫に腰を下ろし舵棒に寄りかかった。朝からの疲れが出たのであろうか、静かに瞼を閉じた銀次に幼い小海が微笑みかける。

それは七五三の時の光景だった。銀次が男だてらに彼方此方の呉服屋を見て回り、探し求めた黄色地・紅型の振袖に黒地・宝袋の帯。それを立て矢に結び朱色の抱え帯や、赤い鹿の子の帯揚げもよく似合った小海が立っているのは神社の社前。手にした千歳飴の袋の底が、社前に敷かれた玉砂利に付いている。

紅を差した可愛い唇が何か言っている、『父ちゃん、ポックリだと歩きにくいよ……』銀次の閉じられた瞼から、流星のような一滴の涙が頬をつたい流れ落ちた。

もう一度会ってからに、もっと話をしてからにすればと思うのは未練なのか、そうした所で銀次の考えが変わる訳でもなし。

自分の老いを感じ始めた頃から、銀次は今している事を考えていた。人様に世話をかけてはならねぇとたとえ思った所で人独り、だれの世話にもならずに生きていく事は出来ぬもの。自分の知らない所で誰かに世話を焼かせてしまうのが、人生っていうものだ。

昔から人の世話は焼いても、そうされるのが人一倍嫌いだった銀次は、泉岳寺の寺男栄吉や、向かいのやすの死を目の当たりにしてからは、なお一層この思いが強くなったのである。

『すまないね、こんな事までしてもらって、勘弁しておくれよ……』と、下の世話をする紗江に、布団の中からやせ細った両手を合わせ、涙ぐむ死んだやすの声が耳に残っている。

あんなに気丈だったやすの最期が、哀れであった。これが老い、頭では解っていても、銀次にはやすの姿を、己のそれに置き換える事は出来なかった。

甲斐甲斐しく介護をする紗江も、同じく哀れに思えた。幼い功を抱え生きていくのがやっとの紗江、そんな立場に置かれながらも同じ長屋の住人だからと、肉親でもない老女の世話をする。

もし自分がやすのように寝たきりになったとしたら、誰かに面倒を看てもらわねばならない事が、銀次には耐えられぬのだ。

それならばいっそのこと己の体が動くうちは、自分の意志で三途の川を渡ろうと思ったのである。寝たきりになり、人様に世話をかけちゃなんねぇ、なおの事、可愛い小海にいらぬ苦労をさせる訳にはいかねぇと。

小海には小さい頃から言い聞かせていたことがあった、それは『板子一枚下は地獄、漁師はいつ何時海で死ぬかもしれねぇ、そん時は、これが漁師の子の定めだと諦めろ』と……。

手前の始末は手前でつける、漁師銀次の死に場所は、蒼くて広い海の上と決めていた。長年苦楽を共にしたこの漁師舟が、おいらの棺桶とも。

己の亡骸が魚の餌になるのなら漁師としては本望だと、満天の星の下、銀次を乗せた小舟は死に場所を求めて、大海原を帆走し続けるのであった。


どれほど走っただろうか。細い三日月が星空をほんの少し照らしだした頃、舟の右舷に大きな島影が現れてきた。陸が見えた安堵感からか銀次は舵を面に切り、舳先を無意識に其方へ向けようとした。

「何考えてんだよ、馬鹿野郎が」

己の心の動揺が許せなく、わざと大きな声を上げそんな思いを打ち消した。

中ほどに山がそびえるこの島が、いつか勝が言っていた大島だろうと銀次は思った。満天の星の光を反射した海原に、黒々と浮かぶ大きな島影、人家の火は見えぬが、其処に人々の暮らしが有るのは確かな事。思わず銀次が其方に舵を切ろうとしたのは、その温もりに惹かれたせいなのか。

風は途切れる事なく吹き、白く張られた帆一杯に推進力を与え、銀次を乗せた漁師舟を黄泉の国へと運んで行く。

帆柱に括り付けられた筍の束が揺れている、死出の旅路に発つ銀次、筍など貰ってもしょうもない事。しかし銀次は渡し守の鶴吉の思いやりが有り難かった、その人を思いやる優しい心を桟橋の杭に吊るしたまま、置いて行く事が忍びなかったのである。

星光の射す舟上で、揺れる筍に目をやりながらも、銀次の脳裏には他の光景が映っていた。愛しい人の顔又顔が浮かんでは消えて行く、紗江・功・死んだやすにきみと染福、そして幼い頃の小海の顔。銀次が遥か遠い海の上、独りこうして舟を走らせている今この時、小海はどんな夢を見ていることやら。

「ちぇっ、又小海の事考えてら……」

小さく銀次が呟いた。

舟は夜通し走り続け、銀次はまんじりともせず舳先越しに前方の海面を見続けていた。右手に見えていた島影はいつしか遥か後方に去り、顔に当たる海風が暖かく感じられてきた頃、左舷前方の空が微かに赤味を帯びてきた。

海と交わる辺りの空の色が赤紫から暗い赤、そして山吹色に変わり始め、それが次第に濃くなると、長い一筋の光を天空に放ちながら太陽が顔を出した。

一筋だったその光が、海面から放射状に立ち昇る金色の扇に変わると、東の空が瞬く間に明るくなり、又新しい一日が始まった。

長い間座り続けていた銀次がゆっくりと立ち上がり、一呼吸置いてから大きく伸びをする。そして、今まさに水平線から昇りつつある太陽に向かい、節くれた両の手を合わせた。

頭を垂れ祈り続けるその体を、黄金色の光が包み込む。半纏をはおった銀次は何を祈っているのだろう、娘小海の幸せか、それとも立派に死ぬ事をか……。


茜色の太陽が見る見るとその姿を水平線上に現すと、東だけでなく全天の空が青々と輝きだした。心地よい潮風が、まぶしそうに朝日を見つめる銀次の頬をなぶって行く。

舟足は幾分遅くなったが、舟はこの間も風にまかせて帆走を続ける。海を照らす日の光が昨日のそれより強く明るくなっており、海の色は銀次が今まで見た事の無い深く明るい紺碧《こんぺき》に変わっていた。

右舷遥か彼方に蒼い島影が見えだした時だった、この日初めて銀次は水の入った竹筒を手にし喉を潤す。それもほんの湿らす程度、長年の癖で舟上では知らず知らずのうちに水を大切にしていたのである。

昨日洗足軒で勝と朝食を共にしてから何も口にしてはいなかったが、ひもじさは感じなかった。勝との囲炉裏を挟んでの会話が、幾日も前の出来事のように思われる。

水を飲み終え竹筒に開けられた飲み口に木っ端を削って作った栓を押し込み、それを脇に置こうとした時だった。海面から何かが飛び出し、銀次の視線を横切って行く。青味がかった銀色の魚体が海面すれすれを滑空し、海中へとその姿を消した。

「良い形してやがったな……」

銀次が擦れた声で一言呟く。白銀の腹を見せ海に飛び込んでいったのは、飛魚だった。今銀次が舟を操るこの場所は伊豆七島、御蔵島《みくらじま》と八丈島の間辺りか。

飛魚は次から次と海面から飛び出しては、銀次の舟を追い抜き海へと消えて行く。短い距離で十間ってところ、長いのになると百間以上海面高く空中を飛翔するものもいる、飛魚といわれる由縁は、此処にある。

しばし飛魚の飛行に見とれていると、それらが飛び込んでいった海中に、灰色をした大きな魚が何匹も舟と並走しているのに気付いた。飛魚を追っていたのであろうか、海豚《いるか》の群が銀次の乗る舟に追いつき、今は舟底すれすれを戯れるが如く泳いでいるのである。

体長七、八尺ほどの海豚が、右へ左へと舳先の直ぐ前を先導する。こんな事が十分も続いただろうか、そのうち海豚たちの姿は見えなくなり、銀次の乗る舟だけが大海原に取り残された。

飛魚の姿を認めてからの銀次の海を見る目は、漁師のそれへと変わっていった。濃い魚影を見るうち、漁師としての本能がむくむくと沸き起こってきたのであろう、自分が今何処に向かい、何をしようとしているのかさえ忘れてしまったようである。

何処までも青かった空に一切れ二切れの雲が現れだしたが、風は相変わらず北からの順風、正面から射していた日の光が、右舷寄りになりだしたように感じられる。時間の経過のせいだけでは無く強い潮の流れに、舟体が東へ東へと押し流され進路を徐々に変え始めたのだ。

艫に腰を下ろしていた銀次が沖に目をこらしたかと思うとやにわに立ち上がり、帆柱に歩み寄りそれに右手を添えて、遙か先の海域を注視した。

南の海より北上してきた黒潮が、銀次の行く手を右から左へと流れて行く、その潮目辺りで海鳥が群れ飛び交い、しきりに何かを捕っているのに気付いたからである。

カツオドリかミズナギドリの群がイワシでも捕っているのだろう、その辺りの海面は白く泡立ち盛り上がって見えた。あの鳥山の下には上り鰹の群がいる、その鰹の群に追われたイワシなどの小魚を海鳥が狙っているのである。

「鳥山だ」

それを目にした途端、銀次は大きな声で呟いた。

銀次は座っていた道具箱の蓋を開け中から木枠の糸巻きを取り出すと、巻かれたテグスに付けられた釣り針に、小さな平ヤスリをかけ始める。

「仕方ねぇよな、これしかねぇんだからよ……」

独り言を言いながら針先を研ぎ終わると鋭くなったそれを親指の爪にたて、針先の研ぎ具合を確かめた。海鳥の群れを眼にした銀次が、いきなり鰹漁の準備を始めたのである。

こんなにも凄い鳥山は東京湾の中ではお目にかかった事が無い、それを目にした事で江戸前漁師の血が騒いだのである。

釣り針の先は直ぐに鋭くなったが、擬餌にする物が見つからぬ、当たり前だ、死への旅路の途中で漁をしようなどとは誰も思わない。しかし、今の銀次は鰹を釣る事で頭が一杯、有り合わせの物で擬餌針《ばり》を作ろうと考えを巡らしていた。

道具箱をがさがさ漁り、銀次が指先で摘んだ物は鉛の重り。それを手にしたましばし辺りに目をやると、視線の先にあった物は刺し網に取り付けられた木っ端で出来た浮子。

素早く舟枠に差し込んだ出刃を引き抜くと、目にした浮子に近づき、刺し網に結び付けられた浮子の細縄を出刃で切り取った。その浮子を木目に沿って一寸ほどの巾に断ち割り、テグス先端の釣り針の上に細紐で結び付け、その下に鉛の重りもつけた。

白い物は何か無いかと道具箱の中を探したが、何も出て来なかった。こうなったら今締めてる褌を割いてでもと思った矢先、帆柱に括り付けられた紐の先で揺れ動いている筍が目に入った。

銀次は素早く帆柱の筍を手に取ると何枚か皮を毟り取った。茶色の皮の下から鶸色《ひわいろ》がかった白い肌が現れるのと同時に、青臭い筍の香りが舟上に漂う。何枚かの皮を指先でつまみ硬さを確かめると、その中から一枚を選び出して船べりに置き出刃包丁で三寸ほどの巾に切った。

それを手で数回揉んで軟らかくすると、裏の白い面が表になるよう釣り針上の浮子に巻き、細いテグスでしっかりと結び付けた。

出来上がった物を見つめた銀次は、巻かれた皮を節くれた太い指先で細かく裂き、房状にして浮き子と釣り針が隠れるようにした。

「これで良しと。細工は流々、仕上げを御覧じろとね……」

作ったばかりの擬餌針を手の平の上で撥ね上げ、重さを確かめながらニンマリと微笑んだ。

それが終わると銀次は固定してあった舵の縄を解き、舳先を鳥山に向け舟を進ませる。

鳥山の前に舟を進め、やがて後からやって来るであろう鰹の群の真っ只中に、舟を乗り入れようとしているのだ。

今笑った笑顔が、次第に曇り始めるまでにはさして時間はかからなかった。取り舵を切ると帆に受ける風が少なくなり、舟足がガタンと落ちたからである。

なるたけ早く鳥山の先に回り込もうにも、舟が進まない事にはどうしようもない。あせる銀次は帆の角度を調整しながら風を読むのに苦心惨憺するが、思うように距離を稼げずイライラが募るばかり。そんな銀次の目の前を、鳥山が遙か先へと飛び去って行く。

「きしょう、あの下に鰹の野郎がいるってぇのにな……。なんてこったい」

そう言いながらも、折角造った仕掛けを使わずにおくのもしゃくに障る。物は試しだとばかり筍の皮でこさえた擬似餌を海に流し、過ぎ去って行く鳥山の後を追うのである。

やっとの思いで潮の流れに乗る事が出来た時、鳥山は遥か彼方に去ってしまってはいたが、銀次は諦めずその方角へと舟を走らせた。

船尾から流す仕掛けは、船の十五、六間ほど後からついてくる。先を行く大きな鰹の群に遅れ、小さな群が後を追うことがある、銀次はその群に遭遇する事を祈りながら、帆走したのであった。

帆桁の端に結ばれた小さな滑車から伸びる縄を左手で操作しながら、右手で舵を操る。慌ただしく体を動かす銀次の目は舳先を通して前方を見るかと思えば、舟から流す擬餌針の方にも気を配った。白く乱舞していた鳥山は遠くへ去ってしまったが、銀次は黒潮に乗って鰹を追いつづけた。

「おい、おい、折角擬餌作ったのに坊主かよ……」

漁師や釣り人の符丁で獲物が捕れない事を、坊主と呼ぶ。独りブツブツと愚痴を言う銀次が諦めかけたその時だった。舵棒を右脇の下に抱え、空いた手に握ったテグスに強い衝撃がはしった。

「よしっ、きやがったな」

の言葉と同時に、銀次はすっくと艫に立ち上がり、流した擬餌針を見た。

ピンと張ったテグスの先に形の良い鰹がかかっている、銀次は針が外れぬよう慎重に糸を手繰り、鰹を引き寄せ始めた。

湾内での穴子漁や刺し網での漁に釣針は要らぬ、根付きや底ものを狙う一本釣りなど滅多にしない銀次には、鰹漁に適した釣針の持ち合わせなど無いのである。

鰹の口にかかっているであろう釣針は、鰹を釣るには小さいし何より返しが浅い。何度も針先を研ぎ直し、大事に使った結果そうなってしまったのだった。

職人は自分の使う道具を大切にする。大工の鑿《のみ》にしろ板前の包丁にしろ、これ以上砥ぐ事が出来ないと言うほど、刃をちびるまで使いに使い込む。良い物をとことん使ってこそ道具も浮かばれると言うところか、銀次の釣針も同じ事なのである。

その針にかかった流線形の魚体が海面を滑り、白い水しぶきを上げながら次第に手繰り寄せられてくる。

「さてと、どうしたもんかな、テグスの野郎がもってくれるか……」

大きな声の独り言を言う銀次は鰹を釣り上げる前に、細いテグスが切れはしないかと心配をしたのである。鰹をたぐり寄せる銀次は、釣り糸をたるませないように気をつけながら中腰になると、脇板に掛けてある手鉤を手にした。

身を傷つけぬよう一気に引き上げる途中で、魚をばらしたら元も子もない。売り物にするわけではないので確実に取り込む手段として、手鉤を使うことにしたのである。

青黒く光る背に黄味がかった銀色に輝く腹、まるまると太った形の良い鰹の口には筍の皮で作った擬似餌がしっかり食い込んでいる。鰹を船尾までたぐり寄せた銀次は握った手鉤をその背に素早く打ち込み、引き上げた。

ブルブルと大きく身を震わせ激しく動く鰹の尾鰭を持つと、鰹を船底にたたきつけおとなしくさせた。

「五、六斤てとこか、セコイ仕掛けでこんだけのが釣れれば御の字だ……」

鰹の口から釣り針を外しながら、銀次が独りごと。擬餌にした筍の皮がもう一度位は使えそうだと思った銀次は、擬餌針を再び海中に放り投げる。

「……、アッハッハッハッ。アッハッハッハッハッ……」

一瞬体の動きが止まり、一呼吸間を置いたかと思うと、銀次が突然大声をはりあげ笑い出した。

「アッハッハッハッ……、これから三途の川渡ろうという奴が、ハッハッハッ……。鰹釣りに熱くなって、どうする……」

死出の旅路の途中だと言うのに、鰹の流し釣りに思わず熱くなってしまった己自身の呑気さに、広い空に向かって大きな声で独りごとを言いながら、高らかに笑い声を放ったのだ。

小舟の艫に立ち独り笑い続ける銀次、その腹の底から湧き出る大きな笑い声は、蒼い大海原に響き渡って行くのであった。

ひとしきり笑った銀次は、船枠と脇板の隙間に差し込んである錆びた出刃包丁を手にし、刺し網の重しに使う石を砥石代わりに、その刃を研ぐことにした。石の中からなめらかで平らな物を選び、それに手の平ですくった海水をかけ、使い込まれて短くなった出刃包丁の刃をあてがい、素早く研いだ。

親指の腹で刃先の研ぎ具合を確かめてから、船縁に鰹を載せで手早く三枚に下ろす、中落ちは海に投げ入れ、片身を適当な大きさに切ると、それを一つまみし海水に浸して口に入れた。

「初鰹だぜ……」

下ろしたばかりの鰹は身が固く味も出ていないが、その新鮮な半身を銀次は切り身にしてたちまちの内に食べてしまい、残りの半身は海へと返した。

腹がくちくなったせいか、此処二日間の疲れのせいか、腰を下ろした銀次はぐったりと舟縁に寄りかかり、うつらうつらし始める。時折目を開けるがそれはじきに閉じられ、今度は深い眠りに入って行った。

いつしか黒潮の流れから離れ、再び強くなってきた北よりの風に吹かれた舟は、南に進路を変え始めた。陸地は見えず、見回せば海又海の広い太平洋の真っ只中、銀次を乗せた小舟が帆走し続けるのであった。


頬を打つ冷たい滴に、銀次は目を覚ました。あんなに蒼かった空は灰色の雲に被い尽くされ、その厚い雲の彼方から大粒の雨が降ってくる。

舟縁に横になった体は雨水でぐっしょりと濡れており、雨に打たれるのにも気付かず、ぐっすりと眠り込んでいたのだ。

焦点が定まらぬ銀次の目は、海から舟縁そして帆へと移動して行くが、瞼に映る画像に心が反応していない。自分が今何処にいるのか、しばしの間解らなかったのである。

雨が降りそそぎ強い風が吹き付ける海の上、大きなうねりに激しく揺れながら小さな漁師舟は帆走を続けている。

「時化だ……」

我に返った銀次が立ち上がって見上げた空の彼方から、大きな真っ黒い塊が此方に向かって迫り来る。春の嵐と呼ばれる激しい風雨が、洋上に漂う銀次の舟を襲い始めているのであった。うねりと三角波に被いつくされた黒い海を、小舟が走り続ける。暴れ馬が荒野を駆けるが如く、銀次を乗せた漁師舟が南を目指し帆走する。

「こりゃ大嵐になるぞ……」

強風をはらみ、今にも千切れそうな帆を急いで降ろした銀次は、舟全体を見回した。そして舟底に溜まった淦《あか》を升で汲み出しながら、次に何をすべきかを考えた。

帆を降ろした舟は推進力を失い、木の葉のように波間に揺れている。風も雨も次第に強くなってきたが何よりも恐ろしいのは波、その波が見る見ると大きくなり銀次の小舟を取り囲んでいる。

横波を喰らい舟が転覆せぬよう舵をまず竪舵《タテ》にする、船尾より海中に斜めに差し入れられていた舵を竪《タテ》に直し、波の力で動かぬよう舵床にしっかりと結び付けたのである。

ヨットのようにセンターボードの無い和舟では、それに代わる物として、広い面を持つ舵を海面下に差し入れる事により波による横流れや、舟体のローリングを緩和するのだが、効果はヨットの比ではない。

海上で漂うよりは、少しでも進んだ方が舟は安定する、迫り来る波に向かって舳先を立てるよう銀次は櫓を操り、必死に漕いだ。

一つ波をやり過ごすと、直ぐに次の波が押し寄せて来る。波に向かい櫓を漕ぎながら銀次の目は、次に向かって来るであろう波をも視野に入れ、先々を読んでいるのであった。

必死に櫓を漕ぎ続ける銀次の目の前にあった苫が、強風に煽られ天空に舞い上がり、後には刺し網を掛けられた穴子の筒が、舟底に溜まった淦と共に右左に揺れている。それと共に、重ねてあった桶や魚籠なども互いにぶつかり合いながら激しく動いていた。

「そうだ……」

何か思いついたのか大きな声をあげた銀次は、手にした櫓を海面から引き上げると、大きな手桶の元へとにじり寄った。竹のタガが巻かれた使い古しの手桶の柄に、舫用の縄を手早く結び片方を舳先にも結んでから、荒れる海にそれを投げ入れる。

海面に手桶が浮いていたのはほんの僅かな間、傾いた手桶に海水が入ると忽ち海中に没し、舳先から伸びた長さ五間ほどの縄がぴんと張った。

波間に沈んだ手桶はその適度な浮力のため、完全には沈まず海中に浮揚する形になり、それと水との抵抗が舟と手桶との間に微妙なバランスを取ることになったのである。

海錨、もしくはシーアンカーと呼ばれる帆船の荒天時での錨の一種で、水の抵抗を利用し、それに繋がれた舟の舳先を波に立てるための道具が有る。銀次はとっさの判断で、これを手桶で代用する事を思いつき、瞬時に実行したのであった。

艫に戻った銀次は再び櫓を下ろし、波に向かって格闘し始めた。波に対し舳先を正対させず少し斜めにしたほうが波を乗り越える力が少なくて済む、舳先の波への進入角度を少し付ける事により、波頭にぶち当たる衝撃が緩和されるのだ。その波へ乗り入れる進入角度も、何度も繰り返すうちに解ってきた。

海中の手桶を支点に、銀次の乗った小舟は波に舳先を向けるようにはなったが、まだまだ安定したものではなかった。

波の大きさや迫り来る方向により、舟底の下に手桶が潜り込みそうになったり、縄がたるんだりと気が抜けぬ状態が続いた。手桶が小さすぎるのか、それとも荒れ狂う波が大きすぎるのか、海錨の利きが悪かった。

「利きが、いまいちあまいな……」

櫓を操りながら溜まった淦を汲み出していた銀次はそう呟くと、再び櫓を引き上げ、脇板に差し込んでいた出刃を手にし舳先ににじりよった。

穴子漁に使う竹筒の細紐を幹縄から全て切り落とし、二十本ほどの筒を一まとめにするとそれを刺し網で包んだ。刺し網の浮子が筒の口側に、石の沈子が筒底になるようしっかりと束ねる。

激しく揺れる舟上で、銀次は手早くその作業をした。穴子の竹筒を海に沈める時は餌になる小魚と共に重石を入れる、節を抜いてあるとはいえ真新しい竹に浮力が有るからだ。

その重石の代わりに刺し網の沈子を利用し、束ねられた竹筒に長い幹縄を結び海に投げ入れ、手桶よりも遠い位置に沈むよう二個目の海錨とするためだ。

うねる波間に沈んだ二つの海錨から舳先へと伸びる二本の綱がぴんと張り、舟の向きを波に立ててくれる。これで横波を喰らっての転覆は幾分か避けられそう。波・風・雨は衰える事なく荒れ狂い、銀次が今まで経験した事のない大嵐だ。

青黒く不気味な色のうねりの上を、白く泡立つ波がものすごい速度で滑り落ち、波頭から搾り出された白い泡はたちどころに強風に舞い上げられ、千切れ飛ぶ。

大粒の雨と逆巻く波の飛沫を浴びた銀次の体はずぶ濡れ、目を開け、息もまともに出来ぬほどの強い横殴りの風雨の中、海水を汲み出し、櫓を漕ぎ大波に向かって舟を立てる。次々と襲って来る波また波に、銀次は懸命に闘った。

余りの強風のため魚籠などの軽い物はとうに何処かへ吹き飛ばされ、桶や畳んだ帆が舟底を転げまわっている。人ひとりの力で、次々に襲い来る波にいつまでも立ち向かう事など出来るものではない。

銀次の櫓を握る手から、ポタポタと赤い血が滴りだした。長年艪を握りタコで硬くなった手の平の皮が、激しく櫓を漕ぐうちにベロリと剝け、血にまみれているのであった。

痛さなど感じない、この舟を高波から守るため銀次は必死の形相で死力を尽くしている。灰色の雲に黒い海と白い波、水墨画の中に居るような不思議な光景の中、この波との闘いが永遠に続くのかと思えた時だった。

「来やがった……」

櫓を握ったままの銀次が前方を睨み付け、呟いた。その視線の先には息を呑むほどとてつもなく大きな波が、此方へ迫り来るところであった。

怒濤逆巻く海の遥か先、幾層にも重なった波の向こうから、芝増上寺・山門の倍以上と思われる大波が、銀次の舟に襲い掛かって来たのである。なるたけ舳先への衝撃が少ない角度で舟をその波に乗り入れようと、銀次は波を見据えたまま櫓を操り、その時を静かに待った。

ゴーゴーとうなる風音に交じってザワザワザワッーと、波の上を転がる泡の音が銀次の耳にはっきりと聞こえだしたのと同時に、海面がゆっくりとせり上がり始める。

小舟が空へ向かってグングンと押し上げられていくにしたがい、今まで周りを取り囲んでいた波が眼下へと沈んで行く。ほんの一瞬だが銀次は下を見回しこう思った。『愛宕山の上に居るようだ』と……。

空を飛んでいるような錯覚に陥るほど銀次の乗った小舟は、海上高く持ち上げられ、遥か遠くの海原にまで敷き詰められた、黒と白との幾千の波を、目の当たりにする事が出来た。

「まだまだ、もうちょいだ……」

波頭をじっと見つめながら櫓を手にした銀次は、時を見計らっている。舟に覆いかぶさる波頭に押しつぶされ、海底に巻き込まれる前にこの大波を漕ぎ切ってしまおうというのである。

舳先を天に向けたままの小舟が大波の頂上近くへ来た時、銀次は渾身の力を振り絞って櫓を漕いだ。舟は波頭の頂上近くに止まったまま波と同じ方角へと運ばれて行き、その船縁ギリギリを白い泡が後ろへと流れて行く。

「きしょう、もうちょいの辛抱だ……」

そう呟いたその時だった。後少しで波を乗り切るという所で波頭が砕け、逆巻く大波は銀次もろとも小舟を瞬時に呑み込んでしまった。

真っ白く泡だった大量の海水が舟に襲い掛かり、大きな岩がぶち当たったたかのようなものすごい衝撃に銀次は体を弾かれ、舟底に叩きつけられた。

そんな銀次を乗せた小舟は黒い波間に飲み込まれ、海に消えた。しかしそれは一瞬の事、波を突き抜けた舳先が波の背から顔を出したかと思うと、小舟は真っ逆さまに波底へと滑り落ちて行ったのである。

紅の夕日に照らされた大海原に、真っ赤に染まった小舟が浮いていた。赤と金とに輝くさざ波が、静かにそれを揺り動かしている。

　赤い光に染め尽くされた海原に漂う小舟の中には、身動き一つしない銀次の姿があった。ぴくりとも動かず、閉じられたままだった銀次の瞳が微かに動き、やがて静かにまぶたが開かれた。

　その開かれたばかりの眼《まなこ》に差し込む日差しが眩しく、銀次は直ぐに顔をそむけた。そむけた目に映った物は、夕日を映した細かい縮緬模様の海面《みなも》。

　黄金色に輝く海原には大嵐の痕跡は微塵も残っておらず、べた凪の海に小舟がゆらりゆらりと漂っているだけであった。

　呆然とその波を見つめていた銀次が、やっとの思いで体を起こすと船縁に寄りかかる。これだけの事をするだけでも、銀次は渾身の力を振り絞らねばならなかった。

　船縁に寄りかかった銀次のうつろな目に映った物は、舟底から二尺ほどを残し折れてしまった帆柱と、海水が溜まり、辛うじて浮いている変わり果てた己の舟。

「ンン……ンッ」小さく唸りながら銀次は瞼を閉じ、そして思った。『助かった、生きている……』と。

　首を垂れ、船縁に寄りかかったままの姿勢で、しばしの間動きが止まり、意識を失ってしまったかに見えた銀次が、再び瞼を開けた。その目は海水に浸かった己の体から折れた帆柱、そして舳先へゆっくりと視線を転じていく。

つい今しがた空ろな目で舟を見回した時、視野の中に白い大きな物が映ったように思えた銀次が、舳先に目をやると、其処にはこちらを見つめている一羽の大きな鳥が居た。

白い胸に薄山吹色の頭、何より銀次の目を引いたのはその朱鷺《とき》色をした大きな嘴だった。鋭く曲がった太い嘴先は青味がかった灰色をしており、潤んだような黒い目が印象的な綺麗な水鳥だった。

見つめる銀次の目から視線をそらさず、それはじっとたたずんでいる。銀次が微かに体を動かすと水鳥もそれにつられるように立ち位置を変え、其処から再び銀次を見詰め続けるのであった。

体の彼方此方に痛みを感じた銀次が、もそもそと体勢を変える度、水鳥も少し居場所を変えるだけで、飛び立つ気配は見せず大分弱っているようだ。

「お前も、あの大嵐に遭ったのかい……、えっ」

銀次の静かな問いに、水鳥は僅かに体を動かしただけ、一人と一羽を乗せた舟上には、潮の香りと静寂だけが流れ続ける。次第に沈み行く大きな太陽が、波一つたてぬ凪の海を金から茜にその色を変えていく。

濡れた体の右の腰に何か固い物が当たっているのに気付いた銀次が、ゆっくりとした動作で其処に手を伸ばすと、淦《あか》汲み用の桝があった。只一つ舟上に残された物と言えばこの小さな桝だけ、他の道具類は皆波にさらわれてしまったようだ。

その桝を手にした銀次は舟体にたまった海水を、緩慢な動作で汲み出し始める。疲れきった今の銀次には、それすら容易な事ではなかったが、船縁ギリギリまで海面が迫っていたのでは、いつ舟が沈没するか解らない。そんな思いが、無意識にそうさせたのかもしれない。

この動きを見る海鳥の目に警戒の色は浮かんでおらず、珍しい物でも観察するかのように、銀次が繰り返す淦汲みを黒い瞳で見詰め続ける。

長い時間をかけ淦を汲み出し終えた頃だった、船縁より何気なく見た海面に緑褐色の流藻が漂っている。それに気付いた銀次は流藻を掴むと静かに引き上げ、腹の上に置き細長い肉厚の葉を掻き分けた。その藻の間に隠れていた小さな蝦を摘み出すとしばし見つめた後、口に入れてゆっくりと噛んだのである。

半透明の体に幾本かの筋が入った小蝦を噛み砕くと、ほんの微かに蝦の甘味と潮の味が口に広がる。針よりも細い脚も髭も細かく噛み砕き、飲み込んだ。

腹に乗せた艶やかに光る流藻に目をやると、葉の間に黄色の小さな魚がうごめいている。それを摘み目の前にかざすと、角張った魚体に黒の斑点があるハコフグの幼魚だった。

「さあ、お前は海に帰んな……」

一言呟いた銀次が尾鰭を摘み凪の海に投げ入れると、ポチャンと小さな音をたてハコフグは小さな鰭を懸命に動かして泳ぎ去り、後に金色に耀く波紋がゆっくりと広がっていく。

腹に置いた流藻を再び手で選り分け、何匹かの蝦を食べた銀次が葉の付け根に付いた丸い球を、何気なく指で摘み潰す。

パチンと小気味の良い音をたて、ホンダワラの気泡が弾けた。その音と共に、小さかった小海と高輪の浜で遊んだ光景が、銀次の脳裏によみがえってきた。

『出来ないよ……』と言いながら訴えるような目で自分を見上げる幼い小海。その細い指先では、ホンダワラの球を上手には潰せない。

『両方の手を使って、やってごらん』銀次の言葉に大きく頷いた小海が、真剣な顔をして小さな手で気泡を潰そうとしている。

そんな光景を思い出していた銀次が『もう少しだ……』と優しい笑みを浮かべての小さな声の独り言。遙か昔、幼い小海に話しかけたときと同じ言葉が、ついて出たのである。

その間も太い指先が流藻の茎にそって動き、ホンダワラの気泡を探り続け、ひときわ大きな気泡を探り当てると、大きな音をたててそれを潰した。

舳先にとまりその様子を見ていた海鳥が、パチンと気泡の弾ける音に驚いて黒い羽を広げかけるが直ぐにそれを閉じ、再び銀次を見つめ続けるのであった。

右舷に見える夕日が大きさと赤味を増し、水平線に近づいて行くに従い、それを映す凪の海面も同じ色に染まり始めた。そんな大海原に銀次と海鳥を乗せた小舟は、黒いシルエットとなってぽつんと浮かんでいる。

艫に寄りかかり何匹目かのスジエビを口に入れた銀次の目が次第に閉じられ、そのままの姿勢でまどろみ始めた。急に襲ってきた眠気のためか、疲れきった体がそうさせたのか、白くひび割れた唇にエビをくわえたまま、意識を失ってしまったのである。

それはほんの一瞬だったのか、四、五分だったのか定かではないが、銀次がゆっくり目を開くと、自分の顔を覗き込んでいる水鳥の顔が目の前にあった。

「目ん玉、突っ突くつもりか……」

口から小エビの尾鰭をのぞかせたまま小さく声を出すと、水鳥はゴソゴソと元いた舳先へ不器用な動作で移動し、再び銀次を見詰めた。

折れた帆柱を挟み、艫の銀次と舳先の水鳥がしばし睨みあう形になったその時だった、『ピチャッ……』と微かな音をさせ両者の間に小魚が飛び込んできた。大きな魚にでも追われたのだろうか、小魚は舟底で銀鱗を光らせ跳ねている。

銀次と海鳥は、同時にそれを見た。しばし魚の動きをじっと見詰め続けていた海鳥が顔を上げ、今度は銀次に視線を転じる。その余りにも人間臭い仕草に、銀次は大声を上げて笑ってしまった。

「アッハッハ、アッハッハッハッハッハッハッ……」

その声に驚いた鳥は黒い大きな翼を広げると、舳先から飛び降り、海面を大きな水掻きで疾走し始めた。浮力が付き、白い体が空中に浮いたのは大分走った後の事だった。

長い翼を広げ、茜色に染まった大空をアホウドリが飛び去って行き、その雄姿を見送りながら銀次は笑い続けている。己の今している事が、可笑しくて仕方がないのであった。

死ぬつもりで海に出たはずなのに、嵐に遭うと知恵と力を振り絞り、死に物狂いで大波に立ち向かい生きようとした事や、空腹に耐えかね無意識に流藻に付いた蝦を口にした事が滑稽に思えるのであった。

笑いながら銀次の目には、大粒の涙が溢れ出る。漁師として大嵐に立ち向かい精一杯の死力を尽くし、そして勝ち残った己が誇らしかった。

高輪の銀次は山のような大波を櫓一本で漕ぎ登り、生き残ったんだと、大海原に向かい叫びたいくらいだ。これでいい……、これでいいんだ、これでやっとこの世の幕が降ろせると、銀次は思った。

もう何も思い残す事は無い……、疲れた、とても疲れた、今は只ゆっくりと眠りたい。銀次は崩れるように舟底に体を横たえると、真っ赤に染まった天空を見上げ、しばしそのままの姿勢で小舟と共に揺れていた。

どれほど時が経っただろうか、空を見上げていた目を静かに閉じると、微かに漂いだした潮の香を胸一杯に吸い込み、大きな右手をゆっくりと懐に入れ何かを取り出した。それは小海に初めて貰ったポチ袋、貰ったその日のうちに神棚に置き、ずっと大事にしていたものである。神娘に貰った初めての小遣い、勿体無くて、いとおしくてとても使えるものでは無かった。

棚に手を合わせるたびに目にするそれを、黄泉の国への旅立ちに携えて来たのである。青海波《せいがいは》の地紋に崩し文字で小海と摺ったポチ袋、その文字をしばし見つめた後、節くれた太い人差し指でゆっくりとなぞる。

愛しい我子の頭を優しく撫ぜた感触がよみがえると共に、幼かった頃の小海の笑顔が瞼に浮かぶ。

凪の海に漂う小舟が夕日を浴びて黄金色に染まる様は、後光に包まれ西方浄土へと旅立つ精霊船のよう。色褪せた半纏を羽織り、小舟の中に横たわる銀次もまた黄金色に輝いている。

愛しい小海を思い浮かべているのか、銀次の顔に笑みがこぼれている。再び閉じられた瞼から、金色に光る大粒の涙があふれ出る。

海水でぐっしょり濡れたポチ袋を両手でそっと握り締めると、薄れ行く意識の中で、銀次は小海の名を呟いた。

「小海、達者で暮らすんだぞ……」

完

芝浜後書き

表紙の写真は明治四十三年六月三崎港にて撮られたもので、艫（船尾）に立っているのが父方の祖父で船頭・漁師だった栄吉。この古い写真を見て、物語の構想が浮かんだのである。

幼い頃から祖母や両親に聞かされてきた事柄や、実在の人物をモデルに次々と浮かんでくるストーリーを書き進めていくと、それと同時にその場その場の光景が瞬時に現れてくる。その浮かんだ光景を書き連ね、このような物語になったのである。

文中の功と言う名の少年は、幼くして亡くなった腕白坊主の、次兄・功をイメージした。

祖父の栄吉一家が住んでいたのが本書の舞台となっている高輪車町、作者であるアタシの以前の本籍も、その芝高輪車町であった。

　栄吉の連れ合い、祖母のやすが高輪大木戸前で甘酒を売っており、文中では大木戸向かいの蕎麦屋となっている店は、当時鶏肉屋。

　後書きに添えた写真は栄吉の子供、アタシの父親である榮太郎が幼少期の高輪泉岳寺義士祭のもの。六人で写っている写真左端、萱谷半之丞に扮しているのが父親の榮太郎である。

　その榮太郎のもとへ大森不入斗《いりやまず》より嫁いだのが、母親のきみ。着物姿の写真下段中央が、高輪で和裁を教えていた頃の母親である。

　文中にある汐湯の隣にあった小間物屋の若女将に泉岳寺参道の店の娘さんや、二本榎高松宮邸の女中さんたちが写っており、前記の鶏肉屋の娘さんもお弟子さんだった。

　凄腕の仕立屋だった母親の手伝いが、幼いアタシの役目。仕立てる生地に合う糸を買いに行

ったり、その糸を針に通したり、袴の腰板と平《ひら》生地を貼るためのそくい（糊）作りなど、着物の中で育ったせいか、文章を書いていると色々な着物が浮かんでくるのである。

アタシの一番の飯のタネは、創った焼き物を売る事。都心の銀座・池袋・渋谷のデパートなどでの個展や、陶芸店に作品を納入していた頃、アタシの染付の香合が東京美術倶楽部の競りに出た。それを落札してくれたのが文中にある古美術商・国雅堂の大将、この頃の国雅堂は文中とは逆、魚籃坂を下った左手にあった。

東武デパートか東急本店での個展時、茶陶として出品をした香合を購入した客がそれを手放し、美術倶楽部の競りに廻ってきたのであろう。それを買った国雅堂の大将が桐箱に入っていたアタシの陶歴を見て、電話をしてくれたという訳である。

その頃、染付磁器の器を納めていた一軒が、普茶料理で有名だった赤坂の料亭。その店のあった場所が赤坂氷川神社の裏、てぇ具合に、本書の舞台となった場所はアタシが長年歩き廻った処なのである。

村田勢津

著者プロフィール
村田 勢津（むらた せつ）

ホームページ　http://senoji.web.fc2.com/

芝浜

2023年1月15日　初版第1刷発行

著　者　村田 勢津
発行者　瓜谷 綱延
発行所　株式会社文芸社
〒160-0022　東京都新宿区新宿1－10－1
電話　03-5369-3060（代表）
03-5369-2299（販売）

印刷所　株式会社フクイン

ISBN978-4-286-27004-3